Bittermonds Bucht
Maike Harel

Maike Harel

Bittermonds Bucht

Bibliografische Information der Deutschen Nationalbibliothek:
Die Deutsche Nationalbibliothek verzeichnet diese Publikation in der
Deutschen Nationalbibliografie. Detaillierte bibliografische Daten
sind im Internet auf www.dnb.d-nb.de abrufbar.

Für Eyal. Weil du es immer wusstest.

1 3 5 4 2

© 2020 Hummelburg Verlag
Imprint der Ravensburger Verlag GmbH
Cover- und Innenillustration: Florentine Prechtel
Covertypografie: Florentine Prechtel

Alle Rechte dieser Ausgabe vorbehalten durch
Hummelburg Verlag
Imprint der Ravensburger Verlag GmbH,
Postfach 2460, 88194 Ravensburg

Printed in Germany
ISBN 978-3-7478-0019-5

www.hummelburg.de

Bittermonds Bucht

Gerade dort, wo der Urwald zum Strand wurde, wo große Palmwedel Schatten auf den Sand warfen, genau dort stand Jukkas kleine Hütte. Auf der Grenze zwischen dem dunklen grünen Wald und dem langen weißen Strand, geschützt vor Wellen und Wind. Jukka hatte die Hütte aus knorrigen Ästen, großen Palmblättern und in der Bucht angespülten Obstkisten selbst gebaut. Im Inneren gab es nur einen Raum. Hier schlief Jukka. Und wenn er nachts aufwachte, dann konnte er durch die Ritzen im Dach die Sterne funkeln sehen.

Morgens schob sich die Sonne über den Horizont und strich mit ihren warmen Strahlen über den Strand, bis sie die Perlvorhänge vor dem Eingang der Hütte erreichten, hineinleuchteten und Jukka an den Fußsohlen kitzelten.

Dann richtete er sich auf, streckte und reckte seine Glieder, kroch nach draußen und stürzte sich kopfüber in die Wellen des blauen, blauen Meeres. Es war so blau, dass man es kaum vom Himmel unterscheiden konnte.

Und so begann Jukkas Tag.
So begannen Jukkas Tage eigentlich immer. Nur dass er an diesem einen Tag im Frühjahr, an dem die Geschichte beginnt, morgens keine Lust hatte, ins Meer zu springen.
Als er sich auf seiner Bastmatte reckte, berührten seine Fingerspitzen die Hinterwand der Hütte, und seine Zehen erreichten fast den Eingang.
Die kleine Hütte ist *zu* klein, dachte Jukka. Es wird Zeit, eine neue zu bauen.
Aber auch dazu hatte er heute keine Lust. Er hatte keine Lust, sich den Schlaf aus dem Gesicht zu waschen, und er hatte keine Lust, den kleinen bunten Fischen zuzuschauen, die erschrocken auseinanderstoben, wenn jemand ins Wasser tauchte.
Stattdessen blieb er, nachdem er aus der Hütte gekrochen war, am Strand sitzen und ließ den Sand durch seine Finger rieseln.
Ein Stück weiter lag ein stattliches Schiff in der flachen Brandung. Der schwere Anker war tief im Sand eingegraben. Am Mast hing ein eingerolltes Segel, und im Ausguck wucherte eine Kletterpflanze. Darüber flatterte eine schwarze Flagge, zerfranst und ausgeblichen vom Wind, der immer wieder daran zerrte. Das Schiff war schon viele Jahre nicht mehr zur See gefahren.
Hinauf auf das Schiff führte eine wacklige Strickleiter. Soeben öffnete sich die rote Tür, durch die man in den Bauch des Schiffes gelangte, und heraus trat ein großer bärtiger Mann. Er rieb sich die breite Brust, während er seinen scharfen Seemannsblick übers Meer gleiten ließ. Dann stutzte er für einen Moment, weil er im Wasser keinen dunklen Schopf entdecken konnte, und hob seinen Arm, als er Jukka stattdessen am Strand ausmachte.

„Guten Morgen, mein Junge!", brüllte er in den Wind.
„Guten Morgen, Käpt'n Bittermond", brummte Jukka zurück. Es war ihm egal, dass der Käpt'n ihn nicht hören konnte.

Käpt'n Bittermond hatte das Seemannsleben vor langer Zeit aufgegeben – fast ebenso lange, wie Jukka auf der Welt war. Doch von seinem Schiff mochte er sich nicht trennen.
„In einem Haus könnte ich gar nicht schlafen", behauptete er gern. „Mich wiegt nichts besser in den Schlaf als Wellen, die abends sanft gegen den Bug schlagen."
Und so lag das Schiff nun am Strand und wurde bei Flut von seichtem Wasser umspült. Käpt'n Bittermond wohnte darin, und auch Jukka hatte dort gewohnt, bis es ihm zu eng geworden und er in die Hütte unter den Palmen gezogen war.
Nun verschwand Bittermond in der Kombüse, die früher einmal das Steuerhäuschen gewesen war, um Frühstück zu machen. Er steckte den Kopf durch die Tür. „Bring uns doch Eier!", rief er Jukka zu. „Dann gibt's Bananenomelette."
„Pfff", machte Jukka und streckte sich im Sand aus.
In einer der hohen Palmen hinter seiner Hütte gab es ein Nest, und Jukka wusste, dass vier blau gesprenkelte Eier darin lagen. Davon hätte er zwei nehmen und die anderen beiden den Vogeleltern überlassen können, damit Küken aus ihnen schlüpften. Aber Jukka hatte keine Lust, den glatten Stamm hinaufzuklettern. Er hatte zu überhaupt *nichts* Lust.
Und vielleicht wäre er einfach im Sand liegen geblieben und vor Langeweile gestorben, wenn sein Magen ihm nicht einen Strich durch die Rechnung gemacht hätte. Denn als vom Schiff der Duft

von frischem Fladenbrot herüberwehte, begann sein Magen heftig zu knurren. So heftig, dass Jukka sich schließlich aufrappelte, zum Schiff stapfte und die Strickleiter hinaufkletterte.
„Keine Eier?", fragte Bittermond und legte Jukka zur Begrüßung einen Arm um die Schulter.
„Nö", grummelte Jukka.
Der Käpt'n rieb sich nachdenklich das Gesicht. Erst über die eine Wange, die stachlig und rau war, und dann über die andere, wo sich die Haut narbig und feuerrot über seine Wangenknochen spannte.
„Tut die Narbe weh?", hatte Jukka ihn schon einige Male gefragt.
„Nein", antwortete Bittermond dann und seufzte tief.
Jetzt seufzte er wieder, allerdings aus einem anderen Grund.
„Dann essen wir die Bananen eben ohne Omelette", sagte Bittermond. „Deckst du den Tisch?"
Doch nur weil Jukka einen Bärenhunger hatte und fast ein bisschen bereute, die Eier nicht mitgebracht zu haben, kletterte er auf der schmalen Stiege vom Deck auf das flache Dach des Bootes über dem ehemaligen Steuerhäuschen. Dort platzierte er Teller, Becher und Besteck auf dem Tisch, der hier stand, weil es im Schiff keine richtige Küche und erst recht kein Esszimmer gab.
Bittermond und Jukka aßen ihr Frühstück auf dem Dach, wo der Wind an ihren Haaren zerrte und die Sonne die Farbe der Planken ausblich.
Dort oben stand auch ein gemütlicher Schaukelstuhl – das war Käpt'n Bittermonds Lieblingsplatz. Von hier bot sich ein prächtiger Ausblick über die gesamte Bucht: über die Felsen und den Sand und das Meer, auf dem ab und zu viele, viele Meilen ent-

fernt ein anderes Schiff vorbeisegelte. Über die Kronen des Palmenwäldchens, wo Affen durchs Blätterdach turnten und Papageien laut kreischend aufstoben, wenn Jukka durch das Unterholz streifte. Und über die große weite Wüste, die jenseits des Waldes lag. Dahinter, in weiter Ferne, konnte Jukka an manchen, ungewöhnlich klaren Tagen sogar die Weißen Berge ausmachen.

Käpt'n Bittermond machte jeden Morgen einen Kontrollspaziergang von einem Ende der Bucht ans andere, um überall nach dem Rechten zu schauen. Und jeden Abend joggte er von den Felsen an der Nordseite zu den Schilfgewächsen im Süden, um fit zu bleiben. Den Rest des Tages liebte er es, auf dem Dach zu sitzen, sich vom Wind schaukeln zu lassen, Sonnenblumenkernschalen zu knacken und einfach nur die Welt zu betrachten. Dabei trug er stets eine Mütze mit breitem Schirm, denn wenn die Sonne zu sehr auf die verbrannte Haut auf seiner linken Wange schien, schmerzte es.

Jetzt polterte Bittermond die Stiege hinauf, unter einen Arm ein frisches Brot geklemmt, am anderen einen Korb mit Hibiskusmarmelade, einer Wasserkaraffe, Vanillehonig, Bananen und kleinen Schokoladentörtchen.

Bittermond stellte den Korb auf dem Tisch ab und hob prüfend eine Hand. „Steife Brise heute", bemerkte er. „Nicht, dass du mir noch vom Dach geweht wirst!" Er kniff Jukka lachend in die Wange. „Das wäre mein größtes Unglück! Was bringt mir der schönste Strand und das beste Boot, wenn du weggeweht wirst?"

Jukka ließ sich auf seinen Stuhl plumpsen. „Ich bin zu schwer, um weggeweht zu werden", knurrte er unfreundlich.

Bittermond musterte ihn. „Was ist denn mit dir los?" Er legte

Jukka eine Hand auf die Stirn. „Geht es dir nicht gut? Hast du Fieber?"

„Nein", brummte Jukka. „Mir geht es ausgezeichnet." Doch in seinem Körper grummelte etwas Unruhiges und Fahriges, das er sich selbst nicht erklären konnte.

Während des Frühstücks versuchte der Käpt'n, Jukka in ein Gespräch zu verwickeln: „Was hast du heute vor? Gehst du zwischen den Klippen nach Muscheln tauchen?"

„Hab ich gestern gemacht."

„Dann schwimm doch zur Sandbank."

„Da war ich schon tausendmal."

„Oder such in den Felsen nach Krebsen."

„Keine Lust." Jukka schob seinen Teller von sich, obwohl noch eine halbe Banane darauf lag.

„Ich könnte dir ein Mittagessen für ein Picknick einpacken", schlug Bittermond vor. „Seeluft macht bekanntlich hungrig."

Jukka murrte bloß und sagte gar nichts.

„Tja, also so was …", murmelte der Käpt'n. „Was fehlt dir denn?"

Jukka schwieg. Etwas fehlte ihm tatsächlich, aber er konnte nicht sagen, was. Heute war eigentlich ein Tag wie jeder andere. Sofern er sich erinnerte, war es immer schon so gewesen: Bittermonds Bucht mit Jukka, dem Käpt'n – und einer Handvoll Tieren. Dass andere Kinder auch eine Mutter und Geschwister und Tanten und Onkel und Freunde haben, das wusste Jukka überhaupt nicht.

Die Schätze

Nach dem Frühstück fütterte Jukka die beiden Ziegen, die in einem Gehege am Rande der Bucht im Schatten der Palmen schon auf ihn warteten.
Auf dem Weg dorthin zählte er – genau vierhundertdrei Schritte. Bis ans andere Ende der Bucht brauchte er eintausenddreihunderteinundzwanzig Schritte. Exakt fünfzehn weniger als noch im Vorjahr. Was daran lag, dass seine Beine immer länger wurden. Oder der Strand immer kleiner.
Jukka kickte gegen einen grauen Stein im Sand. Wahrscheinlich derselbe, den er gestern schon einmal über den Strand getreten hatte. Er ließ sich auf einem großen Stück Treibholz nieder und lehnte das Kinn in seine Hand. Drüben auf dem Boot saß Bittermond in seinem Schaukelstuhl und passte auf.
Worauf eigentlich?, fragte sich Jukka. Wenn einem nicht gerade eine Kokosnuss auf den Kopf fiel oder man von einer giftigen Qualle gestochen wurde, konnte einem in der Bucht nicht viel passieren.

„Ich habe eben gern ein Auge auf alles", pflegte der Käpt'n zu sagen. Er schaute zu, wie Jukka auf hohe Bäume kletterte, in tiefen Grotten verschwand und von der Sandbank aus die Haifischflossen beobachtete, die ab und zu durch die Wellen glitten. Er hatte das alles im Auge, aber Sorgen machte er sich keine.
Solange, ja, solange Jukka nicht die eine Sache ansprach.
Jukka richtete sich auf. Genau *diese* eine Sache interessierte ihn aber. Und heute, wo er auf absolut nichts Lust hatte, interessierte sie ihn besonders.
Entschlossen stapfte er zurück zum Schiff, kletterte die Strickleiter und dann die Stiege hinauf und machte dabei so viel Lärm, dass Bittermond von seinem Nickerchen hochschreckte. „Ist es etwa schon Zeit zum Mittagessen?"
„Nein", sagte Jukka. Er kniff die Augen zusammen und spähte über die Wipfel der großen Palmen. Dorthin, wo aus saftigem Grün karges Gelb wurde. „Die Wüste …", begann er grüblerisch.
Bittermond hustete. „Sieh mal dort, Jukka, Delfine!", rief er heiser und zeigte hinaus aufs Meer.
Jukka hatte schon viele Delfine gesehen. Statt sich umzudrehen, verschränkte er die Arme. „Ich habe eine Idee, was ich heute machen könnte."
Käpt'n Bittermond sprang so schnell aus seinem Schaukelstuhl, dass der fast vom Dach fiel. „Auf keinen Fall!"
Jukka legte den Kopf zur Seite. „Ich will wissen, was es in der Wüste gibt."
„Ich kann dir sagen, was es in der Wüste gibt", schnaubte der Käpt'n. „Skorpione und Sandflöhe."

„Dann spricht ja nichts dagegen, dass ich mir die mal angucke."
„Oho!", machte Bittermond und schwang einen Zeigefinger durch die Luft. „Das kannst du nur sagen, weil du die Skorpione noch nie gesehen hast. Ein Stich – und du bist mausetot!"
Jukka runzelte wütend die Stirn. Er zog die kleine Astgabel aus seinem Gürtel, die er vor einigen Tagen zu einer Schleuder geschnitzt und mit einem Gummi versehen hatte. „Ich kann mich verteidigen."
Da wurde Käpt'n Bittermonds Blick dunkel, und seine Stimme zitterte ein wenig: „Gefällt dir denn unser schöner Strand nicht mehr?"
„Doch", brummte Jukka. „Aber ein kleiner Ausflug in die Wüste …"
„Was bringt mir der schönste Strand und das beste Boot, wenn du von einem Skorpion totgestochen wirst?", unterbrach ihn der Käpt'n. Über seine blauen Augen legte sich ein feuchter Schleier.
Jukka wirkte nachdenklich. Eigentlich hätte Jukka Bittermond jetzt trösten müssen, aber dazu hatte er keine Lust.
Der Käpt'n wischte sich über die Augen. „Abgesehen davon, brauche ich dich heute hier. Du musst das Schiff bewachen. Gut, dass du bewaffnet bist."
Jukka spürte einen Stich im Magen. „Ist es schon wieder Zeit?", fragte er. Plötzlich wollte er gar nicht mehr in die Wüste. Er wollte nur noch, dass Bittermond ruhig in seinem Schaukelstuhl saß und aufpasste.
Der Käpt'n nickte. „Ja, Zucker und Mehl gehen zu Ende. Und deine Hemden sind dir schon wieder zu klein. Es ist Zeit, ich muss los."

Jukkas Kehle zog sich zusammen. „Kann ich mitkommen?"
Bittermond seufzte und zog Jukka in seinen Arm. „Und wer bewacht dann die Bucht? Wer bringt die Ziegen in den Stall, falls es stürmt? Wer räumt das Dach ab, falls es regnet? Wer passt auf, dass die Affen uns nichts stehlen?", fragte Käpt'n Bittermond. „Das verstehst du doch? Ich brauche dich hier. Und ich bin auch schnell wieder zurück."

Am Abend schnürte Käpt'n Bittermond sein Bündel und warf sich den Reisemantel über. „Du schläfst heute im Schiff?", versicherte er sich. „Du passt auf das Schiff auf und das Schiff auf dich." Jukka saß schweigend auf Bittermonds großem Bett, das seine Kabine fast gänzlich ausfüllte. Er nickte.
„Sei froh, dass du hierbleiben kannst", sagte Bittermond, als er die dicke weiche Decke lüpfte, um Jukka darunterkriechen zu lassen. „Da draußen begegnet man unweigerlich Halunken und Banditen. Halunken, die über dich lachen und auf dich zeigen. Und Banditen, die dir die Strümpfe von den Füßen rauben. Das willst du dir doch nicht antun, oder?"
Vielleicht wollte Jukka sich das *doch* antun, und er wusste auch nicht, warum irgendjemand lachen und auf ihn zeigen sollte. Aber er ahnte, wie dunkel und traurig Bittermonds Blick werden würde, wenn er ihm das sagen würde. Also schwieg er weiter und nickte abermals.
Bittermond stopfte die Decke um Jukka fest.
Außer dem Bett befanden sich nur eine Holztruhe und ein Regal mit Wechselwäsche und einigen zerfledderten Büchern in der engen Kajüte. Neben dem Bett stand ein Nachttisch. Auf dem

Nachttisch lag ein Samtkissen, und auf das Kissen war das Gläserne Herz gebettet.

Jukka stützte sich auf seinen Ellbogen, um den faustgroßen Kristall aus glatt poliertem Glas besser betrachten zu können. Im Schein der Öllampe schillerte das Gläserne Herz in tausend Farben, die die ganze Kabine in einen Regenbogen aus Licht tauchten.

Der Käpt'n schulterte sein Bündel und wischte, bevor er sich verabschiedete, noch einmal mit einem Tuch über das kühle Glas.

„Ich lasse mein Herz bei dir", sagte er feierlich. „Pass gut darauf auf!"

Schon klappte die Tür zu, und die Planken knarrten, als Bittermond hinab zum Strand stieg und im Palmenwald verschwand.

Jukka konnte nicht einschlafen. Der Wind blies stärker als sonst und rüttelte an der Tür, sodass Jukka ein ums andere Mal hochschreckte und in die Dunkelheit lauschte. Er hörte der Brandung zu, die an den Strand schlug und in dieser Nacht ganz und gar fremd klang.

„Was wäre, wenn *ich* losgegangen und Bittermond hiergeblieben wäre?", fragte er laut in die Stille hinein. Würde die Einsamkeit dann genauso in seine Knochen kriechen? Jukka ballte die Fäuste unter der Bettdecke. Es gab nur eine Möglichkeit, das herauszufinden.

Jukka lag lange wach und horchte auf Käpt'n Bittermonds Fußstapfen, die irgendwann wieder aus dem Wald treten mussten, um über den Strand zurück zum Boot zu kommen.

Als fahles Morgenlicht in die Kajüte drang, waren Jukkas Augen doch zugefallen. Er wachte auf, weil vom Deck ein Poltern zu hören war und die Tür aufschwang. Bittermond bemühte sich zwar, leise zu sein, aber es gelang ihm nicht wirklich.

Jukka nahm schläfrig wahr, dass der Käpt'n einen prüfenden Blick auf das Gläserne Herz warf. Dann spürte er, wie das Bett schwankte und der Käpt'n sich neben ihn wälzte.

„Ich bin wieder da", brummte Bittermond leise und schnarchte los, bevor Jukka noch etwas erwidern konnte.

Jukka zog die Decke bis zum Kinn. Bald werde ich mir die Wüste anschauen, dachte er. Aber nicht heute. Heute war er froh, dass Bittermond heil zurückgekehrt war, ganz ohne Spuren von Skorpionstichen oder Halunkenschlägen.

Die beiden schliefen bis in den späten Vormittag hinein.

Nach dem Aufstehen hatte Käpt'n Bittermond ausgesprochen gute Laune. „Mehl und Zucker", verkündete er vergnügt, als er seine schwere Tasche auspackte. „Und für dich zwei Hemden, aus denen du hoffentlich nicht in drei Wochen wieder rausgewachsen bist. Außerdem das hier." Er ließ ein kleines Netz mit sieben bunten Murmeln in Jukkas Hand gleiten. „Nachher zeige ich dir, wie wir damit auf Deck *Abschießen* spielen. Es gibt nämlich überhaupt keinen Grund, sich in unserer schönen Bucht zu langweilen."

Der Käpt'n brachte von seinen nächtlichen Streifzügen immer etwas Interessantes oder Nützliches mit. Mal waren es Angelhaken für Jukka, manchmal ein Paar neue Schuhe, frisches Obst, das nicht an ihrem Strand oder im Wald wuchs, oder Werkzeuge, die sie noch nicht besaßen. Als Letztes holte Käpt'n Bittermond gewöhnlicherweise etwas aus seinem großen Rucksack, das seine

Augen besonders funkeln ließ. „Ein kleines Geschenk für den guten Bittermond", brummte er dann selbstgefällig. Der Käpt'n polierte sein Mitbringsel leise summend, Gold oder Edelsteine oder eine wertvolle Kette vielleicht, betrachtete es noch einmal von allen Seiten und hob es schließlich vorsichtig in die schwere Truhe neben der Tür.

Diesmal holte Käpt'n Bittermond ein großes, schwarz glänzendes Ei aus dem Rucksack. Jukka kniete neben ihm und spähte in das Dunkle der Eichenkiste, in der es funkelte und glitzerte. Der Käpt'n blies vorsichtig über das Ei, wickelte es zum Schutz in ein weiches Tuch und bettete es zu den anderen Gegenständen in der Truhe. Einen Moment saß er wie erstarrt da und betrachtete verzückt seine gesammelten Schätze.

„Bittermond", platzte es aus Jukka heraus. „Woher …?"

Bumm! Krachend fiel der Deckel der Truhe zu.

„Hach!", schimpfte der Käpt'n. „Jetzt hättest du dir beinahe die Finger zerquetscht!" Er erhob sich schnaufend. „Komm, ich hab mächtig Kohldampf." Als er Jukka nach draußen schob, begann er zu jammern: „Was bin ich froh, wieder hier zu sein. Wenn du wüsstest, was für Gestalten und Kreaturen einem da draußen begegnen!" Er schüttelte sich. „Wenn ich nur immer an unserem Strand bleiben könnte! Aber wir brauchen ja Mehl und Zucker, nicht wahr?" Der Käpt'n suchte Jukkas Blick und seine Zustimmung. Jukka verzog nur den Mund. Aber Bittermond hatte wohl recht. Sie brauchten nun mal Zucker und Mehl. Er trat vor dem Käpt'n an Deck. „Hauptsache, du bist wieder da."

Und der Käpt'n strahlte und sagte: „Hauptsache, ich bin wieder da!"

Hauptsache, den beiden ging es gut! Sie hatten ihren wunderschönen Strand und die Sonne, die jeden Tag schien. Sie hatten die warme Brise, die durch die Palmen strich, und das Platschen der Wellen, die träge an die Klippen schlugen. Sie hatten die bunten Fische im Wasser und die kreischenden Papageien im Wald. Sie hatten ihre köstlichen Kokospfannkuchen und den süßen Honigtee.
Jukka hatte Höhlen zum Erforschen und Bäume zu Erklimmen – und Käpt'n Bittermond hatte sein Gläsernes Herz, das immerzu in seiner Kajüte glänzte und das er manchmal Stunde um Stunde anblickte.
„Wie schön es hier ist", sagte Käpt'n Bittermond mit einem wohligen Seufzer.
Jukka seufzte ebenfalls, während er eine seiner Murmeln in die Luft warf und sie wieder auffing.
„Irgendwie habe ich die Nase voll von dem ganzen schönen Zeug", murmelte er so leise, dass Bittermond es nicht hören konnte. „Es wird Zeit für einen kleinen Ausflug."

Waisenkinder

Einige Tage später war das Meer aufgepeitscht und der Himmel voller dunkler Wolken.

„Der Schaukelstuhl wackelt so sehr, dass man seekrank wird", beschwerte sich Bittermond und zog sich für sein Mittagsschläfchen in den Bauch des Schiffes zurück.

Auf diese Gelegenheit hatte Jukka gewartet: ein kleiner Ausflug in die Wüste, nichts weiter! Ein Blick auf die Skorpione, eine Lunge voll Wüstenluft. Bittermond würde gar nicht merken, dass er weggewesen war.

Jukka bahnte sich seinen Weg durch das Palmenwäldchen, sprang über Wurzeln und Äste. Zu seinen Füßen huschte eine Maus durchs Unterholz. An einem Baum wand sich faul eine dicke Schlange um den Stamm. Irgendwo hörte er das Fauchen der Wildkatze, die Jukka schon öfter durch den Wald hatte schleichen sehen. Die Blätter raschelten, und dort, wo der Boden sandig wurde, wehte ihm ein heißer Wind entgegen. Jukka zögerte kurz, bevor er vorsichtig einen Fuß vor den anderen setzte. Die Palmen standen hier weniger dicht, und zwischen den schlanken Stämmen hindurch war nun eine weite gleißende Ebene zu erkennen. Noch einige Schritte weiter – und Jukka hatte den Wald durchquert. Er stand auf einer sandigen Straße. Vor ihm breitete sich die Wüste aus. Die schwarzen Wolken, die sich über dem Meer auftürmten, verwandelten sich hier in weiße Wattebällchen auf gleißendem Blau. Die heiße Luft vibrierte über dem Sand.

„Dann wollen wir doch mal sehen", murmelte Jukka. „Wo sind diese Skorpione?"

Doch bevor Jukka einen einzigen Skorpion oder Sandfloh oder anderen Wüstenbewohner entdeckte, zerriss ein spitzer Schrei die Stille. Jukka fuhr herum. Er hörte, wie Zweige brachen und Äste krachten. Ohne zu überlegen, stürzte er zurück in den Wald. Ein Fauchen und ein weiterer Schrei. Und dann sah er das Schreckliche: ein riesiger Greifvogel, der sich mit seinen enormen Schwingen aus einer Lichtung emporschraubte, über die Wipfel erhob und in den Himmel aufstieg! In seinen mächtigen Klauen hielt er ein großes zappelndes Tier.

„Das ist also der natürliche Lauf der Dinge", flüsterte Jukka. Aber sein Herz schlug laut und wild. „Die einen fressen die anderen."

Ein Schauer lief ihm über den Rücken, während er zusah, wie der Vogel mit seinem Opfer zwischen den Wolken verschwand.

Im Wald war es still. Die Mäuse hatten sich unter die Büsche verkrochen, die Affen hielten den Atem an, als könne der Greifvogel jeden Augenblick zurückkehren. Selbst die Insekten schienen verstummt zu sein.

Jukka blieb regungslos stehen. Die Lust darauf, die Wüste zu erforschen, war ihm plötzlich vergangen.

„Aber ich habe es mir vorgenommen", wisperte er.
Doch dann hörte er in all der Stille ein Geräusch. Was war das? Irgendwo aus dem Unterholz klang ein dünnes, aber durchdringendes Fiepen.
Jukka lauschte.
„*Fiiiiiep!*"
Der Laut hörte sich so kläglich und verzweifelt an, dass Jukka eine Gänsehaut über die Arme schoss. Er drehte sich langsam im Kreis, um das Geräusch zu orten. Dann ging er vorsichtig in die Knie und spähte unter die Büsche. Dorthin, wo das Klagen seinen Ursprung zu haben schien. Dichte Äste, Blätter, Dornen und da – er entdeckte ein Paar kleiner grüner Augen.
Jukka kroch ein Stück weiter in die Büsche. In einer Kuhle unter einem umgekippten Baumstamm saß ein kleines dünnes Wildkätzchen, das herzzerreißende Töne von sich gab. Das tat es, bis es Jukka entdeckte. Als der seine Hand nach ihm ausstreckte, stellten sich die Nackenhaare des Tierchens auf, und es begann mit gesträubtem Fell zu fauchen.
Jukkas Hand verharrte in der Luft. „Was bist du denn für ein kleines Kerlchen?" Die kleine Wildkatze zog ihren Kopf ein. „Wo ist deine Mutter?"
Im selben Moment fröstelte Jukka. Der Raubvogel! Plötzlich wusste er, welches Tier der geschlagen hatte. Das Kätzchen hatte keine Mutter mehr!
„Keine Angst", flüsterte Jukka mit rauer Stimme. „Ich tue dir nichts."
Das Kätzchen starrte ihn mit großen Augen an und drückte sich flach auf die Erde. Jukka wartete noch einen Moment, dann

senkte er die Hand und griff nach dem flauschigen kleinen Körper.
Das Kätzchen zeigte zischend seine winzigen Zähnchen und bohrte seine Krallen in Jukkas Arm. Doch Jukka packte zu. Die kleine Kreatur drehte und wand sich, biss und kratzte, aber Jukka zog sie unerbittlich aus dem Unterholz.
„Du kannst doch hier nicht allein bleiben", beschwichtigte er das Kätzchen.
Er nahm das kämpfende Tierchen hoch, richtete sich auf und presste es an seine Brust. Plötzlich wurde die Katze ganz ruhig. Jukka rieb seine Nase über ihr weiches Köpfchen. Die Katze miaute leise, und ihre rosa Schnauze zitterte.
Jukka lief, so schnell er konnte, zurück zum Strand und hinüber zum Boot. „Käpt'n!", brüllte er. „Käpt'n!"
Bittermond, der eben von seinem Mittagsschlaf aufgewacht war, trat an Deck und ließ rasch die Strickleiter hinab, als er Jukka sah.
„Was ist denn?", fragte er besorgt.
„Nimm das!", rief Jukka und reichte Bittermond das Kätzchen nach oben.
Der Käpt'n griff überrascht nach dem kleinen Tier. Jukka kletterte über die Reling. Bittermond schüttelte den Kopf:
„Die Katze ist noch ganz jung, Jukka. Die musst du doch bei ihrer Mutter lassen."
„Ich wünschte, ich könnte", krächzte Jukka. „Aber sie hat keine Mutter mehr!"
Käpt'n Bittermond betrachtete die Wildkatze, die in seinen großen Händen noch winziger aussah.
„Oje", murmelte er. „Das ist manchmal der Lauf der Dinge."

„Und was machen wir jetzt?", fragte Jukka, der plötzlich vor Wut über den Lauf der Dinge die Fäuste ballen musste. „Ich lasse sie nicht einfach im Wald zurück!"

Käpt'n Bittermond wiegte den Kopf hin und her. „Wo keine Mutter mehr ist, braucht man eine Ersatzmutter." Er hob den Zeigefinger. „Warte hier."

Bittermond verschwand im Inneren des Bootes. Kurze Zeit später kam er wieder und zeigte Jukka ein kleines Röhrchen. „Das ist eine Pipette", erklärte er. „Manchmal findet man im Medizinkoffer doch etwas Nützliches."

Bittermond hatte auch einen Krug Ziegenmilch mit an Deck gebracht. Er bat Jukka, sich mit dem Kätzchen auf dem Schoß hinzusetzen, und ließ sich selbst dann schnaufend im Schneidersitz vor den beiden nieder. Bittermond zog ein bisschen Milch in die Pipette, die er dem Kätzchen vor das Schnäuzchen hielt. Die Wildkatze zappelte in Jukkas Händen, doch als die ersten Tropfen auf ihre Schnurrhaare perlten, hielt sie inne, und Jukka sah, wie eine winzige rosa Zunge aus ihrem Maul schoss. Die Katze schleckte gierig die Milch.

„Glaubst du wirklich, wir können sie ohne Mutter aufziehen?", fragte Jukka skeptisch.

Bittermond lächelte. „Warum nicht?"

Später richteten sie dem Kätzchen, das ein kleiner Kater war, einen Korb her. Darin konnte es neben Jukka schlafen.

Als die Sonne unterging, begann es zu regnen.

„Ich wollte noch Palmblätter sammeln, um mein Dach abzudichten!", rief Jukka. Das hatte er bei den vielen Gedanken über die

Wüste und das Katzenkind ganz vergessen. Bittermond spannte einen Schirm auf dem Deck auf. „Macht doch nichts. Dann schlaft ihr heute Nacht eben bei mir."

Vor dem Schlafengehen fütterte Jukka den Kater wieder mit Ziegenmilch. Bittermond zwirbelte seinen Bart, während er ihm dabei zusah. Der Regen prasselte leise auf den Schirm, unter dem sie auf den bloßen Planken im Bug saßen. Da bemerkte der Käpt'n die tiefen Kratzspuren an Jukkas Händen und seinem Arm. „Was ist dir denn passiert?", wollte er wissen.

„Das war Miko", erklärte Jukka. Er hatte dem Katzenkind inzwischen einen Namen gegeben. „Miko hat sich aus Leibeskräften gewehrt, als ich ihn aus seinem Versteck gezogen hab."

Bittermond gluckste leise. „Kräftiges kleines Kerlchen." Der Käpt'n strich sich lächelnd durch den Bart. „Ersatzmutter zu sein, ist nicht immer leicht. Ich kann ein Liedchen davon singen."

„Wieso?", fragte Jukka, während er die Milch auf Mikos Schnäuzchen träufelte, das schon ganz weiß und nass war. „Was weißt du denn vom Ersatzmuttersein?"

Da verfärbten sich Bittermonds Ohren rot, und er begann zu stottern: „Na ja ... so ... genau so habe ich dich auch gefüttert, als du ein Baby warst."

Jukka sah überrascht auf. „Mit einer Pipette?"

Bittermond lachte und kratzte sich am Ohr. „Nein, mit einer Flasche."

Jukka drehte sich zu Bittermond um, obwohl das Kätzchen immer noch gierig an der Pipette leckte. „Du hast mich mit einer Flasche gefüttert?", vergewisserte er sich. Eine tiefe Falte bildete sich auf seiner Stirn.

Käpt'n Bittermond rieb sich über die Oberarme. „Kalt geworden, oder? Lass uns besser reingehen."
Er wollte sich gerade erheben, da starrte Jukka ihn so wild an, dass er erschrocken sitzen blieb.
„Warum musstest du mich *so* füttern?", fragte Jukka.
Bittermond konnte ihm nicht in die Augen blicken. „Weil du keine Mutter hattest", grummelte er.
Der Kater miaute vorwurfsvoll und schnüffelte an der leeren Pipette.
Jukka rührte sich nicht.
„Ich hatte eine Mutter?", fragte er flüsternd.
„Ich sagte ja, du hattest *keine* Mutter."
Jukka tauchte das Glasrohr in die Milch, vergaß aber die Flüssigkeit aufzuziehen. „Natürlich hatte ich eine Mutter", wisperte er. „Die jungen Vögel in den Nestern haben eine Mutter. Die Zicklein haben eine Mutter. *Alle* haben eine Mutter!"
„Komm schlafen", murmelte der Käpt'n. Er gähnte laut.
Jukka flößte Miko weiter langsam Milch ein. Dicke Regentropfen platschten neben ihnen aufs Deck.
„Wir werden hier nass", bemerkte Bittermond.
„Käpt'n?", flüsterte Jukka schließlich. „Was ist denn mit meiner Mutter geschehen?"
Bittermond blieb einen Moment lang regungslos sitzen. Dann stand er auf und kratzte sich die Wange. „Ich weiß es nicht, mein Junge", murmelte er. „So wenig, wie wir wissen, was mit der Katzenmutter geschehen ist." Er seufzte, wandte sich ab und verschwand in der Kajüte.
Jukka verharrte mit dem Katzenkind im Schoß. Sein ganzer Kör-

per bebte. Denn Jukka wusste genau, was mit der Katzenmutter geschehen war.

Am nächsten Morgen war der Sand nass und grau. Es hatte die ganze Nacht lang geregnet.
„Gehst du heute Morgen nicht schwimmen?", wollte Käpt'n Bittermond von Jukka wissen, als er verschlafen aus der Kajüte an Deck kam.
Jukka saß mit Miko am Bug. Er warf ihm kleine Papierkügelchen zu – Mika schnappte danach. „Ist zu kalt", brummte Jukka.
„Tatsächlich?", fragte Bittermond. „Dann mach ich uns mal Frühstück."
An diesem Morgen half Jukka nicht, den Tisch zu decken. Als der Käpt'n eine Schüssel mit dampfendem Grießbrei aus der Kombüse brachte, stand er nur widerwillig auf und ließ sich mit finsterem Gesichtsausdruck auf seinen Stuhl plumpsen. Er aß zwei Löffel, dann schob er seine Schüssel zur Seite. „Hab keinen Hunger."
Käpt'n Bittermond betrachtete ihn eingehend. Jukka verschränkte die Arme vor der Brust.
„Was ist los?", fragte Bittermond.
„Nichts", brummte Jukka. Dann sah er auf – und plötzlich traten ihm wütende Tränen in die Augen. „Wieso weißt du nicht, was mit meiner Mutter passiert ist? Wo komme ich denn überhaupt her?"
Bittermond ließ seinen Löffel sinken. Seine Mundwinkel zogen sich tief nach unten. „Ich ... ich weiß nicht", stotterte er.
Jukka sprang auf. „Was soll das heißen? Du musst doch wissen,

wo du mich herhast! Hast du mich unter einem Busch gefunden wie die kleine Wildkatze, oder was?"

Käpt'n Bittermond rührte langsam in seinem Brei. Seine Miene hellte sich plötzlich auf. „Ja, genau", sagte er.

„Wirklich unter einem *Busch*?", vergewisserte sich Jukka.

„Äh, nein", antwortete der Käpt'n. „Am Strand."

Jukka kniff die Augen zusammen. „Du hast mich *am Strand* gefunden?"

Der Käpt'n schaute kurz zur Seite, dann nickte er heftig. Er wies ans Ende der Bucht. „Genau dort, bei den Klippen, da bin ich am Strand spazieren gegangen. Und dann habe ich etwas gehört, das klang wie Babyschreien, und dann habe ich dich gesehen. Und es war *tatsächlich* Babyschreien."

„Und wie bin ich dahin gekommen?", fragte Jukka skeptisch.

„Na ja, du lagst in so einem … Korb … und der wurde angespült", erklärte der Käpt'n eifrig.

„Und war ich nicht nass?"

„Nass?", fragte der Käpt'n. Er hielt für einen Moment inne. „Dann habe ich dich eben abgetrocknet. – Ach, Jukka", sagte Käpt'n Bittermond plötzlich mit weicher Stimme. „*So* ein winzig kleines Baby warst du." Er zeigte es mit seinen Händen. „Und auf dem Kopf hattest du nur ein paar schwarze Haare. Ich habe dich gefüttert, so wie das Kätzchen. Und wenn du geschrien hast, dann habe ich dich stundenlang übers Deck getragen. Und dann hast du wieder gelächelt – das weiß ich noch ganz genau."

Jukka verzog den Mund. „Wieso hast du mir das nie erzählt?"

Bittermond blickte ihn stumm und traurig an, sodass er Jukka fast ein bisschen leidtat. Aber nur fast.

„Du hast nie gefragt", murmelte der Käpt'n. Er starrte in seinen Grießbrei und wisperte: „Das war der glücklichste Tag in meinem Leben, als ich dich … als du hier angespült wurdest."
Jukka seufzte. Dann schaute er auf den grauen Strand, der verlassen und menschenleer dalag. „Vielleicht wird hier bald noch mal jemand angespült. Ein bisschen Abwechslung wäre doch nicht schlecht."
„Vielleicht", grummelte Bittermond.

Die Fremden

Angespült wurde niemand in Bittermonds Bucht. Doch Jukka hatte einen neuen Freund. Er fütterte Miko jeden Tag mit Milch und später mit kleinen Brocken zerdrücktem Fisch. Das Katzenkind wuchs schnell. Jukka brachte es in den Wald, damit es lernte, was Katzenkinder lernen müssen. Und nach einigen Wochen fing Miko seine erste Waldmaus.
An die Wüste dachte Jukka nicht mehr. Er musste Miko füttern. Er musste mit Miko spielen. Und er ließ ihn nachts unter seine Bettdecke kriechen, damit sie einander wärmen konnten.

Im Sommer jedoch begann Miko, sich auf seinen Streifzügen immer weiter vom Schiff zu entfernen. Manchmal blieb der Kater sogar in der Nacht verschwunden.
„Er wird schnell erwachsen", sagte Bittermond düster. „Sollen wir ihn suchen?"
Jukka schüttelte den Kopf. „Lass ihn, der Wald ist sein Zuhause. Er wird schon kommen, wenn er uns braucht."

Und der Käpt'n brummte.

Da dachte Jukka doch wieder an die Wüste und dass sie wohl einen Besuch wert wäre. Er überlegte, Bittermond darauf anzusprechen. Aber der saß so gedankenverloren in seinem Schaukelstuhl, dass Jukka lieber darauf verzichtete. Stattdessen stieg er hinab zum Strand und ließ sich eine Weile im seichten Wasser treiben.

Ab und zu blinzelte er hinüber zum Boot, wo der Käpt'n Sonnenblumenkernschalen über die Reling spuckte. Sollte er abwarten, bis Bittermond einschlief, um einen neuen Ausflug in die Wüste zu wagen? Er würde ein bisschen im Wald herumstreifen und nach Miko Ausschau halten. Und wenn der nicht zu finden war, würde er noch ein Stückchen weiter …

Jukka gähnte und streckte sich ausgiebig. Vielleicht war dieser Tag doch zu heiß für einen Ausflug. Vielleicht sollte er lieber morgen …

Jukka blickte wieder hinüber zum Boot – Käpt'n Bittermond war verschwunden!

Der Schaukelstuhl wippte zwar noch leicht hin und her, doch der Käpt'n befand sich nicht mehr auf dem Dach des Bootes. Jukka richtete sich auf. Er erspähte Bittermond weder im Bug noch im Heck. Und auch die Kombüse war leer.

Fehlen denn schon wieder Vorräte?, überlegte Jukka. Aber selbst wenn es so wäre – Bittermond verschwand doch nicht am helllichten Tag, ohne sich zu verabschieden. Und schon gar nicht in der Mittagshitze. Schon gar nicht, wenn es gerade Zeit für sein Schläfchen war!

Jukka stand auf und machte sich auf den Weg zum Boot. Der

Käpt'n verließ seinen gemütlichen Schaukelstuhl mit Sicherheit nicht ohne Grund!
Als Jukka gerade begann, sich Sorgen zu machen, schwang die rote Tür des Schiffes mit einem Krachen auf, und Bittermonds breiter Rücken erschien an Deck. Er zerrte einen sperrigen großen Gegenstand hinter sich her. Jetzt trabte Jukka ein Stück schneller den Strand hinunter. Der Gegenstand, den Käpt'n Bittermond da aus dem Bauch des Schiffes schleppte, war das riesige alte Fernrohr, das seit Jahren unberührt und verstaubt in der Rumpelkammer des Schiffes herumstand.
Als Jukka das Boot erreicht hatte und die Strickleiter hinaufkletterte, hatte Bittermond das schwere Fernrohr bereits aufs Dach gewuchtet und auf seinen drei langen Metallbeinen in Position gebracht. Nun war er damit beschäftigt, an den kleinen Rädern zu drehen und die Sehschärfe einzustellen, während er angespannt durch das dicke Rohr spähte. „Kann denn das die Möglichkeit sein?", flüsterte er heiser.
Jukka blickte über den Palmenwald und die Wüste. Nach was suchte der Käpt'n? „Was machst du da?", fragte Jukka.
Käpt'n Bittermond schrak heftig hoch, schubste dabei versehentlich das Fernrohr mit der Hand, sodass es mit einem Ruck herumfuhr und Jukka gegen den Kopf knallte.
„Ich, ich ...", stotterte der Käpt'n. „Ich habe dich gar nicht bemerkt." Er starrte Jukka an, als sähe er ihn heute zum ersten Mal. „Hast du dir wehgetan?"
Jukka rieb sich den Schädel. „Nicht so schlimm. Darf ich auch mal gucken?"
„Nein!", entfuhr es dem Käpt'n. Er drehte das Fernrohr so

schnell zur Seite, dass es Jukka beinahe noch mal getroffen hätte.

Jukka sprang zurück. „Ist das ein Fernrohr oder eine Mordwaffe? Was ist los?"

Bittermond wurde blass und sagte kein Wort. Er nickte nur und gab das Fernrohr frei.

Jukka reckte sich, um hindurchzuschauen. Während er versuchte, das Glas still zu halten und auf einen bestimmten Ort zu fokussieren, wisperte Bittermond kaum hörbar: „Da kommen Leute!"

Jukka sah vom Fernglas auf und fragte ungläubig: „Da kommen Leute?"

Sein Blick folgte Bittermonds zitternd ausgestrecktem Finger, und tatsächlich – er sah es sogar mit bloßen Augen: einen Fleck in der Ferne, der sich stetig auf den Strand zubewegte. Da kamen Leute!

Jukka richtete das Fernrohr auf den Fleck. Sein Herzschlag wummerte in seinen Ohren. Dort, hinter dem Wald, wo die Wüste begann und nur noch trockene Büsche und kümmerliche Bäumchen wuchsen, erkannte er eine steinige Straße.

Auf der Straße fuhr ein bunter Kastenwagen, an dem einige blaue Wimpel wehten. Vor den Wagen war ein kräftiger Schimmel gespannt. Auf dem Kutschbock saß eine Gestalt mit flammend roten Haaren, die unter einem großen Sonnenhut hervorguckten. Neben dieser Gestalt hockten noch zwei Kreaturen – und eine davon war kleiner.

Nun drängte Käpt'n Bittermond Jukka zur Seite, um wieder durch das Fernrohr zu schauen. „Das kann doch nicht wahr sein!", murmelte er vor sich hin. „Es ist nicht zu fassen!"

Jukka sah nun auch ohne Fernglas, wie das Pferd einen schmalen Weg entlangzockelte, der geradewegs in das Palmenwäldchen führte. „Sie kommen hierher", stellte er fest. Er fasste sich an die Brust. War es normal, dass es darin jetzt so heftig klopfte, als hätte er versehentlich einen Bären aus dem Winterschlaf geweckt?
„Wer ist das?", flüsterte Jukka.
Bittermond knurrte, dass man ihn selbst für einen Bären halten konnte. „Wer weiß? Eine Hexe!"
„Eine Hexe?"
Der Käpt'n sah Jukka an. „Ich habe nicht gesagt, dass es eine böse Hexe ist", grummelte er. „Ein *bisschen* böse, vielleicht."
Jukka und Bittermond standen regungslos auf dem Dach des Schiffes. Standen dort, während der Wagen hinter den Palmen verschwand und ab und zu zwischen den Blättern wiederauftauchte. Standen ohne ein Wort zu sprechen da, als Vögel verschreckt aufflogen und ein helles Wiehern über die Bucht schallte.
Es dauerte noch eine ganze Weile, bis die Fremden den Strand erreichten. Bald konnte Jukka erkennen, dass die rothaarige Person auf dem Kutschbock eine Frau war. Eine Frau, so ähnlich wie die Figuren auf dem Bild, das in Käpt'n Bittermonds Kajüte hing. Da waren schlanke Gestalten abgebildet, mit großen Hüten und langem Haar, mit fließenden Gewändern bis zum Boden und glatten Gesichtern, die irgendwie ganz anders aussahen als Bittermond.
„Wer ist das?", hatte Jukka einmal nach den Gestalten auf dem Bild gefragt, und Bittermond hatte geschnaubt: „Das sind Frauen."
Er sagte es so, als sei es das Natürlichste der Welt.
Nun saß also eine große Frau mit breitkrempigem Strohhut und einem wallenden blauen Kleid auf dem Kutschbock des Wagens,

der zum Strand kam. Neben der Frau saß ein riesiger schwarz-weiß gefleckter Hund. Und in der Ecke des Kutschbocks, gegen die Wand des Wagens gelehnt, hockte ein Kind.
Schließlich legte das Gespann die letzten Meter im Palmenwald zurück, verschwand noch einmal und rollte kurze Zeit später auf den festen Sand.
Die Frau schnalzte. Das Pferd, ein stämmiger Riese, aus dessen Nüstern warmer Dampf aufstieg, trabte genau auf das Boot zu.
„Sie kommen zu uns", sagte Jukka.
„Ja", erwiderte Käpt'n Bittermond mit rauer Stimme.
„Sollen wir runterklettern?", fragte Jukka.
Der Käpt'n verharrte kurz, dann warf er plötzlich die Arme in die Luft und rief: „Bleibt uns etwas anderes übrig?"
„Sind das Gauner und Halunken?", wisperte Jukka Bittermond zu, während sie langsam die Strickleiter zum Strand hinabstiegen.
„Das werden wir sehen", brummte der Käpt'n und schob nervös seine Mütze auf seinem Kopf hin und her.
Der Wagen hielt mit knirschenden Rädern im Sand vor dem Schiff an.
Käpt'n Bittermond trat hinter Jukka und legte ihm seine warme Hand in den Nacken.
Jukka spannte die Muskeln. Falls diese Gestalten gekommen waren, um Ärger zu machen, würden sie schon sehen, mit wem sie es zu tun hatten!
In diesem Augenblick hob die Frau strahlend die Hand. „Winnie Bittermond! Lange hab ich dich nicht gesehen!"
Jukkas Blick wechselte zwischen den beiden hin und her.
„Du kennst sie?", raunte er erstaunt.

Doch der Käpt'n reagierte nicht. Er tat überhaupt nichts, stand nur regungslos da, bis die Frau lachte und rief: „Hilfst du mir vielleicht hier runter?"

Jukka blinzelte irritiert, als sich Bittermonds Gesicht rötete. Seine narbige Wange leuchtete noch auffälliger als sonst.

„Ja, ja, natürlich", sagte er und machte einen Schritt auf den Wagen zu. Er reichte der Frau die Hand, die sie nahm, um mit zwei eleganten Schritten hinunter in den Sand zu steigen.

Der große Hund sprang gleich hinterher. Und auch das Kind erhob sich nun. Es starrte den Käpt'n einen Moment lang prüfend an. Dann wandte es den Blick schnell ab. Es ignorierte die Hand, die Bittermond helfend ausstreckte, und kletterte allein die Leiter hinunter.

Jukka betrachtete es erstaunt. Es hatte dickes, zu Zöpfen geflochtenes Haar und trug ein violettes Kleid, das bis knapp über seine knochigen Knie reichte, und geschnürte Stiefel.

Das Kind sah ihn kurz an, doch als Jukka ein Lächeln versuchte, machte es ein Geräusch, das nach *Pfff* klang, und drehte sich weg. Die Frau klopfte sich den Staub von der Kleidung. Dann streckte sie den Arm nach dem Kind aus. Sie schob es vor den Käpt'n.

„Das ist meine Tochter. Liliana Lasara."

„Oh", machte der Käpt'n.

An Jukka gewandt fuhr die Frau fort: „Und ich bin Kandidel Wind."

„Ah", machte Jukka.

Käpt'n Bittermond hatte endlich die Sprache wiedergefunden. Er zog Jukka näher an sich heran: „Das hier, das hier ist mein, äh ... Jukka."

Kandidel Wind lachte ein herzliches Lachen. „Es freut mich sehr, deine Bekanntschaft zu machen, Jukka!", rief sie, griff nach Jukkas Hand und schüttelte sie ausgiebig.
Der Käpt'n räusperte sich. „Wenn ihr schon mal hier seid, dann kommt doch rein und esst Schokoladenkuchen mit uns."
„Bittermonds Schokoladenkuchen!" Kandidel klatschte in die Hände und lachte schon wieder. „Was Besseres gibt es kaum!" Sie hakte sich bei Bittermond unter und ließ sich von ihm zum Schiff führen.
„Was machst du hier?", hörte Jukka den Käpt'n ihrer Besucherin zuwispern.
Er stierte den beiden hinterher. Was um alles in der Welt hatte Bittermond mit dieser Hexe zu flüstern? Jukka wartete darauf, dass der Käpt'n sich umdrehen und rufen würde: *Kommst du?* Aber nichts – der Käpt'n war damit beschäftigt, die Strickleiter festzuhalten, damit Kandidel hochklettern konnte. Es sah so aus, als hätte Bittermond Jukka vollkommen vergessen.
Jukka drehte sich zu dem fremden Kind um. Es spannte gerade das riesige Pferd aus und gab ihm einen Klaps, sodass es mit wehendem Schweif und flatternder Mähne über den Sand stob.
Jukkas Zunge lag ihm so schwer im Mund, dass er kein einziges Wort hervorbrachte. Das Kind schlenderte mit dem Hund den Strand hinunter und sah sich gelangweilt um.
„Es freut mich, deine Bekanntschaft zu machen!", rief Jukka schließlich. Das heißt, er *wollte* es rufen, aber heraus kam nur ein Nuscheln: „Freumichnbekanntschaftman."
Das Kind blieb stehen und musterte ihn von oben bis unten. Jukka hustete.

„Kannst du nicht richtig sprechen?", fragte das Kind.
Jukka lief rot an. „Doch." Endlich löste sich der Kloß in seinem Hals. „Es ist nur ... es ist ... wir hatten noch nie einen anderen Jungen hier am Strand, und ... und ich freue mich, deine Bekanntschaft zu machen."
Das Kind starrte Jukka durchdringend an. Seine Augen wurden zu Schlitzen. „Ich bin kein Junge."
Langsam wurde Jukka die Sache zu blöd. „Na, was bist du *dann*? Ein Pinguin?"
Das Kind verschränkte die Arme. „Ich bin ein *Mädchen*, du vertrockneter Regenwurm!"
Jukka schwieg. *Mädchen!* Er erinnerte sich dunkel, dass Bittermond einmal von Jungen und Mädchen gesprochen hatte. Mädchen, die Frauen wurden, und Jungen, die Männer wurden.
Das *Mädchen* reckte das Kinn nach oben.
Jukka überlegte kurz, ob er sie in den Sand stoßen sollte. Aber dann besann er sich eines Besseren. „Junge, Mädchen – macht es denn irgendeinen Unterschied?"
Das Mädchen sah ihn überrascht an. Sie rang nach einer Antwort. „Schon", sagte sie, hob die Schultern und gab zu: „Eigentlich nicht." Sie seufzte tief – und plötzlich tat sie Jukka sogar ein bisschen leid. Schließlich war sie hier vollkommen fremd. Und vielleicht war sie wie Miko: Sie wehrte sich mit Krallen und Klauen, weil sie gar nicht wusste, was mit ihr geschah.
„Es ist sehr schön in Bittermonds Bucht", sagte Jukka deshalb freundlich. „Soll ich dir zeigen, wo man Muscheln finden kann?"
Das Mädchen blies Luft durch die Nase. „Igitt, Muscheln sind doch scheußlich!"

Da ballte Jukka die Fäuste in seinen Taschen. Nein, dieses dumme Ding tat ihm überhaupt nicht mehr leid!

Was sollte das? Jetzt schien das Mädchen plötzlich zu einem Gespräch bereit. Es legte die Arme auf den Rücken, wippte von den Hacken auf die Fußballen und wieder zurück. Dann sagte es: „Du bist also Jukka?"

„Ja."

„Jukka – und wie weiter?"

„Wie weiter??"

Das Mädchen rollte ungeduldig die Augen. „Ich meine, wie heißt du mit Nachnamen?"

„Mit Nachnamen?"

„Bist du ein Papagei?"

Papagei?, wollte Jukka gerade fragen, aber er biss sich auf die Zunge.

„Jeder Mensch hat doch einen Nachnamen", erklärte das Mädchen. „Ich heiße Liliana Lasara Wind. Meine Mutter heißt Kandidel Wind. Dein Käpt'n heißt Bittermond. Und *du* heißt einfach bloß Jukka?"

Jukka zog die Augenbrauen zusammen. „Ja, einfach bloß Jukka."

Das Mädchen schnaubte. „Sogar mein Hund hat einen Nachnamen."

Jukka blickte hinüber zu dem Hund, der unter dem Kastenwagen im Schatten lag.

„Bo Knorre!", rief das Mädchen.

Der Hund spitzte die Ohren, stand auf und kam schwanzwedelnd auf sie zu.

„Das ist Bo Knorre", stellte das Mädchen ihn vor.
Bo Knorre blickte Jukka an, beschnupperte ihn ein bisschen und stieß ihm mit seiner feuchten Nase freundlich gegen den Bauch. Jukka kraulte ihn hinter den Ohren.
„Pass bloß auf!", warnte das Mädchen. „Er mag keine Fremden." Sie zog den Hund am Halsband zurück. Jukka ließ seine Hand sinken.
„Dann ist der Käpt'n wohl nicht dein Vater?", erkundigte sich das Mädchen unschuldig.
„Er hat mich ... zwischen den Klippen gefunden", sagte Jukka mit unterdrücktem Ärger. „Er ist so eine Art ... wie soll ich sagen ... Ersatzmutter."
Liliana Lasara zögerte, legte den Kopf schief – und dann musste sie schallend lachen. „So eine bärtige Mutter habe ich noch nie gesehen! Eigentlich hat ja jeder Mensch Eltern." Ihre Augen funkelten.
„Ach ja?", fragte Jukka. „Und wo ist dann dein Vater?"
Das Mädchen stockte für einen winzigen Augenblick. „Mein Vater lebt in einem wunderschönen Haus bei den Weißen Bergen. Und wenn ich wollte, könnte ich ihn jederzeit besuchen. Außer er hat gerade keine Zeit. Denn er hat manchmal wirklich sehr viel zu tun und muss auch öfter wegfahren."
Jukka zuckte mit den Schultern. „Ich habe den Käpt'n und den Strand. Das hat nicht jeder Mensch."
„Ja, aber deine Eltern ...", begann Liliana Lasara erneut.
Da wurde es Jukka zu bunt. Er machte einen Schritt auf sie zu und breitete die Arme vor ihr aus, als müsse er einen Schwarm wild gewordener Spatzen vertreiben. „Meine Mutter ist ein Pa-

pagei und mein Vater ein vertrockneter Regenwurm, weißt du? Sonst noch Fragen?"

Das Mädchen wich erschrocken zurück. Dann gluckste sie und kniff ihre Lippen zusammen, die sich zu einem kleinen Lächeln verzogen.

„Wozu braucht man überhaupt so einen langen Namen wie du?", fragte Jukka. „Ich werde dich Lila nennen."

Mit diesen Worten drehte er sich triumphierend um und stapfte durch den Sand davon. Er machte große Schritte, während er darauf wartete, dass Lila ihn rufen würde. So wie Käpt'n Bittermond es tat, wenn Jukka beleidigt davonstiefelte. Zum Beispiel, weil er sich wieder einmal die Ohren säubern sollte, obwohl er es gerade erst letzte Woche getan hatte. Der Käpt'n rief ihn dann unweigerlich nach ein paar Metern mit beschwichtigender Stimme zurück und sagte, dass das Ohrensäubern wohl verschoben werden könne. Doch nun hatte Jukka schon fast das Meer erreicht, und Lila rief immer noch nicht.

Vielleicht fragte sie sich, wie sie sich entschuldigen sollte. Wahrscheinlich bellte ihr Hund sie deshalb so vorwurfsvoll an. Vermutlich war es ihr peinlich, wie sich aufgeführt hatte, dachte Jukka. Bestimmt überlegte sie, wie sie es wiedergutmachen könnte. Vielleicht mit einem kleinen Geschenk? Im großen Kastenwagen musste doch Platz für eine Menge Zeug sein, da würde sie sicher ...

Doch Lila rief ihn nicht.

Jukka stand knöcheltief im seichten Wasser und wusste nicht, was er hier überhaupt wollte. Er drehte sich nach Lila um – und Lila war verschwunden!

Jukka schaute zum Schiff. Er schaute zum Kastenwagen. Niemand war zu sehen. Niemand rief ihn. Niemand suchte nach ihm. Der Strand war leer, und das Meer wogte träge hin und her. Jukka hat nicht die geringste Ahnung, was er jetzt mit sich anfangen sollte. Missmutig hockte er sich auf einen Felsen im flachen Wasser und warf Kieselsteine in die Wellen. Das Pferd knabberte an einigen Büschen am Waldrand, Bo Knorre schlief. Und von Lila fehlte jede Spur.

Wahrscheinlich saß sie im dunklen engen Wagen und grämte sich. Bestimmt wartete sie nur darauf, dass er kam und sie herausholte.

Aber da konnte sie lange warten! Ihn kümmerte es jedenfalls nicht, dass sie dort im Dunkeln hockte und versauerte. Je weniger er von ihr sah, umso besser. Er saß schließlich bequem in der Sonne und ließ es sich gut gehen.

Jukka stutzte, als vom Schiff ein heller Jauchzer zu hören war – Kandidel Wind! Kurz darauf erscholl das dröhnende Lachen des Käpt'n.

Jukka schleuderte einen Stein so heftig ins Wasser, dass eine Möwe, die ein paar Meter weiter in den Wellen geschaukelt hatte, erschrocken aufflatterte. „Hau ab, du dummes Biest!", brüllte er ihr hinterher.

Vielleicht meinte er damit die Möwe. Vielleicht aber auch jemand anders.

Die Buchstaben

Es fühlte sich an wie eine Ewigkeit, seit Lila in ihrem Wagen verschwunden war.

„Weiß der Geier, was sie darin macht", grummelte Jukka vor sich hin. Das Dumme war – er hätte wirklich zu gern gewusst, was sie im Inneren des dunklen Wagens tat. Verplemperte sie ihre Zeit vielleicht mit Schlafen?

Jukka lief über den Strand zum Kastenwagen und strich langsam darum herum. Die Bretter waren in einem wilden Muster bemalt, und die Farbe blätterte an vielen Stellen ab. Neben dem Kutschbock gab es eine Stange. An ihr flatterte eine blaue Fahne mit einem Wagenrad in der Mitte.

Jukka umrundete das Gefährt und begegnete Bo Knorre, der sich aufsetzte und mit dem Schwanz wedelte, als er Jukka bemerkte.

„Du magst keine Fremden?", fragte Jukka. Bo legte den Kopf zur Seite und wackelte mit den Ohren. Jukka ließ ihn an seiner Hand schnüffeln. Der riesige Hund schleckte mit seiner nassen Zunge über Jukkas Finger.

„Wir sind keine Fremden, nicht wahr?" Jukka lachte und kraulte durch Bos kurzes Fell. „Wir sind Freunde."
Und dann dachte er: Wenn Lila so einen netten Hund hat, dann kann sie doch eigentlich kein schlechter Mensch sein. Außerdem *musste* er jetzt einfach herausfinden, womit das Mädchen so lange beschäftigt war.
Die hintere Tür des Kastenwagens, von der eine Klapptreppe mit drei Stufen hinaufführte, stand einen Spalt weit offen. Jukka stieg leise auf die unterste Stufe und lugte durch die Öffnung. Im ersten Moment sah er nur Dunkelheit, dann begann er Schatten und Formen auszumachen. Der enge Wagen war vollgestopft mit Dingen – Viereckiges und Rundes, Langes und Kurzes, Möbel und einige Gegenstände, von denen Jukka nicht so recht wusste, was sie waren.
In der Mitte des Raumes saß Lila im Schneidersitz, ihm den Rücken zugewandt auf einem runden Kissen. Was sie da machte, erkannte Jukka nicht. Eigentlich sah es so aus, als tue sie gar nichts.
In diesem Augenblick berührte etwas Feuchtes Jukkas Kniekehlen. Jukka quietschte auf, machte einen Schritt zurück und purzelte kopfüber über Bo Knorre, der hinter ihm stand und ihn mit großen Augen anblickte.
Lila riss die Tür des Kastenwagens auf. „Was ist denn hier los?"
Jukka rappelte sich mühsam aus dem Sand auf.
„Ich habe dir doch gesagt, dass mein Hund nicht gut auf Fremde zu sprechen ist!", rief Lila aufbrausend. „Willst du, dass er dir die Hand abbeißt?"
„Dein Hund ist sehr nett", stieß Jukka hervor. „Wenn hier jemand nicht gut auf Fremde zu sprechen ist, dann bist das du!"

Bo Knorre ließ sich auf sein Hinterteil plumpsen. Lila schürzte verächtlich die Lippen. Scheinbar fiel ihr keine gute Antwort ein. Nach einer kurzen Pause verkündete sie: „Ich gehe jetzt wieder rein und werde lesen."

Lesen? Jukka schluckte die Frage hinunter, die sich sofort in seinem Kopf formte. Stattdessen sagte er mit fester Stimme: „Aha. Du guckst dir also Bücher an."

Lila war schon fast wieder im Dunkeln verschwunden, dann drehte sie sich um. „Nein", entgegnete sie mitleidig. „Ich schaue mir keine Bücher an. Ich *lese* sie!"

Sie ließ sich wieder auf ihr Kissen fallen. Dass Jukka ihr in den Kastenwagen folgte, quittierte sie mit einem schrägen Blick, sagte jedoch nichts.

Lila rückte sich das Kissen zurecht, bis sie eine bequeme Sitzposition gefunden hatte. Dann schlug sie das Buch auf, das auf dem Boden gelegen hatte, und begann …

Jukka fand, es sah genauso aus, wie es eben aussah, wenn man sich Bücher *anschaute*.

Jukka blickte sich um. Überall standen und lagen Kisten und Kästchen, Truhen und Koffer, Taschen, Säcke und Beutel. In der Luft hing ein merkwürdiger Geruch. Süßlich und duftend, schwer und kribblig und irgendwie alles zugleich. An der Wand hinter dem Kutschbock war ein Regal befestigt, auf dem allerlei kleine Fläschchen, Döschen und Tiegel standen. Mit dünnen Seilen fixiert, wahrscheinlich damit sie während der Fahrt nicht hinunterfielen. Abgesehen von all den Behältern, kleinen Kästen und Bündeln gab es im Wagen noch zwei schmale Betten, und in der Ecke stand ein großer glänzender Kessel. Von der Decke schaukelte eine zerbeulte Öllampe. So groß, wie Kandidel Wind war, musste sie vermutlich aufpassen, dass sie nicht ständig mit dem Kopf dagegenstieß.

Lila beobachtete Jukka über den Rand ihres Buches hinweg. „Falls du dich fragst, was all diese Dinge sind: Das sind unsere Waren, die Dinge, die wir verkaufen."

„Was verkauft ihr?", fragte Jukka.

„Na, alles. Alles, was wir hier so haben." Lila machte eine ausladende Geste. „Kräuter zum Würzen, Salben gegen Höhenangst, Tinkturen bei Liebeskummer. Cremes, die beim Einschlafen helfen, Tränke fürs bessere Erinnern. Säfte zum Vergessen. Kissen, Umhänge, Kappen und Strümpfe. Alles, was man so brauchen kann."

„Seid ihr ... Hexen?", fragte Jukka.

Lilas Augen blitzten. Dann lachte sie spöttisch. „Na klar sind wir das! Und du pass besser auf, sonst verhex ich dich in eine von deinen grässlichen Muscheln."

Dann wandte sie sich wieder ihrem Buch zu. Jukka setzte sich vorsichtig auf eines der Betten und beobachtete sie. Sah ihr zu, wie sie ... nichts tat. Sie starrte minutenlang auf eine Seite, ohne auch nur daran zu denken, sie umzublättern.

Der Käpt'n besaß einige Bücher, aber die waren ziemlich langweilig. Die meisten bestanden aus Seekarten, die alle gleich aussahen. Es gab ein Buch mit Zeichnungen von Booten und eins, in dem verschiedene Fischarten abgebildet waren. Dann war da noch eins mit vielen bunten Bildern, von Tieren, die es am Strand nicht gab. Von Pferden, zum Beispiel, und von Menschen, die alle möglichen Dinge taten, die man am Strand nicht tun konnte. Aber

Bittermond mochte es nicht, wenn Jukka dieses Buch anschaute.
Endlich schlug Lila die nächste Seite auf. Wieder heftete sich ihr Blick unbeweglich an das Papier vor ihrer Nase.
Schließlich hielt Jukka es nicht mehr aus. So ein dummes Buch konnte doch unmöglich so interessant sein, dass man stundenlang ...
„Zeig schon her!" Er rutschte neben Lila auf das Kissen, um über ihre Schultern zu schauen.
Lila senkte das Buch auf ihren Schoß.
„Da ist ja gar nichts drin", entfuhr es Jukka, obwohl er im selben Moment wusste, dass es da irgendein Geheimnis geben musste, das Lila bestimmt längst entschlüsselt hatte.
Auf den Seiten prangten keine Bilder und auch keine Seekarten. Sie waren vielmehr mit schwarzen Linien, Punkten und Zeichen gefüllt – und sonst nichts.
Lila seufzte. „Du kannst also nicht lesen?"
Jukka sah zu Boden. „Ich – wieso?"
„Du weißt nicht mal, was Buchstaben sind", stellte Lila verwundert fest.
„Na, und was sind Buchstaben? Du meinst diese Bögen und Striche?", fragte Jukka.
„Das hier", erklärte Lila und tippte auf die aufgeschlagenen Buchseiten. „*Das hier* sind Buchstaben." Sie hielt ihm die schwarzen Zeichen unter die Nase. „Jemand hat sie benutzt, um eine Geschichte aufzuschreiben."
Jukka versuchte, sich nichts anmerken zu lassen, aber in seinem Kopf waren tausend Fragezeichen.
„Hier steht beispielsweise Folgendes", erklärte Lila großzügig und

räusperte sich. „*Es lebten einmal vor langer, langer Zeit zwei Königskinder. Das eine wohnte im Land der tausend Bäche, das andere im Reich der silbernen Sonnen. Die beiden Königreiche lagen seit vielen Hundert Jahren miteinander im Krieg. Nun trug es sich aber eines Tages zu* ... Und so weiter und so weiter."
Jukka traute seinen Ohren kaum. „Hast du dir das ausgedacht?"
Lila lachte und verdrehte die Augen. „Nein, habe ich nicht. Es steht hier *geschrieben*. Das hat sich jemand anderes ausgedacht."
„Und wie geht es weiter?", fragte Jukka.
Lila grinste. „Na, das musst du selbst lesen."
Jukka starrte auf das Buch in Lilas Schoß.
„Wie liest man denn?", fragte er schließlich.
„Du bist wirklich eine Nervensäge!", rief Lila. Aus einer Tasche neben sich holte sie einen Stift und ein Stück Papier. Darauf kritzelte sie ein paar Zeichen. „Sieh her", wies sie ihn an. „Das sind Worte, die ich geschrieben habe. Jedes Wort, das wir sprechen, besteht aus Buchstaben. Davon gibt es sechsundzwanzig. Die musst du lernen, dann kannst du alle Bücher der Welt lesen."
Jukka griff nach dem Papier, das Lila beschrieben hatte. Sie beobachtete ihn mit hochgezogenen Augenbrauen. In Jukkas Kopf schossen zweihundert Gedanken gleichzeitig umher. Wie konnte es sein, dass er nicht wusste, was Buchstaben waren, und keine Ahnung vom Lesen hatte? Und Bittermond – ob der lesen konnte? Wieso hatte er ihm nichts davon erzählt?
„Was steht da?", fragte Jukka und wies auf das Papier in seiner Hand.
„Dein Name: Jukka."

Jukka schluckte. Langsam fuhr er die geschriebenen Linien mit dem Finger nach.

„Ja, ein ganz schön kurzer Name", sagte Lila spitz. „Einen Nachnamen hast du ja nicht."

Jukka schwieg. Er starrte die Buchstaben an. Sosehr er sich bemühte, er konnte nicht erkennen, was aus den schwarzen Strichen seinen Namen machte.

„Kannst du mir beibringen, wie man liest?", fragte er schließlich.

Lila schlug ihr Buch zu. „Nein, das kann ich nicht!", rief sie. „Und jetzt lass mich in Ruhe, damit ich weiterlesen kann!"

Jukka presste die Lippen zusammen.

Lila stöhnte. „Hör mal, es tut mir leid, dass mich deine Muscheln nicht interessieren. Meine Mutter hat mich hierhergeschleppt, und ich hoffe, dass wir bald weiterfahren. Bis dahin würde ich gerne in Frieden meine Bücher lesen, denn ansonsten ist hier ja nichts los! Und wenn du lesen lernen willst, musst du in eine Schule gehen." Sie beäugte ihn kurz. „Meiner Meinung nach müsstest du sowieso längst zur Schule gehen."

Jukka guckte ungläubig. *Schule?* Danach würde er Lila jetzt nicht auch noch fragen.

Lila beachtete ihn nicht mehr. Sie drehte sich zur Seite, um weiterzulesen.

Jukka richtete sich auf und kletterte ins Freie.

Draußen war bereits die Sichel des Mondes am Himmel zu sehen. Es wurde Abend in Bittermonds Bucht. Im Schiff leuchteten Kerzen, deren Schein durch die Bullaugen flackerte. Und in den Büschen zirpten die Grillen.

Jukkas Magen knurrte. Der Käpt'n hatte wohl vollkommen vergessen, dass sie etwas zum Abendessen brauchten. Jukka hockte sich in den Sand und blickte hinüber zum Schiff. Noch immer drangen leise Stimmen aus seinem Inneren.

Bittermond hatte Jukka beigebracht, wie man Hütten baute und Fische fing. Er hatte ihn gelehrt, Sternbilder zu erkennen und Ziegenkäse herzustellen. Aber wie Mädchen genau waren und was Lesen und Schule bedeuteten – das hatte er vergessen zu erwähnen.

Jukka legte sich auf den Rücken und betrachtete den vertrauten Himmel über sich. Ich weiß nichts, dachte er. Und ich habe auch keine Ahnung, was hinter dem Palmenwäldchen liegt. Er fragte sich, ob all die Halunken und Gauner, die dort herumstreunten, vielleicht deswegen mit den Fingern auf ihn zeigen und lachen würden – weil er nicht wusste, wie man las und was ein Nachname war.

Jukka schrak auf, als ein Schatten über ihm das Mondlicht verdunkelte. Er hob den Kopf und erkannte Kandidel Wind. Sie hatte inzwischen ihren Hut abgelegt, ihr Haar fiel in wallenden Locken über ihre Schultern.

Kandidel kniete sich lächelnd neben Jukka und sog den Duft der Orchideen ein, der in der Luft lag. „Ein schöner Abend heute."

Jukka brummte nur.

„Wo ist denn Liliana Lasara?", fragte Kandidel. „Sicher wieder den ganzen Tag drinnen und liest, hm? Dabei gäbe es hier draußen doch so viel zu erleben!"

Jukka fiel im Moment gar nichts ein, was man hier draußen hätte erleben können. Jedenfalls nichts, was er nicht schon tausend Mal gemacht hatte.

Kandidel Wind streckte ihre Füße im Sand aus und wackelte genüsslich mit den Zehen. „Es hat sich gar nichts verändert in der Bucht. Es ist hier immer noch so schön wie an keinem anderen Ort auf der Welt."

Jukka blickte überrascht auf. „Du warst schon mal hier?"

Kandidel lachte. „Bittermond erzählt dir wirklich gar nichts, oder?"

Jukka wusste nicht, warum das ein Grund zum Lachen sein sollte.

„Ich habe vor langer Zeit mit Bittermond hier gelebt", erklärte Kandidel. „Damals fuhr er noch zur See, aber abends legte er immer bei mir in der Bucht an."

Jukka wusste einiges aus Käpt'n Bittermonds Vergangenheit. Er hatte erzählt, dass er als kleiner Junge mit anderen Kindern und Erwachsenen in einem Dorf zu Hause gewesen war. Er vergaß jedoch niemals zu betonen, wie viel mehr er jetzt ihr gemeinsames Leben am Strand genoss. Tausendmal mehr als das frühere unter lauten, unzufriedenen und garstigen Menschen! Aber Kandidel hatte Bittermond nie erwähnt.

„Ich bin eigentlich gekommen, um euch zum Abendessen zu holen", unterbrach Kandidel Jukkas Gedanken. „Willst du Liliana Bescheid sagen?"

„Lieber nicht", murmelte Jukka.

Kandidel musterte Jukka einen Augenblick nachdenklich, dann stand sie auf, um Lila selbst zu holen.

Das Dach des Schiffes bot nicht genügend Platz, um zu viert um den Tisch herumzusitzen. Deshalb picknickten sie am Strand im Schein der Sterne und einiger Lampions.

„Köstlich!", schwärmte Kandidel von den gebratenen Schillerfischen, die Jukka am Vortag gefangen hatte. „Was sagst *du*, Liliana Lasara?"
Lila hob die Schultern. Jukka sah, wie ihr Blick kurz über Bittermonds Gesicht huschte und einen Moment auf den roten Narben verharrte.
„Du bist immer noch ein fantastischer Koch, Bittermond", stellte Kandidel fest. Der Käpt'n lächelte verlegen und strich sich über die narbige Wange.
Lila spuckte ein paar Gräten auf ihren Teller. „Ihr wart also mal ein Liebespaar?", fragte sie neugierig.
Jukka verschluckte sich fast an seinem Fisch. Käpt'n Bittermond schaute schnell zur Seite.
„Was ist ein Liebespaar?", wollte Jukka wissen. Er ahnte, dass dieses Wort vermutlich in die Kategorie „Mädchen", „Buchstaben" und „Schule" fiel und er es eigentlich längst hätte kennen müssen.
Lila kicherte, und Kandidel blickte den Käpt'n tadelnd an. „Winnie, dein Junge weiß wirklich zu wenig von der Welt. Hilf ihm doch mal."
„Also, ein Liebespaar", begann Bittermond. „Ein Liebespaar ... ist so wie die Vogeleltern im Nest über deiner Hütte."
Kandidel lachte laut und puffte den Käpt'n in die Seite. „Genau! Wie Vogeleltern im Nest waren wir."
Käpt'n Bittermond zupfte sich nervös am Ohr. „Es ist schon lange her", murmelte er.
„Schön war das", sagte Kandidel.
Bittermond blickte Jukka hilflos an.

Kandidel lächelte. „Wir haben uns lange nicht gesehen, aber Freunde sind wir immer noch, nicht wahr, Winnie?" Der Käpt'n sah auf seine Finger, dann begann er zu lächeln. „Ja. Ja, das sind wir wohl *wieder.*"
Lila schnaufte. „Ich hoffe wirklich, wir bleiben nicht ewig hier."
„Lila findet nämlich Muscheln grässlich", erklärte Jukka.
„Und Fisch im Übrigen auch", fügte Lila hinzu. Sie wies naserümpfend auf ihren Teller, von dem sie ein Fischkopf aus hohlen Augen anstarrte.
Kandidel Wind klatschte in die Hände. „Jukka, du nennst sie Lila? Das ist reizend! Lila, wir bleiben so lange hier, wie es uns gefällt."
Lila verschränkte böse die Arme. „Ich finde es hier langweilig. Wir waren schon an so vielen besseren Orten."
„Wo denn?", platzte Jukka heraus.
Aber der Käpt'n schnitt ihm das Wort ab. „Was sollen denn die Streitereien? Jukka wird dir morgen mal zeigen, was man in unserer Bucht alles machen kann."
Lila kniff ihre Lippen auf eine Art zusammen, die genau verriet, was sie von diesem Vorschlag hielt.
„Das erinnert mich an etwas, Winnie", fiel Kandidel da ein. „Weißt du noch, wie wir in Weißendorn mal in Streit mit diesem verrückten Bärenfänger geraten sind? Wie hieß der noch gleich …?"
„Albertus Wendehals … oder Schwendemalz …?", überlegte Bittermond lachend.
Kandidel giggelte laut, und Jukka schaute ungläubig von einem zum anderen. Worüber die beiden da in Erinnerungen schwelgten? Er hatte nicht den blassesten Schimmer.

Während Bittermond und Kandidel von verrückten Bärenfängern und frechen Postbeamten erzählten, zog Lila unbemerkt ihr Buch auf ihren Schoß und begann zu lesen.
Jukka wartete noch einige Minuten ab, in denen der Käpt'n ihn keines Blickes würdigte und nur Augen für Kandidel hatte. Dann erhob er sich leise und stahl sich davon. Er kletterte aufs Boot, wo er sich rittlings auf die Reling am Bug setzte und mit den Beinen baumelte. Über ihm glitzerte der endlose Sternenhimmel, und unter ihm murmelten die Wellen und die Gischt.
Wenn ich jetzt wegschwimme, dachte Jukka, würde Bittermond es gar nicht merken. Er stellte sich vor, wie der Käpt'n weinte und schrie, wenn er entdeckte, dass Jukka von einem riesigen Hai zerbissen worden war. Dummerweise hatte Jukka nicht die geringste Lust, sich von einem Hai anknabbern zu lassen. So saß er immer noch dort am Bug im Dunkeln, als Bittermond endlich nach gefühlten siebenunddreißig Stunden an Bord kam.
„Ich dachte, du wärst schon schlafen gegangen", sagte der Käpt'n überrascht.
„So kann man sich täuschen", entgegnete Jukka patzig.
Bittermond lehnte seine starken Arme neben Jukka auf die Reling. „Vielleicht täusche ich mich wirklich in einigen Dingen", murmelte er nachdenklich. „Freust du dich denn gar nicht über unseren Besuch? Du hast dir doch Abwechslung gewünscht."
„Es ist komisch", überlegte Jukka, „du wolltest *keine* Abwechslung, aber jetzt bist du so vergnügt wie schon lange nicht mehr. Und ich *wollte* Abwechslung, aber jetzt kann ich sie nicht ausstehen."
Der Käpt'n lachte leise. „Meinst du Lila? Du wirst sehen, das wird

noch. Sie muss sich eben erst an all das Neue gewöhnen. Sie ist bestimmt ein nettes Mädchen."

„Pfff", machte Jukka.

Bittermond klopfte Jukka freundschaftlich auf die Schulter. „So was wie unseren Strand hat sie bestimmt noch nie gesehen. Ich bin sicher, sie wird neugierig, wenn du ihr erst mal ein paar Dinge gezeigt hast."

„Sie hat wahrscheinlich schon von Hunderten Stränden *gelesen*!", stieß Jukka hervor. Er drehte sich zu Bittermond um. „Wusstest du, dass sie lesen kann?"

„Nein, also ..." Bittermond fuhr sich irritiert durch den Bart.

„Kannst *du* lesen?", wollte Jukka wissen.

„Nicht besonders gut, aber ..." Der Käpt'n zögerte.

„Wieso hast du mir nicht erzählt, dass es Buchstaben gibt und Kinder, die lesen können?", fragte Jukka vorwurfsvoll. „Und Hunde mit Nachnamen, Hexen, alte Freundinnen und all das?"

Bittermonds Schnurrbart zitterte ein wenig. Er lehnte seine Stirn gegen Jukkas Schulter. Seine Stimme klang rau und schwer. Er sprach langsam. „Ich dachte doch ... unsere wunderbare Bucht wäre genug für dich. Ich wusste nicht ... dass du Buchstaben brauchst und andere Kinder."

„Ich weiß noch nicht mal, was mit den Königskindern in dieser Geschichte passiert!", rief Jukka. „Ich weiß gar nichts!"

Bittermond ging auf Jukka zu und umarmte ihn fest.

„Morgen werde ich meine alte Lesebrille suchen", sagte er entschlossen. „Ich mag vielleicht etwas eingerostet sein, aber es wäre doch gelacht, wenn wir nicht ein paar Buchstaben bewältigen könnten."

Jukka entwand sich der Umarmung. „Na gut", sagte er. „So schwierig kann Lesen doch nicht sein."
Und Bittermond lachte. „Das ist die richtige Einstellung, mein Junge."

Schwimmen und Schwimmen können

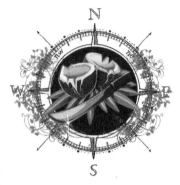

Als Jukka am nächsten Tag zum Strand kam, war es nicht mehr morgendlich frisch. Die Sonne prallte bereits flirrend auf den gelben Sand. Das Meer war glatt wie ein Spiegel. Das Schiff lag verlassen da. Käpt'n Bittermond hatte seinen üblichen Platz im Schaukelstuhl noch nicht eingenommen.

Der Kastenwagen stand in derselben Position wie gestern am Rande des Palmenwäldchens. Das weiße Pferd hatte sich in die Schatten der Bäume zurückgezogen. Und Bo Knorre döste unter dem Kutschbock.

Jukka reckte sich. Schliefen die etwa alle noch?

In diesem Moment zerriss ein lang gezogenes Kreischen die Stille. Es platschte, und ein lautes Lachen folgte.

Jukka schoss herum. Er traute seinen Augen kaum: Kandidel Wind war von den Klippen am Ende der Bucht ins Wasser gesprungen – und planschte nun in den Wellen wie ein junger Otter. Sie war nicht allein. Neben ihr ragten Käpt'n Bittermonds

Zehen aus dem Wasser. Er lag auf dem Rücken und schaukelte langsam durch die Wogen.

Jukka konnte sich nicht daran erinnern, wann er den Käpt'n das letzte Mal hatte schwimmen sehen. Jetzt, wo er so darüber nachdachte, fiel ihm ein, dass Bittermond sogar früher, als Jukka das Schwimmen und Tauchen lernte, lieber im kleinen Beiboot gesessen und von dort Anweisungen gegeben hatte, als auch nur den großen Zeh ins Wasser zu stecken.

Nun aber wippte Käpt'n Bittermond durch die Wellen, als handelte es sich um seine Lieblingsbeschäftigung.

Jukka schlenderte hinüber zu den Klippen, und Kandidel winkte ihm zu. „Guten Morgen!", rief sie. „Komm doch auch rein, das Wasser ist herrlich!"

Der Käpt'n strahlte von einem Ohr zum anderen. „Mmh, herrlich", brummte er wohlig.

Jukka blieb unschlüssig stehen und kratzte sich an der Stirn. „Was macht ihr denn da?", fragte er.

„Na, wir haben Spaß!", rief Kandidel und spritzte dem Käpt'n eine Ladung Wasser ins Gesicht. Der prustete und lachte lauthals. Dann platschte er durch die Wellen, um Kandidel für ein paar Sekunden unterzutauchen.

Jukka betrachtete das Schauspiel mit verschränkten Armen.

„Wir zwei und unser Strand", pflegte der Käpt'n Jukka zu sagen. „Alles andere bringt nur Ärger. Wenn Menschen zusammenleben, dann gibt es ständig Zank und Lärm, und niemals hat man seine Ruhe."

Tatsächlich, mit der Ruhe am Strand war es jetzt vorbei. Das schien Bittermond allerdings nicht zu stören.

„Jukka, schubs doch mal Lila ins Wasser!", rief Kandidel.
Lila hockte missmutig auf einem Stein in den Klippen. Sie saß so versteckt zwischen zwei Felsen, dass Jukka sie bis jetzt nicht bemerkt hatte.
„Wenn du es wagst, mich anzurühren ...", knurrte sie, als Jukka sich zu ihr umdrehte.
„Na los!", brüllte Kandidel aus dem Wasser. „Kommt rein!"
Lila schrie wütend zurück: „Ich gehe nicht ins Wasser, und ich heiße nicht Lila!"
Na bitte: Zank und Lärm! Jukka hatte es geahnt.
„Los, Mädchen!", rief nun auch Käpt'n Bittermond. „Es ist doch nur nass. Du brauchst keine Angst zu haben."
Lila lief vor Ärger rot an. „Ich habe keine Angst, ich *will* bloß nicht!", rief sie. „Die treiben mich noch in den Wahnsinn", murmelte sie weiter. Und Jukka musste zustimmend nicken.
„Wir können woanders hingehen", schlug er vor. „Es gibt noch viele schöne Stellen zum Schwimmen. Ohne die." Er wies mit dem Kinn auf Kandidel Wind und Käpt'n Bittermond, die durchs Wasser tollten wie spielende Delfine.
Lila drehte die Augen zum Himmel. „Ich will aber nicht schwimmen."
Kandidel rief aus dem Wasser: „Es ist gar nicht schwierig, wenn du es erst versuchst!"
Da ging Jukka ein Licht auf. „Du kannst nicht schwimmen?", fragte er erstaunt.
Lila schaute ihn nicht an. „Ich könnte schon, wenn ich nur wollte", sagte sie störrisch.
In Jukka machte sich ein wohliges Gefühl breit. Frau Lese-Viel

konnte also *nicht* schwimmen! Er grinste breit. „Besonders schwierig ist es wirklich nicht", stellte er fest.

Lila warf ihm einen bösen Blick zu, der ihn sicher in eine kleine Muschel verwandelt hätte, wäre er nicht so zufrieden mit sich gewesen.

Gerade kletterte Käpt'n Bittermond auf die Klippen und zog Kandidel hinter sich hoch.

„Lila ist heute mal wieder dickköpfig", meinte Kandidel. „Ich weiß gar nicht, warum du so verbockt bist, Kind, und dich weigerst, schwimmen zu lernen. Genieß doch diese schöne Bucht!"

Da platzte Lila der Kragen. „Ich habe keine Lust, diesen blöden Strand zu genießen!", brüllte sie. „Ihr geht mir alle auf die Nerven!" Sie drehte sich um und stapfte so zornentbrannt davon, dass die Krabben in den Klippen verängstigt in alle Richtungen davonstoben.

„Kinder ...", murmelte Kandidel.

„Kinder", brummte auch Bittermond.

Jukka fragte sich, was die beiden eigentlich vom Kindsein wussten.

„Lernen wir jetzt lesen?", fragte Jukka den Käpt'n, als der kurze Zeit später seinen Bart auswrang.

„Aber sicher", meinte Bittermond. „Nach meinem Mittagsschläfchen." Er bemerkte Jukkas zusammengekniffene Lippen und fügte hinzu: „Weißt du, Seeluft macht nämlich schrecklich müde." Kandidel nickte bekräftigend.

Jukka folgte den Erwachsenen, die, schon wieder in ein Gespräch vertieft, den Strand hinuntergingen.

Was war hier eigentlich los? Erst gab es kein Frühstuck, sondern Geplansche im Wasser, und dann sollte ein Mittagsschläfchen abgehalten werden, obwohl es noch nicht einmal Mittag war.

Jukka wusste nicht so recht, was er machen sollte. Gern hätte er endlich ein Buch gelesen, aber Bittermond hatte ja angeblich jetzt keine Zeit, ihm das Lesen beizubringen.

Bald war nur noch Jukka am Strand zurückgeblieben. Die beiden Erwachsenen hatten sich verabschiedet, um ihr Nickerchen zu halten. Und niemand erkundigte sich, ob *er* vielleicht müde oder gelangweilt war!

Zum Glück öffnete sich nach wenigen Minuten knarrend die Tür des Kastenwagens – und Lila trat heraus. Jukka sah Lila erwartungsvoll entgegen. Lieber eine Kratzbürste als gar keine Gesellschaft, dachte er.

Das Mädchen wanderte um Jukka herum. „Da drinnen ist es nicht auszuhalten", erklärte sie. „Kandidel schnarcht wie ein Walross." Sie musterte den Sand zu ihren Füßen. Schließlich strich sie ihr Kleid glatt und setzte sich. „Was ist eigentlich mit Bittermonds Gesicht passiert?", wollte sie von Jukka wissen.

„Wieso?", fragte Jukka zurück.

„Na ja ...", sagte Lila zögernd. „Sein Gesicht sieht so rot aus, narbig und – kaputt."

„Ach das", antwortete Jukka verwundert. „So sah er schon immer aus."

„So sehen die meisten Menschen aber nicht aus", erwiderte Lila. „Da muss doch etwas passiert sein."

„Mhm", machte Jukka. Er wusste nicht, wie die meisten Menschen aussahen. Aber jetzt, wo Lila es erwähnte, sah er ein, dass da wohl irgendwann mal etwas mit Bittermonds Gesicht passiert sein musste.

Jukka dachte daran – wenn das Wetter umschlug, fasste sich Bittermond oft an die Wange und stöhnte laut. „Ich weiß nicht, was passiert ist", sagte er. „Ist es denn so schlimm?"

Lila blickte überrascht auf. Sie überlegte einen Moment und sagte leise: „Nein, schlimm ist es nicht." Dann grub sie ihre Hand in den Sand und fragte plötzlich munter: „Also, was kann man denn hier Tolles tun?"

„Oh …", machte Jukka. So schnell fiel ihm nichts ein. „Ähm …"

Lila verzog den Mund. „Ist wirklich sehr spannend hier", bemerkte sie spöttisch.

„Also, wenn du ins Wasser wolltest …", sagte Jukka.

„Nein, will ich nicht", antwortete Lila spitz. „Ich werde wohl lieber *lesen*."

„Wie wäre das? Wir könnten uns gegenseitig helfen", bot Jukka an. „Du bringst mir das Lesen bei und ich dir das Schwimmen."

Man konnte ja nicht wissen, wann der Käpt'n sich bequemte, von seinem Schläfchen aufzuwachen. Und wenn Lila wieder verschwand, würde Jukka vor Langeweile eingehen wie eine vertrocknete Pflanze.

Lila überlegte. „Hör mal", sagte sie schließlich, „Lesen lernt man nicht in ein paar Stunden. Und ich bin sicher nicht lange genug da, um es dir beizubringen. Also lass dich lieber von Käpt'n Bittermond unterrichten."

„Wieso?", fragte Jukka erstaunt. „Wo willst du hin?"

Lilas Gesichtsausdruck verfinsterte sich. „Wohin ich will, ist nicht die Frage. Kandidel hält es an keinem Ort lange aus. Du wirst sehen, in ein paar Tagen sind wir fort. Und dann schleppt sie mich bestimmt wieder irgendwohin, wo ich niemanden kenne."

„Warum seid ihr denn hierhergekommen?", wollte Jukka wissen.

„Ach", sagte Lila. Sie knabberte an ihrer Unterlippe. „Wir hatten ein bisschen Ärger ..." Lila machte eine wegwischende Handbewegung. „Ich weiß nicht, wie Kandidel ihre Reiseziele aussucht. Aber Ärger gibt es meistens irgendwann."

„Du warst sicher schon an vielen Orten", sagte Jukka träumerisch. „Wie ist es denn in der Wüste?"

„Keine Ahnung", sagte Lila. „Kandidel befiehlt mir zwar ständig, aus dem Fenster zu gucken, aber ich lese lieber."

„Willst du nicht wissen, was es da draußen alles gibt?"

Lila zuckte mit den Achseln. „Kenn ich doch schon alles. Berge und Seen. Die Flüsse, Städte und Dörfer. Und auch die Wälder und Felder. Und wenn ich mich gerade mal an einen Ort gewöhnt hab, dann packt Kandidel auch schon wieder alles zusammen und wir fahren weiter. Zu dieser und jener alten Freundin, auf irgendeinen großen Markt oder zum Volksfest in einer Stadt am anderen Ende der Welt."

„Das klingt schön", murmelte Jukka.

Lila betrachtete ihn mit erhobener Nase. „Na, so öde wie an diesem Strand ist es auf jeden Fall nirgendwo. Mir soll's auch recht sein, wenn wir bald weiterfahren."

In diesem Augenblick knurrte ihr Magen laut und vernehmlich. Jukka war ebenfalls hungrig.

„Gibt's hier eigentlich nichts zu essen?", fragte Lila.

Jukka überlegte. „Das hat Käpt'n Bittermond wohl vergessen."

„Ja, so ist das mit den Erwachsenen", meinte Lila. „Wenn wir mal vergessen, uns die Fingernägel zu säubern, gibt's Zeter und Mordio. Aber sobald ihnen was in die Quere kommt, lassen sie uns verhungern."

Jukka verzog den Mund. „Keine Angst, wir verhungern nicht. Komm mit!"

Er führte Lila in den Wald, wo er eine Palme suchte, an der reife Kokosnüsse hingen. Jukka zückte die Schleuder, die in seinem Gürtel steckte, und suchte nach einem geeigneten Stein.

„Es ist besser, die Dinger runterzuschießen, sonst fallen sie einem eines Tages auf den Kopf."

Er kniff ein Auge zu, zielte und traf eine der großen Früchte genau in der Mitte, sodass sie hin und her schaukelte, abriss und auf den Boden fiel.

Jukka grinste, und Lila nickte anerkennend. Obwohl sie gleich darauf mit den Schultern zuckte und sagte: „Ist wohl besser als nichts, so eine Kokosnuss."

Besser als nichts waren auch die Bananen, die Jukka ihr gleich darauf zeigte.

Lila hatte die Arme mit den Früchten beladen, als sie einer großen silbrigen Libelle ausweichen musste, die auf sie zugeflogen kam. „Das ist der reinste Dschungel hier."

„Ja, das ist es", sagte Jukka.

Lila lachte und folgte ihm zurück an den Strand.

„Wie kriegen wir die jetzt auf?", fragte sie mit Blick auf die Kokosnuss.

„Mit der Machete", antwortete Jukka. Er holte sie aus seiner Hütte.

Lila betrachtete das riesige blitzende Messer. „Ist das nicht gefährlich?"

„Nicht, wenn man weiß, wie's geht."

„Na dann", brummte das Mädchen.

„Willst du es versuchen, Lila?", fragte Jukka und hielt ihr die Machete hin.

„Ich heiße nicht Lila", bemerkte sie, als sie das Messer entgegennahm.

Jukka zeigte ihr, wie sie es halten musste. „Und jetzt schlag zu. Aber sei vorsichtig!"

Lila hob die Hände über den Kopf und ließ das Messer nach unten sausen. Jukka lachte. Sie hatte nur eine kleine Kerbe in die Kokosnuss geschlagen. Lila wischte sich den Schweiß von der Stirn, leckte sich über die Lippen und biss die Zähne zusammen. Sie schlug wieder zu – diesmal ein Volltreffer! Die helle Flüssigkeit spritzte aus der Nuss.

„Hey!", rief sie stolz. „Das hätten wir!"

Die beiden tranken den Kokossaft und aßen Bananen. Jukka schabte das weiße Fleisch aus der Nuss.

„Man muss sich eben zu helfen wissen", meinte Lila, als wäre es ihre Idee gewesen, in den Wald zu gehen, um etwas Essbares zu suchen. „Aus der Kokosnussschale baue ich jetzt ein Boot", verkündete sie.

Und dann bastelten Jukka und Lila zwei Miniboote, komplett mit Masten aus Bambusrohren und Segeln aus einem alten Pyjamahemd.

Lila betrachtete ihr Werk mit Stolz und behauptete: „Mein Boot liegt bestimmt besser im Wasser als deins."

„Das glaubst du wohl selbst nicht", entgegnete Jukka.
„Doch, natürlich", meinte Lila und tätschelte den Rumpf ihres Kokosnussboots.
„Ich weiß, wo wir es ausprobieren können!", rief Jukka.

„Ich habe gewonnen!" Lila sprang zurück an den Strand. Sie hatten die Kokosschiffchen auf dem Bach, der oben auf dem Steilhang am Ende der Bucht entsprang und zu den Klippen hinuntersprudelte, fahren lassen.
„Wie bitte?", rief Jukka. Er rannte ihr hinterher. „Dein Boot ist doch kaputt! Meins ist weitergekommen als deins."
„Wäre mein Boot nicht zerschlagen, wäre es schon längst am Strand angekommen", behauptete Lila. „Deins ist stecken geblieben. Es ging nicht um die Stärke des Schiffes, sondern um die Schnelligkeit. Und meins war eindeutig schneller."
Jukka rannte geradewegs in Lilas Rücken, als sie abrupt stehen blieb. Kandidel Wind und Käpt'n Bittermond kamen ihnen entgegen. Arm in Arm! Lila betrachtete die beiden genau. Auf Bittermonds Lippen lag ein rosiges Lächeln. „Hallo, ihr beiden", grüßte der Käpt'n.
„Lila?", fragte Kandidel.
„Ich heiße nicht ..."
„Was würdest du davon halten, wenn wir hierbleiben?"

Geheimnisse

Lila und Kandidel Wind blieben in Bittermonds Bucht. Sie reisten nicht nach ein paar Tagen ab, wie Lila es vermutet hatte.
Auch als einige Wochen vergangen waren, sah es nicht so aus, als würde Kandidel bald ihre Sachen packen und weiterziehen wollen. Käpt'n Bittermond und Kandidel Wind hatten sich verliebt.
„Was soll denn das sein?", fragte Jukka und dachte an die Vogeleltern, als der Käpt'n ihn zur Seite nahm, um ihm diese Neuigkeit zu verkünden.
„Oh", machte Bittermond mit träumerischem Blick, „verliebt ist man, wenn man tagsüber Sterne funkeln sieht und keinen Hunger mehr hat und die Luft so süß riecht."
„So was Beklopptes", murmelte Jukka. „Ich glaub, du hast Fieberwahn."
„Weißt du, Kandidel und ich waren schon einmal verliebt", erzählte der Käpt'n.
„Aha", brummte Jukka. Dieses Gespräch wurde ihm langsam unangenehm.

„Wir waren jung und ungestüm damals – und dann haben wir uns gestritten. Inzwischen sind wir älter und weiser geworden. Jetzt haben wir uns endlich wieder vertragen." Der Käpt'n räusperte sich und lächelte. „Das Leben ist wunderschön."
Jukka hätte sich am liebsten die Ohren zugehalten. „Schon gut. Ich hab's verstanden", murmelte er unfreundlich.

Kandidel und Bittermond waren glücklich – und unzertrennlich. Wenn die Sonne unterging, sah man sie Hand in Hand am Strand entlangspazieren. Der Käpt'n verbrachte mitunter Stunden damit, im Wald nach duftenden Blumen zu suchen, um sie seiner Angebeteten auf den Frühstücksteller zu legen.
„Ihr werdet eines Tages noch sehen, wie das ist", sagte er mit leuchtenden Wangen, „das Verliebtsein."
„Nein danke", sagte Lila. Und Jukka schüttelte den Kopf.
Kandidel lachte. „Jetzt graust es euch. Aber früher, als ihr glaubt, werdet ihr wissen, was Schmetterlinge im Bauch sind." Sie tätschelte Bittermond zärtlich die Hand.
„Schmetterlinge im Bauch klingt nach Magenverstimmung", bemerkte Lila.
„Willst du schwimmen üben?", fragte Jukka.
Lila kräuselte erst einmal die Nase. Doch dann zeigte sie sich überzeugt. „Besser als sich diese Turteltäubchen noch länger anzuhören."
„Und danach zeige ich dir, was ich schon alles lesen kann", sagte Jukka.
Lila nickte gnädig. „Na gut."

Eines Nachts wachte Jukka auf, als er Lilas Stimme von draußen hörte.

„Jukka", wisperte sie. Draußen raschelte es, Lila kroch durch den Perlenvorhang und packte Jukkas nackten Fuß.

„Bist du verrückt?", beschwerte er sich verschlafen.

„Jukka", flüsterte Lila nun lauter und rüttelte nochmals an seinem Fuß. „Du musst rauskommen!"

„Warum?"

„Komm und schau!"

Jukka stöhnte. Langsam rappelte er sich auf. Was immer Lila wollte, sie würde nicht lockerlassen, das merkte er schon. Also musste er raus.

Draußen war es stockdunkel. Durch den bewölkten Himmel schienen weder die Sterne noch der Mond.

„Was ist?", fragte Jukka und gähnte ausgiebig.

„Da!", rief Lila. „Hast du so was schon mal gesehen?"

„Was denn?", fragte Jukka. Was konnte mitten in der Nacht so aufregend sein? „Warum bist du überhaupt hier draußen?"

„Manchmal kann ich nicht schlafen", erwiderte Lila. „Dann gehe ich ein bisschen raus und schaue die Sterne an."

„Hier sind doch gar keine Sterne", sagte Jukka.

„Jetzt schau endlich dort!", befahl Lila. Sie wies auf das Meer. „Die Sterne sind ins Meer gefallen!"

Jukka blickte das Meer an, blickte Lila an, dann wieder das Meer, dann wieder das Mädchen. Und er begann lauthals zu lachen.

„Tja, dann haben wir wohl keine Sterne mehr. Wahrscheinlich sind sie einfach zu schwer geworden und vom Himmel gefallen."

Lila sah ihn böse an. „Siehst du nicht, was da im Meer schwimmt?", zischte sie. „Ich weiß, dass das keine Sterne sind. Aber was bitte ist es dann?"

Wenn man das Meer nicht kannte – und Lila kannte das Meer nun mal nicht besonders gut –, hätte man tatsächlich glauben können, Sterne seien ins Wasser gefallen. Auf dem Meer glitzerte, glomm und glänzte es.

„Komm, ich zeige es dir", sagte Jukka und watete in die Brandung.

Lila folgte ihm zögerlich. „Bist du sicher, dass es nicht brennt oder so?"

„Da sind keine heißen Sterne ins Wasser gefallen!", rief Jukka. Er grinste. Fräulein Neunmalklug wusste eben nicht alles auf der Welt. „Das passiert in vielen Nächten", erklärte er. „Leuchtplankton. Bittermond sagt, dass es die Schillerfische produzieren."

Er tauchte in das kühle Wasser. Um ihn herum lag ein geheimnisvolles grünes Funkeln auf den Wellen, das aussah, als würden unzählige kleine Diamanten auf dem Wasser tanzen. Jukka schwamm um Lila herum und erhob sich dann wieder aus den Wellen. Er streckte ihr seine Arme entgegen. Überall klebten winzige glänzende Flocken an seiner Haut, die leuchteten wie kleine grüne Flammen.

„Ooh", machte Lila und fuhr mit den Fingern über Jukkas Arm. Nun klebte auch an ihren Fingerspitzen funkelndes, glänzendes Grün. Mit einem Jauchzen tauchte Lila in die Wellen. Und als sie wieder an die Oberfläche kam, leuchteten tausend Glitzerkristalle in ihrem Haar und auf ihren Schultern, ihrem Bauch und auf den Armen.

„Ist das schön", flüsterte Lila. „Wir leuchten wie Glühwürmchen."

Dann kam ihr eine Idee. „Und jetzt erschrecken wir Kandidel!" Sie schöpfte die grünen Flocken mit beiden Händen von der Wasseroberfläche und schmierte sie sich ins Gesicht.

„Na los!", wies sie Jukka an, und die beiden rieben sich mit Leuchtplankton ein, bis sie wirklich aussahen wie zwei überdimensionale Glühwürmchen.

„So, jetzt schleichen wir uns an und machen unheimliche Geräusche. Kandidel wird sich vor Schreck in die Hosen machen. Die denkt, wir sind zwei Geister aus der Unterwelt."

Die beiden kicherten. Lila steuerte das Schiff an.

„Willst du nicht zu Kandidel?", fragte Jukka und zeigte auf den Kastenwagen am Rande des Waldes.

Lila rollte mit den Augen. „Weißt du denn nicht, dass Kandidel im Schiff schläft?"

Nein, das wusste Jukka nicht. Aber er folgte Lila. Leise kletterten die beiden die Strickleiter hoch.

„Auf mein Kommando", flüsterte Lila.

Sie öffneten langsam die Tür, die ins Innere des Bootes führte, und schlichen hinein.

Jukka holte Luft und wollte gerade ein unheimliches Heulen ausstoßen, da machte Lila: „Pssst! Da redet jemand", flüsterte sie.

Und tatsächlich, aus der Kajüte waren die gedämpften Stimmen von Kandidel Wind und Käpt'n Bittermond zu hören.

„Einmal wirst du es ihm erzählen müssen", sagte Kandidel gerade.

Jukka und Lila krochen zur Kajütentür und hockten sich neben den Türspalt.

„Und einmal wird er etwas von der Welt sehen müssen", fuhr Kandidel fort.
„Ja, irgendwann einmal." Das war Bittermonds brummige Stimme. „Wenn er groß ist und ich sicher sein kann, dass ihm niemand etwas zuleide tut."
„Du kannst den Jungen nicht vor allem schützen", sagte Kandidel bestimmt. „Er muss selbst Erfahrungen sammeln."
„Auf manche Erfahrungen kann man getrost verzichten", murrte Bittermond.
„Du brauchst keine Angst zu haben, Winnie. Die Menschen sind nicht so schlimm, wie du denkst."
Jukka schaute Lila an. Warum sollte Bittermond vor irgendetwas Angst haben?
„Nun ja …" Kandidel seufzte. „Du hast recht, sie können manchmal schon schlimm sein. Ich denke an unser ewiges Umherziehen. Nirgendwo wollen sie uns länger haben. Obwohl sie unsere Sachen gerne kaufen. Der Strand tut uns wirklich gut, Winnie. Aber ob wir für immer hierbleiben können? *Nur* hier …? Ich weiß nicht."
Jetzt hörten sie wieder die schwere Stimme des Käpt'n: „Ich brauche nichts außer dem Strand. Den Strand und euch."
Kandidel schnaubte leise. „Nur wenn dir das Mehl und der Zucker ausgehen, dann reicht dir der Strand auch nicht mehr. Und übrigens, ich weiß, was du in deiner Truhe hast. Darüber müssen wir dringend re…"
In diesem Augenblick verlor Jukka das Gleichgewicht. Er hatte so angestrengt gelauscht, seinen Hals so weit vorgestreckt, dass er nach vorn fiel, mit der Stirn gegen die Tür schlug und mitten in

die Kabine purzelte. Und Lila, die sich auf seine Schulter gestützt hatte, purzelte hinterher.

„Grundgütiger!", schrie Kandidel und sprang erschrocken einen halben Meter in die Luft, als die zwei grünen Wesen plötzlich auf dem Boden der Kajüte lagen. Dabei rammte Kandidel versehentlich ihren Ellbogen gegen Bittermonds Kinn, und der jaulte auf wie eine Katze, deren Schwanz in eine Mausefalle geraten war.

„Buhu, wir sind die Geister aus der Unterwelt!", machte Lila halbherzig, während Jukka sich aufrappelte.

„Habt ihr mich erschreckt!", rief Kandidel.

„Hast *du* mich erschreckt", sagte Bittermond zu Kandidel und rieb sich das schmerzende Kinn. „Was macht ihr hier mitten in der Nacht?"

„Lila dachte, die Sterne sind vom Himmel gefallen", sagte Jukka lächelnd.

Lila warf ihm einen bösen Blick zu. Doch bevor sie etwas sagen konnte, fasste Kandidel ihren Arm und starrte die leuchtenden Flocken an, die auf ihrer Haut klebten. „Was ist denn das?", fragte sie. Dann schleckte sie plötzlich mit ihrer Zunge über Lilas Arm. Sie überlegte einen Moment. „Leuchtplankton!", rief sie und drehte sich zu Bittermond um. „Ich wusste gar nicht, dass es hier Leuchtplankton gibt, Winnie."

„Tja." Bittermond kratzte über seine unvernarbte Wange. „Gab es früher nicht, aber seitdem die Schillerfische hierherkommen..."

„Schillerfische?", fragte Kandidel nach.

„Kandidel, wie wäre es, wenn wir jetzt erst einmal alle schlafen gehen?", sagte Bittermond und gähnte. Der Käpt'n erhob sich schwerfällig und schob Jukka und Lila sanft nach draußen.

Er wies sie an, sich am Bug aufzustellen, und goss ihnen Regenwasser aus der Trinkwassertonne über die Köpfe. Kandidel warf ihnen zwei Handtücher zu.
„Moment mal!", rief Lila. In ihrem Haar glitzerten immer noch Hunderte winzige Fünkchen, obwohl ihr Bittermond bereits eine ganze Kanne Wasser über den Kopf gegossen hatte. „Wir haben noch eine Menge Fragen!"
Aber Kandidel wollte nichts mehr von Fragen hören. Sie zog Lila mit sich. „Jetzt gehen wir erst mal schlafen, mein Fräulein. Zeit für Fragen ist auch morgen noch."

Als Jukka am nächsten Morgen erwachte, war Bittermond schon aufgestanden. Unter dem Palmendach, das sie vor einiger Zeit am Strand gebaut hatten, um ihren neuen Essplatz vor Sonne und Regen zu schützen, standen noch Teller und Tassen auf dem Tisch.
Für Jukka waren ein Bananenomelette und Ananassalat übrig geblieben. Er wickelte die Ananasstückchen in das Omelette und schlenderte über den Strand.
Bittermond und Kandidel hatten das kleine Ruderboot ins Wasser gezogen und waren ein Stück aufs Meer hinausgerudert. Ungefähr bis dorthin, wo das Korallenriff lag.
„Was machen die da?", fragte Jukka Lila, die im Sand Muster aus Kieselsteinen legte.
„Kandidel wollte die Schillerfische sehen."
„Die sind lecker", sagte Jukka. „Seitdem Bittermond sie einmal in der Woche mit Pfannkuchenkrümeln füttert, kommen sie in ganzen Schwärmen zum Korallenriff."

Bittermond hatte jetzt begonnen, wieder zurückzurudern.

„Es ist ganz erstaunlich!", rief Kandidel aufgeregt, als sie die Brandung erreicht hatten. „Lila", rief sie, „es gibt dort wirklich unglaublich viele Schillerfische!"

„Du hast auch schon den einen oder anderen gegessen", bemerkte der Käpt'n.

„Ja, aber da wusste ich noch nicht, dass sie das Leuchtplankton produzieren."

„Das ist jedenfalls meine Theorie", brummte Bittermond. Er zog seine Mütze tiefer ins Gesicht. „Die fressen die glitzernden Moosalgen am Korallenriff und scheiden sie als Leuchtplankton wieder aus. Seitdem wir die Fische füttern, gibt es noch viel mehr Plankton. Und es leuchtet auch viel schöner."

„Wie bitte?", rief Lila. „Ausscheiden? Soll das heißen, dass das Leuchtplankton Fischkacke ist?"

„Liliana!" Kandidel stemmte empört die Hände in die Hüften, und Jukka lachte laut.

Bittermond schmunzelte. „Ja, das könnte man tatsächlich sagen."

Lila riss angewidert die Augen auf. „Dann haben wir uns gestern also mit *Fischkacke* eingerieben?!" Sie sah Jukka vorwurfsvoll an, als wäre es seine Idee gewesen.

„Ich glaube, ihr wisst überhaupt nicht, was Leuchtplankton ist!", rief Kandidel.

„Doch, Fischkacke!" Jukka kicherte. Er erntete einen tadelnden Blick von Bittermond.

„Leuchtplankton", erklärte Kandidel mit erhobenem Zeigefinger, „ist äußerst wertvoll! Aus Leuchtplankton macht man nämlich

Lampen, die nicht nach Öl und Ruß stinken. Äußerst begehrt und damit äußerst wertvoll! Bittermond, du sitzt hier auf einem Schatz!"

Bittermond brummte irgendetwas Unverständliches. Er rieb sich den Nacken, holte Luft, um etwas zu sagen, sagte aber dann doch nichts und zog das Boot mit Jukkas Hilfe weiter an Land, um es zu vertäuen.

Kandidel folgte ihm, als er zum Schiff stapfte. „Wir sollten uns genau überlegen, was wir damit machen, Winnie."

Bittermond brummelte wieder irgendetwas. Jukka war sich ziemlich sicher, dass er das Wort *Fischkacke* hörte.

Am Abend brieten sie Schillerfische über dem Lagerfeuer. Jukka saß in eine Decke gehüllt neben Bittermond. Den ganzen Tag waren Fragen in seinem Kopf herumgeschossen: Wieso hatte Kandidel von Erfahrungen geredet, die er machen musste? Warum dachte sie, dass Bittermond Angst hatte? Warum waren die Menschen schlimm? Und wieso hatte er seit der Ankunft von Lila und ihrer Mutter das Gefühl, dass der Käpt'n lauter Geheimnisse vor ihm verbarg?

Das Feuer knisterte, während sie an ihren Fischen knabberten. Es wäre jetzt für Jukka eine gute Gelegenheit gewesen, seine Fragen loszuwerden. Aber die Fragen, die er stellen wollte, kamen ihm einfach nicht über die Lippen.

Und als er endlich den Mund aufmachte, fragte er etwas ganz anderes, als er geplant hatte: „Bittermond, was ist eigentlich mit deinem Gesicht passiert?"

Käpt'n Bittermond wandte sich Jukka erstaunt zu, fasste sich an die Wange und sagte: „Das? Ach … nichts, nur ein paar Kratzer …"

„Winnie Bittermond", sagte Kandidel Wind. „Du kannst es ruhig erzählen."

Da stieß der Käpt'n einen tiefen Seufzer aus. „Es gibt nicht viel zu erzählen", murmelte er vor sich hin. „Als ich ein Kind war, lebte ich in einem kleinen Dorf. Meine Eltern hatten eine Bäckerei, in der sie Brote und Kuchen verkauften. Hinten gab es einen riesigen Ofen. Und unten war so eine Klappe, in der meine Mutter mit einem Schürhaken stocherte, um das Feuer in Gang zu halten. Einmal, als wir Fangen spielten, rannte eines der Kinder in die Backstube, und ich rannte hinterher. Und dann bin ich auf dem glatten mehligen Boden ausgerutscht und mit dem Gesicht genau auf die Klappe gefallen. Die hatte meine Mutter gerade geöffnet. Sie war sehr heiß und hat mich verbrannt."

Bittermond unterbrach seine Erzählung und nagte wieder an seinem Fisch.

„Das ist alles?", fragte Jukka.

Bittermond nickte, doch dann stieß er einen noch tieferen Seufzer aus und fuhr fort: „Die Leute im Dorf hatten sich schnell an meinen Anblick gewöhnt. Aber weil unsere Kuchen so gut waren, kamen die Leute in Scharen von weit her, um bei uns einzukaufen. Ich sollte oft vorn im Laden stehen und die Kuchen verkaufen – und jedes Mal, wenn Fremde hereinkamen, haben sie mich angestarrt und konnten ihren Blick nicht von meinem Gesicht wenden. Manche haben auch gelacht und getuschelt."

Jukka zog die Decke enger um sich. Wie leid ihm dieser Junge namens Winnie tat, der vor vielen Jahren in einer Backstube gestanden hatte und angestarrt und ausgelacht worden war.

„Ich wusste nicht, dass Menschen so gemein sein können", sagte er mit rauer Stimme.

„Es gibt eine ganze Menge Dinge, die du nicht weißt", brummte Lila.

„Nun, ich bin nicht in dem Dorf geblieben", meinte der Käpt'n. „Auf See hat sich keiner über mein Gesicht beschwert."

„Du hast ein ganz wunderbares Gesicht!", rief Kandidel, stand auf und schmatzte ihm einen Kuss auf beide Wangen.

Bittermond lächelte verlegen.

Jukka dachte nach: Wenn es so einfach war, Bittermond eine Geschichte aus seiner Vergangenheit zu entlocken, dann konnte es doch nicht so schwierig sein, noch ein paar andere Geheimnisse zu lüften.

„Und was ist mit dem Herz?", fragte Jukka. „Woher hast du das Gläserne Herz?"

Käpt'n Bittermond begann zu husten.

Kandidel klopfte ihm auf den Rücken. „Über deine Schätze sollten wir wirklich mal reden", sagte sie streng. „Es kann doch nicht ..."

„Reden, reden", unterbrach Bittermond. Er hatte aufgehört zu husten und rang nach Atem. „Seht ihr, was passiert, wenn man beim Essen immerzu redet? Man verschluckt sich und erstickt. Also – was bringen euch der schönste Strand und das schönste Schiff, wenn ihr keinen Bittermond mehr habt, weil er an einer Fischgräte erstickt ist?"

„Über manche Dinge muss man aber reden", sagte Kandidel.

Dann lachte sie und nahm sich einen Fisch. „Aber gut, es muss nicht beim Essen sein."

Als der Sommer zu Ende ging und erste Herbststürme das Meer aufwühlten, hatte Jukka gelernt zu lesen, und Lila konnte schwimmen.
Jukka nahm sich vor, Bittermond weiter zu den verschiedensten Dingen zu befragen, aber eine gute Gelegenheit hatte er noch nicht gefunden.
Es fehlte ihm allerdings auch die Zeit, denn er war damit beschäftigt, faul in der Hängematte zu liegen und die Geschichte von den zwei Königskindern zu lesen. Das Pferd graste, der Hund schnarchte, und Bittermond und Kandidel saßen auf dem Dach des Schiffes. Sie sahen Lila dabei zu, wie sie hinaus zur Sandbank schwamm.
Man konnte denken, dass Bittermonds Bucht der schönste Ort der Erde war. Man hätte glauben können, es würde für alle Ewigkeit so bleiben.

Der Sturm

Einige Nächte später peitschte ein fürchterliches Gewitter über die Bucht. Wie jedes Jahr, bevor der Herbst begann, hatten Jukka und Käpt'n Bittermond die Hütte verstärkt und ausgebessert, damit sie den heftigen Stürmen standhalten konnte.
Abends zog Jukka ein Brett vor den Perlenvorhang, damit ihn eine starke Tür schützte. Als der Regen zu prasseln begann, war Miko aus dem Wald gestrichen und hatte sich bei Jukka einen sicheren Unterschlupf gesucht.
„Ich wusste doch, dass du kommst, wenn du mich brauchst", wisperte Jukka und kuschelte sich neben dem Kater auf seine Bastmatte.
In der Nacht windete und pfiff es so sehr, dass Jukka aus dem Schlaf gerissen wurde. Über ihm trommelten die Tropfen unablässig auf das Dach. Durch die Ritzen in der Wand zischte kalte Luft herein.
Jukka zog sich seine Decke enger um die Schultern. Für kurze Zeit erhellte ein scharfer Blitz das tiefschwarze Dunkel des Rau-

mes, dann donnerte und krachte es draußen. Der Sturm heulte wie ein einsamer Wolf. Er fuhr durch die Palmen, die ächzten und knarrten. Die Wellen klatschten gegen den Bug des Schiffes, und die Wogen des Meeres rauschten wie der Flügelschlag von tausend riesigen Vögeln. An Schlaf war nicht zu denken.

Inmitten des Lärms hörte Jukka plötzlich ein lautes Bellen, das zu einem gespenstischen Jaulen wurde. Dann ein helles Wiehern.

Sind die Tiere etwa draußen im Sturm?, fragte sich Jukka beunruhigt und setzte sich auf. Es war bestimmt keine gute Idee, hinaus in den Regen zu gehen. Doch dann hörte er Bo Knorre nochmals laut heulen. Da konnte Jukka nicht anders – er musste sich vergewissern, dass alles in Ordnung war und niemand seine Hilfe brauchte.

Also schob er das Brett vor der Tür zur Seite. Der Regen peitschte sofort in die Hütte herein. Miko miaute vorwurfsvoll und vergrub sich noch tiefer unter der Decke. Jukka duckte sich hinaus und war klatschnass, bevor er sich überhaupt umgeschaut hatte.

Über ihm knarrten bedrohlich die Palmen, die vom Wind fast bis zum Boden gebogen wurden. Die weiße Gischt auf den Wellen spritzte meterhoch. Wieder ertönte das Bellen des Hundes.

Jukka begann, den Strand entlangzulaufen, um Bo Knorre zu suchen. In diesem Augenblick erhellte der grelle Schein eines neuen Blitzes die Bucht. Für ein paar Sekunden sah Jukka etwas, das eigentlich gar nicht Wirklichkeit sein konnte: eine schlanke Frauengestalt mit wehendem Haar, die sich auf das weiße Pferd schwang und davongaloppierte.

Dann zerbarst ein ohrenbetäubendes Donnern die Luft, und die

Nacht wurde wieder schwarz. Aus dem Dunkeln schoss Bo Knorre auf Jukka zu.

„Wieso bist du denn hier draußen, du dummes Tier?", brüllte Jukka über den Sturm.

Er griff nach Bos Halsband, um ihn in seine Hütte zu ziehen. Doch der Hund strebte in die andere Richtung, zum Kastenwagen, auf den abgerissene Zweige und Äste einprasselten. Der Wind zerrte so an den hölzernen Wänden, dass der Wagen auf einmal wie von Geisterhand begann, über den Strand zu rollen. Die hintere Tür schlug auf, und Lila, nur mit einem blauen Nachthemd bekleidet, stolperte heraus.

„Lila!", schrie Jukka, wild mit den Armen rudernd.

Sie kämpfte sich durch den Sturm zu ihnen, und Jukka drängte beide – Mädchen und Hund – in seine Hütte. Drinnen schob er, so schnell er konnte, das Brett wieder vor die Tür.

Lila zitterte am ganzen Leib. „Wir müssen wieder da raus!"

Jukka schüttelte heftig den Kopf. „Nein, das ist viel zu gefährlich! Was willst du da?"

„Kandidel! Kandidel ist fort!" Lilas Haar klebte klatschnass an ihrem Kopf, und ihr Nachthemd triefte.

„Sie ist sicher bei Käpt'n Bittermond!", rief Jukka. Er konnte nicht wirklich gesehen haben, was er gesehen hatte. Oder vielleicht doch?

„Sie war aber da, als ich eingeschlafen bin! Und jetzt ist ihre Reisetasche verschwunden! Und das Pferd habe ich auch nicht gesehen!"

Lila wollte hinausstürzen, aber Jukka hielt sie zurück. „Wir müssen warten, bis sich der Wind gelegt hat!"

„Was für ein grässlicher, grässlicher Sturm!", rief Lila.

Es blieb ihnen nichts anderes übrig, als zusammengekauert in der Hütte auszuharren, bis der Morgen graute und der Sturm schließlich abflaute. Zwei pitschnasse Gestalten, ein zitternder Hund und ein trockener Kater, dessen Fell vor Schreck und Angst gesträubt blieb, bis Jukka endlich die Tür zur Seite schob und er hinausflitzte, so schnell ihn seine Katerbeine trugen.

Jukka spähte nach draußen. „Sicher finden wir Kandidel gleich", beruhigte er Lila – und ein bisschen auch sich selbst. „Sie hat sich bestimmt im Boot verkrochen."

Der Strand sah aus wie ein Schlachtfeld. Überall lagen abgerissene Zweige und Palmwedel herum. In der Brandung wurden Berge von Treibgut hin und her geschaukelt. Das Meer war grau und unruhig. Am Himmel hingen noch immer schwere dunkle Wolken.

Jukka und Lila krochen langsam aus der Hütte. Es war totenstill. Aus dem Wald drang keine einzige Vogelstimme, es schrie kein Äffchen, und kein Schmetterling wagte sich hinaus in die kühle Luft. Der Kastenwagen war vom Sturm bis hinunter ans Meer gerollt worden, wo die Wellen seine Räder umspülten. Am Mast des Bootes hatten sich Stofffetzen verfangen. Einige der Blumenkästen am Bug waren abgerissen und lagen in Scherben am Boden.

Falls Kandidel und Käpt'n Bittermond sich im Boot befanden, so waren sie an diesem Morgen jedenfalls noch nicht herausgekommen.

„Komm, wir gehen zum Boot", sagte Jukka. „Wahrscheinlich haben die beiden uns mal wieder vergessen."

Doch noch bevor sie das Schiff erreicht hatten, erscholl ein erschütternder Laut aus seinem Inneren. Ein lang gezogener Seufzer ging in einen herzzerreißenden Schrei über. Dann wurde der Schrei zu einem Stöhnen. Es klang, als wären alle Schrecken der Welt über einen einzigen Menschen hereingebrochen.

Lila und Jukka rannten zum Schiff. Als sie die Strickleiter hochkletterten, vernahmen sie wieder Käpt'n Bittermonds gequälte Stimme. „Ooooooooh", machte er.

Jukka lief ein Schauer über den Rücken.

„Ooooooooh", jaulte er nochmals.

Sie fanden den Käpt'n in seiner Kajüte auf seinem Bett sitzen. Von Kandidel keine Spur. Bittermonds Haar und Bart standen wirr in alle Richtungen. Unter seinen Augen zeigten sich dicke dunkle Ringe. Seine Schultern wirkten eingefallen, und das Kinn hing tief auf seiner Brust. Wie gebannt starrte er auf das Samtkissen neben seinem Bett, auf dem sonst immer das Gläserne Herz lag.

„Ooooooooh", wimmerte Bittermond laut, ohne Jukka und Lila zu bemerken. „Mein Herz! Sie hat mir mein Herz gestohlen!" Dann fiel er in sich zusammen und begann bitterlich zu weinen.

Das gestohlene Herz

„Bittermond", flüsterte Jukka. Er berührte den weinenden Käpt'n vorsichtig an der Schulter.
Langsam hob Bittermond den Kopf. Mit geröteten Augen blinzelte er Jukka an. Dann stieß er ein Heulen aus, das Jukka fast das Blut in den Adern gefrieren ließ.
„Mein Junge", jammerte der Käpt'n. „Mein guter Junge!" Er zog Jukka heftig an sich und umklammerte ihn schluchzend.
Jukka nahm Bittermonds Kopf zwischen seine Hände und streichelte die rote narbige Wange. „Hör doch auf zu weinen", bat er. „Bitte hör auf!"
Ein erstickter Schluchzer gurgelte aus Bittermonds Kehle. Sein Blick fiel wieder auf das leere Samtkissen. Er zitterte am ganzen Körper.
„Sie hat mein Herz gestohlen!", brüllte er und griff sich an die Brust, als habe man ihm sein pochendes Herz aus dem Leib gerissen.
Unten am Strand winselte Bo Knorre.

Jukka atmete tief durch. „Was ist geschehen?"
Der Käpt'n schnüffelte und zog die Nase hoch. „Kandidel ist weg", flüsterte er. „Sie ist weg!"
Jukka schaute zu Lila, die immer noch wie versteinert in der Tür stand.
„Was ist denn passiert?", fragte Jukka erneut.
„Kandidel hat mich verlassen", sagte Bittermond, nachdem er sich geschnäuzt hatte, „und sie hat mir mein Glasherz geraubt ... Sie weiß doch, dass es mir das Liebste ist ..."
Jukka wunderte sich. Gestern war noch alles so schön gewesen, und nun hatte Kandidel den Käpt'n verlassen? Einfach so? Wie konnte das sein?
In diesem Augenblick trat Lila in den Raum. Sie starrte Bittermond böse an. „Was erzählst du denn da!?", fuhr sie ihn an. „Meine Mutter würde niemals einfach verschwinden! Du musst sie vertrieben haben! Und so ein blödes Glasherz würde sie auch nicht mitnehmen!"
„Wir hatten einen Streit", erklärte Käpt'n Bittermond leise und fügte störrisch hinzu: „Kandidel gönnt mir meine Schätze nicht, meine schönen Schätze, die niemanden stören!"
„Was für Schätze?", fragte Lila. „Du meinst das alte staubige Glasding, das hier immer rumlag?"
Jukka zeigte auf die Truhe. Lila öffnete die Kiste, in der es funkelte und glänzte. Aber Käpt'n Bittermond schob Lila mit seiner großen Hand zur Seite, und dann schloss er den Deckel behutsam.
„Schon früher hat sie mir nichts gegönnt", klagte Bittermond. „Wir waren damals glücklich, und ich habe ab und zu einen Schatz

mit nach Hause gebracht. Eine Golddublone hier, eine Silberkette da. Was man so in den ... äh, Schiffswracks findet."

„Schiffswracks?", fragte Lila argwöhnisch. „Ich wusste gar nicht, dass du ein Taucher bist."

Bittermond beachtete sie nicht. „Ich hab die Schätze gern poliert und geordnet, wie man das eben so macht. Gut, vielleicht manchmal ein bisschen zu lange. Aber Kandidel hat immer nur rumgenörgelt. Und einmal ist sie völlig durchgedreht", erzählte Bittermond. „Ich war mit einem besonders schönen Schatz nach Hause gekommen. Aber blöderweise hatte ich vergessen, Fische mitzubringen. Und ausgerechnet war an jenem Tag die Speisekammer gerade ganz leer gewesen. Aber musste sie deshalb gleich so beleidigt sein? Ich wollte ihr gerade meinen neuen Schatz zeigen – ganz wunderbare Amethyste waren dabei – und sagte zu ihr: Nichts ist mir so teuer und lieb wie meine Schätze. Und da wurde sie fuchsteufelswild. Dabei hatte ich es gar nicht so gemeint", versicherte er. „Kandidel war ja *auch* einer meiner Schätze!"

„Na klar", murrte Lila und verdrehte die Augen.

„Kandidel hörte gar nicht zu", erzählte Bittermond weiter. „Als ich in jener Nacht schlief, packte sie klammheimlich ihre Sachen, lud ihren Pferdewagen voll mit all meinen Schätzen und verschwand. Damals besaß ich weit mehr als nur diese kleine Truhe. Ich hatte Kisten und Säcke voll! Auf einen Zettel hatte sie mir geschrieben, dass sie alles von einer hohen Klippe hinab ins Meer kippen würde, wo alle meine Schätze auf Ewigkeit in den Tiefen verschwinden würden. Und genau das hat sie getan!"

Der Käpt'n stieß einen tiefen Seufzer aus. Jukka und Lila sahen sich an.

Diese alte Geschichte, behauptete Käpt'n Bittermond, habe er längst vergessen und Kandidel verziehen. Für Schätze interessiere er sich gar nicht mehr. Er sei älter geworden, weiser, fuhr nicht mehr zur See. Ihm reichten sein Boot und der Strand.

„Das Gläserne Herz habe ich später bekommen und ein paar kleine Dinge dazu", sagte der Käpt'n. „So viel sollte mir doch wohl gestattet sein. Aber jetzt das – sie ist schon wieder weg!"

Jukka wusste, wie Bittermonds Augen glänzten, wenn er von Zeit zu Zeit den schweren Deckel der Truhe hob, um seine Schätze zu betrachten. Ob dem Käpt'n die Schätze wirklich nicht guttaten? Andererseits – wen störte es, wenn Bittermond sich an dem Gläsernen Herz erfreute? Hatte Kandidel wirklich so einen Aufstand veranstaltet, nur weil …?

„Heute Nacht hatten wir einen Streit", gab Bittermond zu. „Weil Kandidel immer darüber redet, was früher war. Sie hört nicht auf zu fragen, ob ich das Schätzesammeln aufgegeben habe. Und sie sagte mir, der Strand sei nicht alles. Ich müsse auch mal ein anderes Leben führen." Der Käpt'n grummelte noch ein paar Sätze. „Und dann fragt sie mich, ob ich bereit bin, mein Hab und Gut für sie aufzugeben, meine Schätze zurückzulassen!" Bittermond starrte unzufrieden auf den Boden. Dann rief er entrüstet: „Was glaubt sie denn! Aufgeben? Warum soll ich meine schönen Schätze aufgeben? Es sind ja nur wenige, die stören niemanden! Und wieso gibt es überhaupt ein Problem mit diesem Strand? Der ist doch wunderschön! Es gibt für mich nicht den geringsten Grund, durch die Welt zu reisen! Soll sie halt verschwinden, wenn ihr meine Lebensweise nicht passt!"

Der Käpt'n schwieg für einen Moment. „Das hat sie ja auch ge-

tan", fügte er mit hängendem Kopf hinzu. „Diese Hexe!", rief er. „Sie kann mir gestohlen bleiben!" Er sackte zusammen. „Aber mein Herz, mein Gläsernes Herz!"
Da stieß Lila plötzlich einen zornentbrannten Schrei aus. Sie ballte ihre Fäuste und trommelte damit auf den Käpt'n ein. „Du mieser Müttervertreiber! Du elender Banause!" Ein Schwall von weiteren Flüchen und Beschimpfungen folgte. Dann drehte sie sich abrupt um und stürmte hinaus.
Käpt'n Bittermond ließ sich zurück auf sein Bett fallen und starrte an die Decke.
„Bittermond", flüsterte Jukka.
„Ich sage gar nichts mehr", brummte der Käpt'n.

Unten saß Lila im Sand. Sie hielt Bo Knorres Kopf im Schoß. Jukka trat zu ihr. „Was sollen wir machen?", fragte er.
„Machen?", fuhr Lila ihn an. „Ich mache überhaupt nichts! Ich warte darauf, dass meine Mutter mich abholt, und dann verschwinde ich aus dieser irren Bucht!"
Jukka verzog den Mund.
„Dein Käpt'n ist ja durchgedreht", bemerkte Lila. „Erst vertreibt er Kandidel, und dann führt er sich auf wie ein Verrückter."
„Der Käpt'n hat Kandidel sicher *nicht* vertrieben", entgegnete Jukka scharf. „Und wieso verschwindet sie so Hals über Kopf und stiehlt auch noch das Herz?"
„Das ist doch ganz klar!", rief Lila. „Weil er besessen ist von dem blöden Ding!"
„Stimmt doch gar nicht!", erwiderte Jukka wütend. „Er hat bloß schöne Sachen gern."

Lila kniff die Augen zusammen. „Ja, *sehr* gern." Sie nickte. „Ist dir nicht aufgefallen, dass er sagte, das Herz sei ihm das Liebste? Nicht du oder der Strand oder Kandidel. Nein, ein Glasherz ist ihm das Liebste auf der Welt!"
„Und deine Mutter hat dich einfach zurückgelassen!", rief Jukka. „Was sagst du denn dazu?!"
Lilas Gesicht rötete sich vor Zorn. „Sie hätte mich niemals zurückgelassen, wenn dieser Banause sie nicht vertrieben hätte! Was für ein Mensch lässt denn jemanden mitten in einer stürmischen Nacht allein fortreiten?!" Sie holte kurz Luft. „Ob Kandidel etwas geschehen ist, darüber sorgt sich der gute Käpt'n kein bisschen! Aber meine Mutter braucht auch keinen, der sich um sie sorgt. Ich werde jetzt hier warten, bis sie mich abholt. Und von dir und dem Käpt'n will ich nichts mehr hören! Ich hab die Nase voll!"
Grollend wandte sich Jukka ab. Kandidel würde er etwas erzählen, wenn sie zurückkam! *Falls* sie zurückkam. Wie verrückt musste man sein, um sich in der Nacht – mitten in einem Sturm – aus dem Staub zu machen? Eine gemeine Diebin hatten sie also am Strand beherbergt!
Jukkas Kehle wurde so rau, dass er kaum schlucken konnte. Hoffentlich würde Lila bald auch verschwinden. Eine Freude wäre das, wenn Bittermond und er endlich wieder ihre Ruhe hätten! Aber komischerweise freute Jukka sich kein bisschen.

Als der Tag voranschritt, lichtete sich der graue Himmel langsam. Die schweren Wolken begannen sich aufzulösen, und die Sonne warf ihre langen Strahlen auf die Bucht.

Irgendwann knurrte Jukkas Magen, und er fing ein paar Fische. Die briet er und bot sie Bittermond an, der immer noch auf seinem Bett ausharrte.

„Geht es dir besser?", fragte Jukka ihn.

„Nein", stöhnte der Käpt'n.

„Möchtest du etwas essen?", fragte Jukka.

„Nein", sagte der Käpt'n.

„Du musst doch hungrig sein", meinte Jukka. „Ich habe dir ein paar leckere Makrelen gebraten."

„Will ich nicht", sagte der Käpt'n.

Als Jukka hinausging, hörte er, wie Bittermond wieder leise zu jammern begann. „Mein Herz, mein geliebtes Herz!"

Auch Lila weigerte sich zu essen. „Ich werde mit Kandidel essen", verkündete sie.

Also aß Jukka allein. Der Fisch schmeckte fad. Es schien, als wäre alles Schöne und Glückliche in der Bucht in dieser Nacht vom Sturm fortgeblasen worden.

Der Tag zog sich träge in die Länge. Nichts geschah.

Von Zeit zu Zeit schaute Jukka in die Kajüte des Käpt'n. Bittermond lag regungslos da, murmelte vor sich hin und schien zu leiden.

Jukka hätte sie am liebsten alle zum Teufel gejagt: Kandidel, Lila und auch Bittermond.

Die Reise beginnt

Zwei lange Tage verstrichen. Wenn Jukka Lila und Käpt'n Bittermond nicht mit Essen und Trinken versorgt hätte, wären die beiden sicherlich verhungert oder verdurstet.
Lila hockte den lieben langen Tag mit angezogenen Beinen im Sand. Sie beharrte darauf, dass Kandidel bald kommen würde, um sie abzuholen. Und Bo Knorre war kaum noch zu einem müden Schwanzwedeln zu bewegen.
Am Morgen des dritten Tages beschloss Jukka, etwas zu unternehmen. Er konnte keinen Augenblick mehr mit ansehen, wie der Käpt'n in seiner Kabine lag und nur vor sich hin jammerte. Jukka wollte auch nicht länger ertragen, dass Lila tatenlos wartete und Kandidel einfach nicht kam.
Also baute er sich vor Lila im Sand auf. „Ich hole das Herz zurück", teilte er ihr mit. Lila blickte überrascht zu ihm hoch. „Ich werde Kandidel finden und Käpt'n Bittermond das Herz zurückbringen. Er wird sonst nie wieder glücklich."
Statt zu antworten, zog Lila die Stirn in Falten.

„Du solltest mitkommen", sagte Jukka fest. „Ich glaube nicht, dass Kandidel dich abholt."

Lila wollte protestieren, aber dann sagte sie nur: „Wir wissen doch gar nicht, wo Kandidel ist."

Aber Jukka war wild entschlossen. „Na und? Wir werden sie schon finden. Irgendetwas muss ich jedenfalls tun."

Lila knabberte an ihren Fingernägeln. „Der Käpt'n wird dich niemals gehen lassen."

„Ich werde ihn nicht fragen", erklärte Jukka bestimmt. „Ich werde ihm sein Herz zurückbringen."

Lila reagierte nicht.

„Ich muss ein paar Dinge für die Reise packen", sagte Jukka. „Überleg dir gut, ob du nicht mitkommen willst."

Er ging zum Schiff hinüber. In seiner Brust hämmerte es wild. Was, wenn er Lila nicht dazu bewegen konnte, ihn zu begleiten? Er hatte nicht die geringste Ahnung, was ihn hinter dem Palmenwäldchen erwartete. Und er wusste auch nicht, wo er nach Kandidel suchen sollte. Was er wusste, war, dass niemand etwas tun würde. Also musste *er* etwas tun.

In seiner Kajüte war Käpt'n Bittermond in einen unruhigen Schlaf gefallen. Jukka angelte leise den Reiserucksack von dem Haken an der Tür. Was sollte er überhaupt einpacken? Etwas Proviant, klar. Aber was brauchte man sonst für eine Reise? Jukkas Blick fiel auf die Truhe in der Ecke. Vielleicht würde er darin einige nützliche Dinge finden? Der Deckel knarrte laut, als Jukka ihn öffnete, doch der Käpt'n rührte sich nicht.

Ganz oben in der Kiste lag eine Papierrolle, die Jukka vorsichtig auf dem Boden ausbreitete.

Bingo! Wenn er es richtig erkannte, handelte es sich um zwei Landkarten, von der eine die weitere Umgebung abbildete. Genau das, was er brauchte! Die andere Karte zeigte lauter unverständliche Punkte und ein verzweigtes System von Linien. Jukka verstaute vorsichtshalber beide Karten im Rucksack. Dann packte er ziemlich wahllos einige Goldstücke, einen grünen Diamanten und das große schwarze Ei hinein, das Käpt'n Bittermond von seinem letzten großen Ausflug mitgebracht hatte. Bittermond warf sich plötzlich unruhig auf seinem Bett herum und gab ein lautes Grunzen von sich. Jukka verließ die Kammer schnell, ohne sich noch einmal umzudrehen.

Nachdem er in der Kombüse den Rucksack mit Proviant gefüllt hatte, kehrte Jukka an den Strand zurück, wo Lila immer noch missmutig im Sand hockte.
„Also", wollte Jukka wissen, „kommst du mit?"
Lila rappelte sich auf. „Soll ich vielleicht mit einer schlecht gelaunten Heulsuse hierbleiben? Außerdem beginne ich, mir Sorgen zu machen. Vielleicht ist Kandidel etwas zugestoßen." Sie betrachtete Jukka einen kurzen Moment. „Und allein wirst du dich wohl kaum zurechtfinden."
In diesem Augenblick hörten die beiden den Schrei eines Vogels. Ein Rabe flog mit schnellen Flügelschlägen über den Wald.
Lilas Gesicht hellte sich sofort auf. „Pinkas!", jubilierte sie. „Kandidel ist nichts zugestoßen!"
Der schwarze Vogel flog einen Bogen um das Schiff und landete im Sand. „Kraaah", machte er und blinkte Lila mit seinen gelben Augen an.

„Das ist unser Hausrabe!", rief Lila. Sie kniete sich nieder und fuhr dem Tier über die Federn. Der Rabe schmiegte sein Köpfchen in ihre Hand. Dann streckte er Lila seinen Fuß entgegen.
„Kandidel hat mir eine Nachricht geschickt", frohlockte Lila. „Ich wusste doch, dass sie mich nicht vergessen hat."
Sie band das Säcklein los, das der Vogel am Fuß trug. Darin befanden sich eine Münze und ein Pergamentpapier. Darauf hatte Kandidel geschrieben:

Mein liebes Kind! Es tut mir leid, dass ich so Hals über Kopf verschwunden bin. Die Umstände ließen nichts anderes zu. Ich habe dir eine Kutsche bestellt, die dich an der Wüstenstraße abholen wird. Komm so schnell wie möglich nach Hause! Ich warte auf dich. Sei geküsst!
Kandidel

„Siehst du!", freute sich Lila. „Ich fahre nach Hause!"
„Nach Hause?", fragte Jukka.
„Zu unserem Haus in den Weißen Bergen. Wir verbringen meistens die Winter dort. Es gibt keinen schöneren Winkel auf der Welt, wenn es draußen friert und wir in Schafsfelldecken gehüllt vor dem Kamin sitzen."
„Das hast du noch nie erzählt."
„Weil Kandidel immerzu in der Gegend rumfahren will. Da einkaufen, hier verkaufen. ‚Von irgendwas müssen wir ja leben, Fräulein', sagt sie immer. Und dann werden wir verscheucht und fahren weiter, bis sie irgendwann die Nase voll hat und wir endlich wieder nach Hause kommen."

„Verscheucht?"

„Ach, ist doch egal." Lila wischte durch die Luft. „Ich fahre jetzt nach Hause!"

„Gut", sagte Jukka, „dann wissen wir also, wo Kandidel ist, und somit auch, wo sich das Gläserne Herz befindet. Ich fahre mit dir."

Lila rümpfte die Nase. „Ich suche das dämliche Herz gar nicht. Und ich bezweifle, dass in der Kutsche auch Platz für dich ist. Du hast doch gar keine Fahrmünze." Sie hielt ihm die Münze unter die Nase, auf der eine geflügelte Kutsche abgebildet war. Darunter war eingraviert: *1 Person, Wüstenstraße 3 bis Posaunenschlucht 7, Weiße Berge.*

„Da lässt sich bestimmt was machen", murmelte Jukka, der zum ersten Mal in seinem Leben von einer *Fahrmünze* hörte.

Lila war auf einmal voller Tatendrang. „Du kannst es ja versuchen. Und wenn du nicht mit der Kutsche fahren kannst, musst du halt die Wüste durchqueren. Dann kommst du an belebte Straßen, wo dich sicher jemand in die richtige Richtung mitnimmt. Kandidel wird nichts dagegenhaben, wenn du uns besuchst."

Jukka schluckte.

Lila verschwand, um die nötigsten Dinge aus dem Kastenwagen zu holen. Jukka ging in seine Hütte, wo er ein Wechselhemd einpackte und die Lederschuhe anzog, die Käpt'n Bittermond ihm eines Tages mitgebracht hatte.

Kurze Zeit später traf er wieder mit Lila zusammen. Sie band Bo Knorre gerade ihre Reisetasche auf den Rücken. Lila hatte Kandidel eine Nachricht geschrieben und befestigte sie an Pinkas Fuß.

Der Rabe krächzte zufrieden, als sie ihn mit einem Stückchen Wurst fütterte.
Dann schwang er sich in die Luft und flog davon. Lila und Jukka folgten ihm mit den Blicken. Bald war er nur noch ein schwarzer Punkt am blauen Himmel.
Nicht weit von ihm entfernt entdeckten sie einen etwas größeren dunklen Fleck zwischen den Wolken. „Das kann doch kein …", murmelte Lila und wandte sich ab.
Jukka schulterte den schweren Rucksack. Am Waldrand sah er sich ein letztes Mal um. Das Schiff, seine kleine Hütte, die Klippen, die Sandbank. „Lass uns gehen!", sagte er.

In der Wüste

„Ich muss da lang", sagte Lila, nachdem sie den Wald durchquert hatten und auf der steinigen Straße standen.
Vor ihnen breitete sich die riesige leere Ebene aus, auf der nur vereinzelt Sträucher und Kakteen herausragten.
Lila wies auf ein Schild, das ein Stück entfernt schief in der Erde steckte. „Die Kutsche müsste eigentlich gleich kommen."
„Die nimmt mich bestimmt auch mit", meinte Jukka hoffnungsvoll, obwohl er insgeheim einige Zweifel hegte.
„Du kannst noch umkehren", bemerkte Lila. „Falls das mit der Kutsche nicht klappt."
„Das warten wir erst mal ab", sagte Jukka mit heiserer Stimme.
Die beiden folgten dem Weg. Der Wald auf der einen Seite war grün, die Wüste auf der anderen fast weiß – und bis auf ein bisschen kümmerliches Gewächs völlig leer. Auf dem Schild, das sie nach ein paar Minuten erreichten, stand geschrieben: *Wüstenstraße 3*. Weit und breit war jedoch niemand zu sehen. Sie hockten sich in den Staub und warteten.

Lila hielt die schimmernde Münze in der Hand. Die Luft flimmerte in der Hitze. Jukka öffnete seinen Rucksack, um einen Schluck Wasser aus seiner Flasche zu trinken.

„Wird dir nicht schlecht in einer fliegenden Kutsche?", fragte er Lila.

„Wir fliegen doch nicht, du Schlaukopf! Die geflügelte Kutsche ist bloß ein Symbol", sagte Lila.

„Ach ja?", fragte Jukka. „Und was ist dann das da?" Er zeigte zum Himmel. Dort bewegte sich irgendein schwarzes Ding stetig auf sie zu.

Lila folgte Jukkas Finger mit den Augen. Sie schlug sich erschrocken die Hand vor den Mund. „Ein Grässgreif!", stieß sie hervor.

„Was ist denn ein Grässgreif?", fragte Jukka alarmiert.

Doch Lila blieb keine Zeit zu antworten. Der Fleck am Himmel wurde mit jeder Sekunde größer und größer. Jukka erkannte riesige Schwingen, einen mächtigen Schnabel und furchterregende Klauen.

„Renn!", schrie Lila, aber Jukka stand vor Entsetzen wie angewurzelt auf der Straße. Die Vogelkreatur am Himmel stieß einen scharfen, durchdringenden Schrei aus, der durch Jukkas Glieder schoss wie ein plötzlicher Schmerz.

„Renn!", brüllte Lila noch einmal und gab Jukka einen kräftigen Stoß.

Lila und Jukka rannten zum Waldrand. Mit einem weiteren Schrei faltete der Grässgreif seine Flügel zusammen und stürzte sich hinab in die Tiefe. Jukka stolperte, seine Knie schlugen auf die harten Steine. Über ihm durchwühlten gewaltige Schwingen die Luft, als der Grässgreif im letzten Moment abbremste und seine messerscharfen, wie Krummschwerter gebogenen Krallen die Erde aufrissen. Jukka rappelte sich auf. Der lange faltige Hals des Monstervogels schoss hervor. Sein riesiger Schnabel verfehlte Jukkas Kopf um Haaresbreite, bevor er sich mit einem dumpfen Knall tief in den Boden bohrte. Erbost gurgelnd riss der Grässgreif seinen Schnabel aus dem Erdreich. Jukka nutzte die wenigen Sekunden, die er an Zeit gewonnen hatte, um zum Wald zu hechten und so schnell er konnte den Stamm einer Palme hochzuklettern. Er verbarg sich im dichten Blätterwerk, wo der Vogel ihn nur schwer erreichen konnte. Das hoffte Jukka zumindest.

Der Grässgreif machte zwei staksige Schritte auf der Straße, und seine roten Äuglein blitzten, während er sich leise schnarrend umsah. Er breitete seine Flügel, die eine Spannweite von bestimmt vier Metern besaßen, drohend aus.

Jukka und der Grässgreif bemerkten es gleichzeitig: Lila hatte sich hinter einen kleinen Felsen am Straßenrand gekauert. Dieser Felsen bot allerdings kaum Schutz. Der Grässgreif fuhr herum. Mit kleinen Hüpfern bewegte er sich auf Lila zu.

Jukka tastete nach der Schleuder in seinem Gürtel. Er sah sich hektisch um. Doch in seiner Reichweite war nichts, mit dem er den Vogel hätte beschießen können. Der Grässgreif hatte Lila jetzt fast erreicht.

„Du hässliches Ding!", schrie Jukka im selben Moment. Er rüttelte an den Zweigen, brüllte und quietschte, so laut er konnte, um das Biest von Lila abzulenken.

Aber der Grässgreif kreischte und hackte nach Lila, die sich zur Seite warf und dem scharfen Schnabel nur knapp entging. Nun stürzte Bo Knorre aus dem Gebüsch, in dem er sich versteckt hatte, und schnappte wütend nach den hässlichen Vogelfüßen. Das versetzte das Monster aber nur noch mehr in Rage, und es stürzte sich abermals auf Lila, die auf die Beine gekommen war und versuchte, in den Wald zu flüchten. Wieder verfehlte der Grässgreif das Mädchen, doch sie schlug der Länge nach auf den harten Boden und schlitterte schmerzhaft durch den Staub. Nun war Lila dem Vogel völlig ausgeliefert.

Jukka rutschte am Stamm der Palme hinab und sprang wild mit den Armen rudernd auf die Straße. Für einen winzigen Augenblick schien der Vogel unschlüssig, welches seiner Opfer er als Erstes zerfleischen sollte.

Doch Lila hatte sich kaum aufgerichtet, als der Grässgreif schon den nächsten Angriff auf sie startete. Jukka sah, dass die goldene Fahrmünze, die Lila fest umklammert hatte, aus ihrer Hand kullerte und der Grässgreif danach schnappte. Mit einer Kralle zerfetzte er Lilas Kleid. Dann setzte er zu einem gewaltigen Schnabelhieb an.

„Nein!", brüllte Jukka. Er bückte sich, um schnell einen Kiesel aufzuheben. Bevor der Grässgreif zuschlagen konnte, hatte er den Stein in seine Schleuder gespannt und geschossen. Der Kiesel traf den Vogel am Kopf. Doch der Treffer vertrieb ihn keineswegs, sondern schien ihn nur noch wütender zu machen.

Jukkas Herz raste, als er hastig nach einem größeren Stein griff. In diesem Moment war das laute Trommeln von Pferdehufen zu hören, dazu die Schreie von mehreren Männern.

Der Vogelkopf ruckte kreischend herum. Eine große Kutsche kam die Straße heruntergeschossen. Die riesigen Pferde schnaubten und wieherten. Auf dem Kutschbock stand ein kräftiger Mann, der eine Peitsche durch die Luft sausen ließ. Der Grässgreif wich der Peitsche in letzter Sekunde aus und schwang sich mit einem ärgerlichen Schrei hinauf in die Lüfte. Mit kräftigen Flügelschlägen flog er davon und verschwand bald in der Ferne.

Jukka eilte zu Lila. „Bist du verletzt?", fragte er und steckte die Schleuder zurück in seinen Gürtel.

Lila verneinte und erhob sich mühselig. Ihr Gesicht war dreckverschmiert, ihr Kleid zerrissen, die Hände verschrammt.

Die Kutsche war mit quietschenden Rädern zum Stehen gekommen.

„Da waren wir ja gerade noch rechtzeitig da!", polterte der Kutscher, die gesenkte Peitsche in der Hand.

Lila strich sich das verklebte Haar aus dem Gesicht. Sie nickte und ging auf die Kutsche zu. „Zu den Weißen Bergen bitte", sagte sie.

Ein dünner Mann in einem blauen Anzug mit goldenen Knöpfen stieg aus der Kutsche, in der noch einige andere Passagiere saßen. „Ich bin der Schaffner. Ihre Fahrmünze bitte."

„Aber sicher", meinte Lila. Doch als sie in ihre Tasche griff, stockte sie. „Oh."

Der Schaffner zog eine Augenbraue hoch.

„Ich habe sie nicht …", stotterte Lila. „Der Grässgreif …"

„Ohne Reservierung fährt bei uns niemand mit", sagte der dünne Mann, ohne dabei eine Miene zu verziehen.

„Ich hab ja eine Reservierung!", rief Lila. „Der Grässgreif hat mir die Münze gerade geraubt!"

„Das weiß ich nicht", sagte der Schaffner kühl. „So kann ich Sie jedenfalls nicht mitnehmen, junge Dame. Vorschrift ist Vorschrift."

Jukka hob die Hand. „Wir haben Gold und Edelsteine. Wir möchten zwei Fahrmünzen kaufen." Mit Blick auf Bo Knorre fügte er hinzu: „Drei."

Der Schaffner schüttelte ungerührt den Kopf. „In unserem Fuhrunternehmen gibt es nur im Voraus gebuchte Münzen. Bei mir können Sie keine Fahrkarten kaufen." Er betrachtete Bo. „Und Hunde nehmen wir grundsätzlich nicht mit."

„Das ist die Höhe!", rief Lila entrüstet. „Wir haben diese Kutsche hierherbestellt!"

Der Schaffner ließ sich nicht beeindrucken. „Sie können sich zu den Geschäftszeiten in unserem Büro in Fliederburg beschweren. Guten Tag."

„Los!", rief er dem Kutscher zu.

„Hey!", protestierte Jukka.

Doch der Kutscher knallte mit seiner Peitsche, und die Pferde legten sich ins Geschirr. In einer Wolke aus Staub stoben sie davon.

Jukka blickte der Kutsche ungläubig hinterher.

Lila schnaubte vor Wut. „Das ist nicht zu glauben!" Sie stampfte mit dem Fuß auf.

Aber Lila und Jukka *mussten* es glauben! Sie waren auf sich allein gestellt. Eine zweite Kutsche würde nicht kommen. Und Pinkas war längst fort, sie konnten Kandidel also auch keine Nachricht mehr schicken.

„Was machen wir jetzt?", fragte Jukka. „Gehen wir zum Strand zurück?" Fast hoffte er ein bisschen, dass Lila zustimmen würde. Auf Skorpione und Sandflöhe hatte er sich eingestellt, nicht aber auf einen Grässgreif. Wer weiß, welche Ungeheuer da draußen noch lauerten?

„Kommt überhaupt nicht infrage!", grollte Lila. „Am liebsten würde ich schnurstracks nach Fliederburg marschieren, um mich zu beschweren."

„Wo ist denn Fliederburg?", wollte Jukka wissen.

Lilas Gesichtszüge glätteten sich ein wenig. „Da", sagte sie und zeigte auf die Wüste. „Da durch." Sie seufzte. „Wir müssen sowieso nach Fliederburg, denn nur dort werden wir eine Kutsche in die Berge bestellen können."

„Also durch die Wüste?", vergewisserte sich Jukka.

Lila brummte: „Ich wüsste nicht, wie sonst." Sie kräuselte verunsichert die Nase.

Da fasste Jukka sich ein Herz. Er konnte ja nicht schon nach der ersten halben Stunde aufgeben – Grässgreif hin oder her.

„Gut", sagte er und atmete tief durch. „Dann lass uns gehen!"

Bevor sie aufbrachen, begutachteten sie die Landkarten, die Jukka aus Bittermonds Truhe mitgenommen hatte.

„Keine Ahnung, was das hier ist", bemerkte Jukka mit Blick auf den Plan mit Linien und Punkten. „Sieht aus wie ein riesiges Tunnelsystem oder so. Aber ich bin nicht sicher." Er betrachtete die Karte eine Weile, dann rollte er sie wieder zusammen und steckte sie weg. Er tippte auf die zweite Karte. „Die scheint mir nützlicher. Das muss die Wüste sein. Wir befinden uns hier."

Lila meinte, ein paar Stunden Fußmarsch geradewegs durch die Wüste sollte sie an eine große Straße in Richtung Fliederburg bringen. „Dort finden wir sicher jemanden, der uns mitnimmt", sagte sie. Ihre Stimme klang hoffnungsvoll.

Jukka nickte. Dann stapften sie in den heißen Sand der einsamen Wüste.

„Ich frage mich", überlegte Lila, nachdem sie eine Weile gelaufen waren, „was dieser Grässgreif von uns wollte."
„Unser zartes Fleisch vielleicht?", fragte Jukka.
„Vielleicht", meinte Lila. „Aber warum hier? Die Horste der Grässgreife liegen in den Bergen. Mag sein, dass sie eine Vorliebe für Glänzendes und Glitzerndes haben, aber ich kann mir nicht so recht vorstellen, dass er mich wegen *einer* Münze angegriffen hat. Ich hatte schon heute Morgen den Eindruck, dass ich das Vieh über der Bucht habe kreisen sehen."
„Mhm", machte Jukka. Er wusste nichts über Grässgreife. Er hoffte nur, nicht noch einmal einem begegnen zu müssen.

Lila und Jukka marschierten im Gänsemarsch durch die flachen Dünen. Die Sonne brannte unerbittlich auf sie nieder. Was erst wie eine völlig leere, tote Ebene gewirkt hatte, entpuppte sich nach und nach als durchaus lebendiges Gebiet mit kargen Pflanzen und kleinen Tieren, die über Steine flitzten und in Erdlöchern verschwanden.
Keine zwei Meter von ihnen entfernt hinterließ eine Schlange ihre lange Spur im Sand. Und weiter vorn bohrte sich ein Käfer in den Grund, als er die Schritte der beiden vernahm. In den Büschen hockten große, langbeinige Insekten, und auf den Kakteen hüpften winzige Vögel.
Jukka entdeckte auch einige Skorpione, aber die zeigten keinerlei Interesse daran, ihn in die Füße zu stechen.

Jukka und Lila marschierten, bis ihre Beine schmerzten. Die Berge in der Ferne schienen kaum näher zu rücken. Lila hatte sich einen Fetzen ihres Kleides, den der Grässgreif abgerissen hatte, um den Kopf gewickelt. Bo Knorre hechelte, und seine Zunge hing weit heraus.

„Willst du etwas essen?", fragte Jukka und reichte Lila einen Apfel aus seinem Rucksack. „Ich hoffe, unser Wasservorrat reicht."

„Keinen Hunger", knurrte Lila und begann wütend auf gewisse *unverschämte Fuhrunternehmen* zu schimpfen. „Wenn Kandidel davon erfährt, wird sie es denen so richtig zeigen", zeterte sie. „Das lassen wir uns nicht gefallen!"

Jukka stöhnte. Er machte ein paar schnellere Schritte, damit sich der Abstand zwischen ihm und Lila vergrößerte. Er keine Lust mehr, den schimpfenden Rohrspatz hinter sich länger anzuhören. Und irgendwann musste diese Wüste ja ein Ende nehmen!

Hinter ihm wurde es still. Endlich! Jukka atmete auf. Einfach in Ruhe weitermarschieren! Einen Fuß vor den anderen, Schritt für Schritt, bis ...

Plötzlich hörte Jukka Bo Knorre aufgeregt bellen. Jukka drehte sich um. Lila war weg! Er konnte meilenweit in alle Richtungen schauen, sah Sand und flimmernde Luft, aber Lila blieb verschwunden.

Bo Knorre bellte und bellte. Einige Meter entfernt kratzte er dann winselnd im Sand und sprang unruhig hin und her. Jukka lief zurück.

Nun sah er, dass der Hund seine Schnauze in ein Loch im Boden steckte. Ein Loch, das exakt so groß war, dass Lila genau hineinpasste.

Jukka kniete sich neben das Loch und spähte in die Dunkelheit. „Lila!", rief er.

Er hörte erst ein Stöhnen, ein Rascheln, dann einen zaghaften Ruf: „Ich bin hier unten!"

„Hast du dich verletzt?", fragte Jukka.

„Nein, der Sand ist weich." Nach einer Pause fügte Lila kläglich hinzu: „Wie komme ich denn jetzt wieder hier raus?"

„Das weiß ich auch nicht", sagte Jukka und sah sich um. „Wieso bist du denn da reingefallen?"

Lila schnaubte ärgerlich. „Weiß ich nicht! Such lieber einen Ast oder irgendetwas anderes, mit dem du mich rausziehen kannst!"

Jukka konnte jedoch nichts entdecken, womit er Lila hätte erreichen können. Er öffnete seinen Rucksack. Warum hatte er kein Seil eingepackt? Hatte Käpt'n Bittermond vielleicht irgendetwas Nützliches in der Tasche vergessen? Auf den Fersen hockend durchwühlte Jukka sein Gepäck. Kaum hatte er den Arm in den Rucksack gesteckt, um zu erfühlen, ob Bittermond nicht zufälligerweise einen Strick am Boden der Tasche zurückgelassen hatte, begann Bo Knorre wild knurrend und bellend um ihn herumzuspringen.

Jukka drängte ihn mit der freien Hand zur Seite. „Lass mich doch mal kurz überlegen!"

Da stieß Lila tief unten im Loch einen spitzen Schrei aus. „Pass auf, da oben!"

In derselben Sekunde schob sich ein riesiger, bedrohlicher Schatten über Jukka.

„Der Grässgreif!", brüllte Lila.

Jukka brauchte gar nicht aufzusehen. Er hörte das Rauschen der

Schwingen und ein fürchterliches Kreischen, als sich der Riesenvogel hinabstürzte.

„Jukka!", schrie Lila.

Jukka blieb nichts anderes übrig, als hinab in das tiefe Loch zu springen, in dem Lila schon festsaß.

„Uff!" Er landete unsanft neben Lila im Sand.

„Lauf weg, Bo Knorre!", brüllte Lila. „Lauf!"

Jukka und Lila sahen, wie der Hund über das Loch hinwegsprang. Sie hörten ihn bellen und den Grässgreif schreien. Dann wurde es still.

Jukka und Lila blieben im Loch zurück. Über sich sahen sie ein Stückchen Himmel, aber in der Tiefe herrschte nichts als Dunkelheit.

Unter der Wüste

„Hier ist ein Gang!", rief Lila, die die Wände des Lochs abtastete.
„Wo führt er hin?", fragte Jukka.
Lila sah ihn an. „Keine Ahnung. Ich erkenne nichts, es ist alles rabenschwarz!"
Jukka kroch an ihr vorbei und steckte seinen Kopf in den niedrigen dunklen Tunnel. Ein schwerer, muffiger Geruch lag in der Luft.
Lila schnupperte. „Riecht nach Ziegenstall."
Jukka spürte einen Luftzug aus dem Gang. „Ich glaube, wir müssen *da* rein."
Es gab keinen anderen Ausweg aus dem Loch. Die Wände der Öffnung waren zu glatt, um nach oben zu klettern. Doch wenn hier ein Tunnel war, aus dem ein Luftzug drang, dann musste er irgendwo zu einem anderen Ausgang führen.
Jukka schulterte den Rucksack, den er mit sich in die Tiefe gerissen hatte, und kroch voraus. Von der Decke rieselte ein bisschen Sand. Mit den Händen tastete Jukka sich vorwärts ins Schwarze,

Lila folgte. Nach etwa zwei Metern machte der Gang einen Knick, und nun waren sie von völliger Dunkelheit umgeben. Der Geruch nach irgendwelchen Tieren wurde stärker.

„Iiii!", quietschte Lila plötzlich. „Hier ist was Ekliges auf dem Boden!"

In diesem Augenblick patschte Jukkas Hand in eine Masse aus weichen, streng riechenden Kügelchen.

„Fühlt sich an wie Hasenköttel!", stöhnte er. „Nur größer."

„Igitt!" Lila schüttelte sich. „Das ist ekelhaft!"

„Scheinbar lebt hier irgendjemand", sagte Jukka.

„Ja, jemand ohne Klo!", schimpfte Lila hinter ihm, während Jukka sich die Hand so gut es ging abwischte und weiterkroch.

Irgendwann wurde der Gang breiter, die Decke höher, und die beiden konnten sich aufrichten.

„Sieh mal!", rief Jukka. „Dort hinten ist Licht! Bestimmt finden wir dort den Ausgang!"

Der Tunnel verzweigte sich an dieser Stelle in drei Wege.

„Ich glaube, die Gänge bilden ein riesiges Netzwerk, fast wie ein Labyrinth", murmelte Jukka. „Wo habe ich so was schon mal gesehen …?"

„Hauptsache wir kommen aus diesem Labyrinth auch wieder raus", sagte Lila.

Die Kinder gingen dem Lichtschein entgegen. Bald wurde ihnen jedoch klar, dass es sich nicht um Tageslicht handelte, sondern um den flackernden Schein einer Flamme. Einen Luftzug spürten sie inzwischen nicht mehr.

„Hörst du diese Stimmen?", fragte Lila plötzlich.

Aus einem der Gänge erklangen piepsende, quiekende Laute,

die immer näher kamen. Sie hörten aufgeregte Stimmen und das Getrappel von vielen Füßen. Wenige Sekunden später schossen einige Gestalten an Jukka und Lila vorbei. So schnell, dass die beiden sich vor Schreck platt gegen die Wand drücken mussten, um nicht umgerannt zu werden. Dann flitzten zwei weitere Kreaturen durch den Tunnel, diesmal in die andere Richtung. Es handelte sich um befellte Wesen mit spitzen, mausartigen Gesichtern, etwa so groß wie Jukka und Lila. Die Kreaturen hetzten zeternd und schimpfend an ihnen vorbei, ohne den beiden auch nur einen Funken Beachtung zu schenken.

„Das müssen die Bewohner dieses Tunnelsystems sein", überlegte Lila. Sie zupfte an ihrer Unterlippe. „Ich glaube, es sind Riesenerdmännchen. Erdmännchen gibt es in jeder Wüste, aber diese großen, soweit ich weiß, nur hier."

Wieder stürzten drei Erdmännchen durch den Gang. Sie blickten kurz um sich, kreischten „Da lang!" und verschwanden so schnell, wie sie gekommen waren.

Die Kinder setzten langsam ihren Weg fort. Je weiter sie vordrangen, umso mehr Laute konnten sie aus den Gängen vernehmen. Und hin und wieder huschten nervös quiekende Gestalten an ihnen vorbei.

„Die sehen aus, als suchen sie nach etwas", sagte Jukka.

„Die sehen aus, als hätten sie nicht alle Tassen im Schrank", knurrte Lila.

„Vielleicht sollten wir sie nach dem Weg fragen", meinte Jukka. „Allein finden wir doch niemals hier raus!"

Als die nächste Gruppe von Erdmännchen wenig später an ihnen vorbeistürmte, streckte Jukka seine Hand aus: „Entschuldigung!"

Das letzte der vier Erdmännchen, ein etwas kleineres Exemplar, kreischte auf, blieb abrupt stehen und starrte Jukka und Lila an. Seine Nase wackelte aufgeregt hin und her.
„Vielleicht könntest du uns weiterhelfen", bat Jukka höflich. „Wir suchen nach dem Ausgang."
Die schwarzen Augen des Erdmännchens funkelten. Dann schrie es auf einmal los: „Alarm! Alarm!"
Die anderen drei Erdmännchen, die schon weitergerannt waren, bemerkten, dass sie ein Mitglied ihrer Truppe verloren hatten, und kehrten im Eiltempo zurück. Als sie Jukka und Lila erblickten, fingen sie an zu schreien und hektisch gestikulierend durcheinanderzureden. Das kleinste Erdmännchen kreischte ununterbrochen: „Alarm! Alarm!"
Lila atmete tief durch. „Das hat uns gerade noch gefehlt."
Durch die Alarmschreie aufgeschreckt, erschienen nun keifend und schnatternd Erdmännchen aus allen Richtungen. Sie drängten sich um Jukka und Lila und hüpften wild auf und ab.
„Ruhe!", brüllte Lila schließlich. „Ruuuhe!"
Die Erdmännchen hielten erschrocken inne. Mit zitternden Schnurrhaaren starrten sie das fremde Mädchen an.
„Wir suchen bloß nach dem Weg!", rief Lila verärgert. „Könnt ihr uns nicht helfen?"
Da wurde das Geschnatter noch lauter:
„Sie suchen *auch* nach dem Weg!"
„Vielleicht kennen sie den Ausgang?"
„Nein, sie *suchen* ihn doch!"
„Wieso haben sie ihn verloren?"
Jukka und Lila schauten sich ratlos an, als ein Tumult in einem

der Gänge zu hören war. Erdmännchen quiekten und sprangen zur Seite, um einem großen Tier mit langen Schnurhaaren und glänzendem Fell Platz zu machen, das sich nun einen Weg durch die Menge bahnte. Es trug einen Gürtel aus Bastfasern, in dem ein verrosteter Dolch steckte. Die anderen Erdmännchen verstummten.

Mit seiner beweglichen Nase schnuppernd, betrachtete das große Erdmännchen Jukka und Lila von oben bis unten. „Wer seid ihr, und was wollt ihr in unserem Bau?", schnauzte es dann.

„Wir sind Reisende und wollen bloß den Ausgang finden", antwortete Jukka.

„Aha!", rief das große Erdmännchen. „Sie wollen *bloß* den Ausgang finden." Dann befahl es: „Mitkommen!"

Es setzte sich in Bewegung, und die anderen Erdmännchen folgten. Jukka und Lila blieb gar nichts anderes übrig, als sich in dem Gedränge und Geschiebe mittreiben zu lassen.

„Die sind völlig verrückt!", raunte Lila Jukka zu.

Sie wurden in eine große Höhle gebracht, in deren Mitte ein hölzerner Thron stand. Auf dem Thron hockte zusammengesunken ein kleines dickes Erdmännchen – auf dem Kopf eine schiefe Krone aus geflochtenen Zweigen.

„Der sieht aber müde aus", flüsterte Lila, als das große Erdmännchen die beiden unsanft vor den Thron stieß.

Tatsächlich gähnte das Erdmännchen auf dem Thron gerade ausgiebig. Seine Augen waren halb geschlossen.

„Es tut mir leid, dass wir euch wecken mussten, Majestät", sagte das große Erdmännchen. „Wir haben diese Eindringlinge in unserem Tunnel gefunden. Sie benehmen sich verdächtig."

Lila schnaubte: „Wenn sich hier irgendjemand verdächtig benimmt …"
Der König gähnte schon wieder. Er fuhr sich mit der Pfote über die Schnauze. „Was wollen sie hier, Leutnant Wüstenfloh?"
„Leutnant Wüstenfloh!", wisperte Jukka. Lila kicherte.
Der Leutnant sah sie böse an und rief dann: „Sie behaupten, sie suchen einen Ausgang, König Babalus! Nicht sehr plausibel."
Lila verdrehte die Augen. „*Natürlich* suchen wir einen Ausgang", flüsterte sie Jukka zu. „In diesem Irrenhaus wollen wir bestimmt nicht bleiben."
Das Königserdmännchen rieb sich die kleinen Äuglein mit den Pfoten. „Verdächtig, verdächtig", murmelte es. Und dann direkt zu Jukka und Lila: „Was wollt ihr hier?"
„Wir wollen – überhaupt nichts", erklärte Jukka ganz langsam. „Wir möchten nur – wieder raus aus eurem Bau."
König Babalus lachte traurig. „Ja, das wollen hier viele."
Leutnant Wüstenfloh gab ein ungeduldiges Grunzen von sich. „Was machen wir mit den Bälgern, Majestät? Ich bin sicher, sie verbergen etwas." Er sah seinen König erwartungsvoll an. Der schnüffelte jedoch nur und kratzte sich langsam über den Bauch. Der Leutnant seufzte und blaffte dann: „Wie seid ihr überhaupt in unseren Bau eingedrungen?"
„Wir sind hineingefallen", erklärte Jukka.
„Wenn ihr hineingekommen seid, dann müsst ihr auch wissen, wo der Ausgang ist", überlegte König Babalus. „Vielleicht könnt ihr uns helfen?"
Jukka wollte etwas sagen, doch Leutnant Wüstenfloh wedelte mit der Pfote, als sei der König nicht mehr als ein lästiges Insekt. „Sagt

mir sofort, wo ihr hineingekommen seid!", herrschte er die beiden an.

„Wir wissen es doch nicht mehr", sagte Jukka. „Außerdem war es kein richtiger Eingang, sondern bloß ein Loch."

„Ein Loch!", rief Wüstenfloh. „Ihr habt ein *Loch* in unseren Bau gemacht? Wo?"

Jukka stöhnte.

„Wir haben uns verlaufen", sagte nun Lila. „Wir wissen nicht mehr, wo das Loch war."

„Wieso habt ihr euch verlaufen?", donnerte Leutnant Wüstenfloh. „Wenn man einen Ausgang oder Eingang oder ein Loch findet, dann merkt man sich gefälligst, wo es war!"

Der König nickte schläfrig, schien etwas sagen zu wollen, wurde jedoch von einem schlanken Erdweibchen unterbrochen, das sich aus der neugierig lauschenden Menge gelöst hatte. „Das ist doch alles Unfug, Babalus!", rief sie aufgebracht. „Diese Menschenkinder sehen nicht aus, als könnten sie einer Fliege etwas zuleide tun. Können wir uns bitte wieder den wichtigen Dingen widmen?"

Der König blinzelte irritiert. „Was schlägst du vor, Schwester?"

„Es ist an der Zeit, dass wir eine neue Karte zeichnen. Im Bau herrscht Chaos. Wir werden die verlorene nicht wiederfinden."

Ein Raunen ging durch die Menge.

Leutnant Wüstenfloh verschränkte verärgert die Pfoten: „Zweifelst du das Können meiner Truppen an, Frida? Natürlich finden wir die Karte wieder. Sie ist unser wertvollstes Gut. Von unseren Vatersvätern gehütet, von unseren Großvatergroßvätern angelegt. Das geben wir nicht so mir nichts, dir nichts auf!"

„Wie lange soll das noch so weitergehen?", fragte Frida erbost.
„Eure Schwester untergräbt meine Autorität!", kreischte der Leutnant wütend. „Wollt ihr das zulassen, König? Sollen wir uns vielleicht alle auf die faule Haut legen?"
Der König blickte verwirrt von einem zum anderen.
Jukka rieb sich die Stirn. Ihm war plötzlich ein Gedanke gekommen. Doch da bemerkte er, dass niemand sie mehr beachtete.
„Komm", raunte Jukka Lila leise zu. „Das ist *die* Gelegenheit." Die beiden bewegten sich langsam rückwärts. Sollten die Erdmännchen sich doch weiter ankeifen!
Einen Meter, zwei … Jukka griff nach Lilas Hand und zog sie langsam hinter sich her.
Da fuhr Leutnant Wüstenfloh herum. „Die Fremden versuchen zu fliehen!" Und fünf Erdmännchen stürzten sich auf Jukka und Lila und hielten sie fest.
„Ich wusste doch, dass sie etwas im Schilde führen!", krakeelte der Leutnant. „Wer unschuldig ist, macht sich nicht aus dem Staub! Wir sperren euch ein, bis ihr gesteht!"
Frida protestierte, doch der König hob bloß die Schultern. Die Griffe der Erdmännchen wurden um Lilas und Jukkas Handgelenke regelrecht zu Schraubstöcken. Die beiden hatten keine Chance, sich zur Wehr zu setzen. Ein Trupp Erdmännchen, mit spitzen Speeren bewaffnet, trieb sie in einen dunklen Gang.
„Moment mal!", rief Jukka. „Was für eine Karte sucht ihr denn? Ich glaube …"
Leutnant Wüstenfloh, der ihnen gefolgt war, stieß gegen Jukkas Schulter. „Hör auf mit der Schwätzerei, Fremder!"

Aber Jukka ließ den Rucksack von der Schulter rutschen und öffnete ihn. „Ich habe hier ..."

Da blieb Wüstenfloh abrupt stehen. „Was rieche ich da?" Seine Nase wackelte aufgeregt hin und her. Er griff nach Jukkas Tasche.

„Das ist unser Proviant ...", sagte Jukka.

„Männer!", blaffte der Leutnant. „Kehrt zurück in den Thronsaal und schaut nach, ob es dem König gut geht. Seine Sicherheit ist unser oberstes Gebot!"

Die Erdmännchen senkten überrascht ihre Speere.

„Los!", schnauzte Wüstenfloh, und sie gehorchten seinem Befehl.

Der Leutnant wartete ab, bis seine Truppe um die Ecke verschwunden war, dann zog er Jukkas Rucksack zu sich heran.

„Orangen!", hauchte er. „Äpfel!"

„Hey!", protestierte Lila, aber der Leutnant hatte schon in einen Apfel gebissen und kaute genüsslich.

„Der ist sooo gut", schmatzte der Leutnant. „Köstlich!"

„Das ist unser Proviant!", rief Lila wütend. Jukka zerrte an seinem Rucksack, aber Wüstenfloh zerrte zurück.

„Jetzt ist es *mein* Proviant!", zischte der Leutnant. „Und zwar meiner allein!"

Er steckte seine Nase tief in den Rucksack. „Äpfel. Birnen. Orangen!"

Dann schoss sein Kopf in die Höhe. „Was ist das?"

Er griff in den Rucksack. In der Pfote hielt er ein eingerolltes Papier.

„Das wollte ich doch die ganze Zeit sagen!", rief Jukka. „Ich glaube, es ist eure ..."

„Unsere Karte!", krächzte der Leutnant. „Wie kommt ihr an unsere Karte?"
Jukka überlegte. Vielleicht hatte Bittermond sie auf einem seiner Streifzüge im Wüstensand gefunden?
Plötzlich blickte sich der Leutnant hektisch um. Er stopfte sich die Karte, die er kurz auf- und dann wieder zusammengerollt hatte, während Jukka über seine Schulter schaute, in den Gürtel und zog den kleinen Beutel mit den Früchten aus dem Rucksack.
„Moment!", rief Jukka. „Lasst ihr uns denn nicht gehen?"
Da stieß der Leutnant ein irres Lachen aus und kreischte: „Wache!" Er zog ein Gitter aus Dornenranken zurück und stieß Jukka und Lila in eine kleine Höhle. „Wache!", brüllte er das bewaffnete Erdmännchen an, das herangeeilt war. „Diese Menschen sind unsere Gefangenen! Sorge dafür, dass sie eingesperrt bleiben!"
Damit zog er das Gitter wieder vor die Höhle. Und die Kinder blieben in der Dunkelheit zurück.

Gefangen

In ihrem Gefängnis war es stickig und feucht. Nur der matte Schein einer Fackel im nächsten Gang malte schwarze Schatten an die Wand.

Lila bibberte, obwohl es nicht kalt war. „Diese Irren …", murmelte sie. „Wie kommen wir hier jemals wieder raus?"

Jukka dachte laut nach. „Irgendetwas führt der Leutnant im Schilde. Er müsste sich doch freuen, dass er diese komische Karte wiedergefunden hat."

Lila vergrub ihren Kopf in den Armen. „Ich hoffe, Bo Knorre ist nichts geschehen. Heute geht aber auch alles schief."

Jukka seufzte. Vielleicht hatte Käpt'n Bittermond recht. Vielleicht war es eine ganz und gar dumme Idee gewesen, die Bucht zu verlassen.

Es vergingen schrecklich langweilige Stunden, in denen Lila manchmal weinte und viel schimpfte.

Irgendwann schob ihnen ihr Wächter eine Schüssel ins Gefängnis, die sie in der Dunkelheit kaum erkennen konnten.

Jukka zog sie neugierig näher, denn sein Magen knurrte schon gewaltig. „Riecht ganz gut." Er steckte einen Finger in die Schüssel und wollte ihn gerade abschlecken, als ... „Igitt!"
Um Jukkas Zeigefinger schlängelte sich ein glitschiger Wurm. Jukka schüttelte hektisch die Hand, und das Tier fiel zurück in die Schüssel, wo es von Asseln, Tausendfüßlern und Schnecken nur so wimmelte.
Lila lachte, vermied es aber, der Schüssel näher zu kommen.
„Hat der Leutnant gar nichts von unserem Proviant übrig gelassen?"
Jukka spähte in seinen Rucksack. Er fand nur eine einzige, verschrumpelte Orange. „Teilen wir?", fragte er Lila.
Doch bevor er seinen Fingernagel in die Orangenschale graben konnte, ertönte aus einer Ecke der Höhle plötzlich ein lauter Seufzer. Die Kinder fuhren zusammen.
„Oooh", machte es.
Sie hörten ein Rascheln.
„Orange", sagte eine dünne Stimme. Aus dem Schatten schob sich eine Schnauze. Sie gehörte einem älteren Erdmännchen mit weißem dünnem Haar auf dem Schädel und faltiger Haut im Gesicht.
„Ich rieche Orange", stellte es schnuppernd fest und murmelte: „Guten Tag, guten Tag." Es hüpfte auf Jukka zu, den Blick immer auf die kleine Frucht in dessen Hand gerichtet.
„Das ist unsere letzte", erklärte Jukka mit Bedauern.
Das Erdmännchen streckte die Pfote aus, doch Lila schnappte ihm die Orange vor der Nase weg.
„Ich habe seit Jahren kein frisches Obst mehr zwischen die

Zähne bekommen", hauchte das Erdmännchen. „Ich verhungere …"

Lila schob dem Erdmännchen, das weder abgemagert noch besonders schmächtig wirkte, die Schüssel mit den Kriechtieren hin. „Wir lassen uns nicht schon wieder beklauen. Wer bist du?"

Die Schnurrhaare des Erdmännchens bogen sich enttäuscht nach unten. „Ich bin Faria. Euer Zellengenosse."

„Du bist hier seit Jahren gefangen?", fragte Jukka ungläubig.

„Nein, nicht seit Jahren", antwortete Faria. „Seit ein paar Wochen vielleicht."

Lila sah ihn misstrauisch an. „Du hast doch gesagt, du hättest seit Jahren keine frischen Früchte mehr gegessen."

Das Erdmännchen zuckte mit der Nase. „Stimmt ja auch. Ich war seit Jahren nicht mehr an der Erdoberfläche." Faria gab keine weitere Erklärung ab. „Und wer seid ihr? Warum haben sie euch eingesperrt?"

Jukka und Lila stellten sich vor.

„Wir sind versehentlich in euren Bau geraten", erklärte Jukka. „Leutnant Wüstenfloh denkt, wir würden irgendetwas verbergen."

Faria schüttelte den Kopf. „Typisch Wüstenfloh."

„Weißt du, was die von uns wollen?", fragte Lila.

Faria seufzte. „Wir sind alle etwas … verrückt geworden. Aber kein Wunder, wenn wir immer nur durch diese dunklen Gänge rennen. Uns fehlen frisches Obst und Sonnenlicht."

„Auf den Kakteen in der Wüste wachsen doch frische Früchte", bemerkte Jukka.

„Wir haben unsere Ausgänge verloren", erklärte Faria. „Unser

Bau ist riesig. An die tausend Familien. Es gibt Hunderte Höhlen, unzählige Tunnel und viele, viele Ausgänge im Wüstenboden. Seit Generationen benutzten wir dieselbe Karte, um uns in diesem Netzwerk zurechtzufinden. Wir besaßen einen großen Plan, der über Jahrzehnte hinweg verbessert und verfeinert wurde. Auf ihm waren alle Tunnel, alle Abzweigungen, alle Löcher und Ausgänge verzeichnet. Doch diese Karte ist eines Tages verschwunden."

Jukka und Lila hörten Faria gespannt zu.

„Eine Expedition war in die Wüste geschickt worden, um die neuesten Ausgangslöcher und Dünenverschiebungen zu erforschen und auf die große Karte zu zeichnen. Aber sie kamen ohne den Plan zurück. Angeblich waren sie in einen fürchterlichen Wüstensturm geraten und hatten sie so verloren."

„Ja und?", unterbrach Lila. „Ihr müsst euch doch auch ohne die Karte zurechtgefunden haben. Vor allem wenn es nur diese eine gab."

„Eigentlich ja", lenkte Faria ein. „Aber versteckte Abzweigungen und selten genutzte Ausgänge konnten wir plötzlich nicht mehr finden. König Babalus verfügte, dass die Karte unter allen Umständen wiedergefunden werde müsse. Es wurden mehrere Expeditionen losgeschickt, um den Wüstenboden umzugraben und jeden Winkel abzusuchen. Erfolglos. Und irgendwie wurden wir alle immer verwirrter und verstanden das alles nicht."

Faria kratzte sich an der Schnauze. „Natürlich fanden wir uns vorher zurecht. Aber der Verlust der Karte versetzte uns so in Angst und Schrecken, dass wir alle nur noch kopflos umherliefen, statt uns an die Wege zu erinnern."

Faria seufzte. „Und so geht es seitdem seltsam bei uns zu. Manchmal irren Erdmännchen tagelang in vergessenen Abzweigungen umher, bis sie wieder zurück in ihre Wohnhöhle finden."

Lila verschränkte die Arme. „Das ist das Idiotischste, was ich je gehört habe."

Jukka legte ihr beschwichtigend die Hand auf die Schulter.

„Jetzt wird alles gut. Wüstenfloh hat die Karte. Ihr könnt also alle wieder zur Vernunft kommen."

Faria erstarrte. „Wie meinst du das?"

Jukka erklärte ihm, was mit der Karte geschehen war.

„Wüstenfloh hat die Karte. Das ist überhaupt nicht gut", wisperte Faria mit vor Schreck geweiteten Augen. „Wüstenfloh will nämlich gar keine Karte."

„Das musst du uns erklären", sagte Jukka verwirrt.

„König Babalus war früher schlau und stark", erzählte Faria. „Aber die ewige Dunkelheit macht ihm zu schaffen. Er schläft fast ununterbrochen. Deswegen ist Wüstenfloh nun das wichtigste Erdmännchen im Bau. Er ist der Chef der Suchtrupps. Wenn wir die Karte wiederfinden, brauchen wir die Suchtrupps nicht mehr. Davor hat Wüstenfloh Angst, denn er würde dann seine Macht verlieren."

„Deswegen ist er auch so wütend geworden, als die Schwester des Königs vorschlug, eine neue Karte zu zeichnen", sagte Jukka.

Faria rieb sich betreten den Bauch. „Genau. Auch ich habe das in einer Ratssitzung vorgeschlagen. Da haben sie mich eingesperrt."

„Deswegen haben sie dich verhaftet!", rief Jukka entrüstet.

Faria kicherte leise. „Nun, vielleicht nicht *nur* deswegen. Ich erinnere mich dunkel, dass ich Wüstenflohs Namen ... nun, falsch ausgesprochen habe und ihm ... äh, im Zorn wohl ein wenig in die Nase gebissen habe."

„Wir müssen hier raus", wisperte Lila Jukka zu.

Jukka nickte. Die Frage war nur: Wie?

Die List

Jukka und Lila waren viel zu müde, um weiter darüber nachzudenken, wie sie sich befreien konnten. Während Faria in der Zelle umherhüpfte und grübelte, machten es sich Jukka und Lila in einer Ecke bequem. Das heißt, bequem war es nicht auf dem kalten sandigen Boden, aber Lila rollte sich zusammen wie eine junge Katze und schloss die Augen.

Es war die erste Nacht, die Jukka nicht zu Hause verbrachte. Er lag da und warf sich unruhig hin und her – ohne ein weiches Kissen, ohne das Geräusch der Wellen, ohne das Rascheln in den Blättern der Palmen.

Hier unten hörte man nur unheimliches Kratzen in der Erde und hin und wieder ein Husten des Wärters, der vor dem Loch saß und sie bewachte.

Jukka hatte keine Ahnung, wie spät es war und ob er überhaupt richtig geschlafen hatte, als er sich schließlich aufrichtete und zu Faria gesellte.

Der war dabei, eine Assel nach der anderen aus der Schüssel zu klauben, die ihnen der Wärter gebracht hatte, sie ins Maul zu stopfen und knackend zu zerbeißen.

„Greif zu", forderte er Jukka auf.

Jukka schnupperte an der Assel, die das Erdmännchen ihm hinhielt, aber als er sah, dass die Beinchen des Krabbeltiers sich bewegten, schüttelte er schnell den Kopf.

Auch Lila reckte und streckte sich nun.

„Ich habe nachgedacht", verkündete Faria. „Wir müssen König Babalus Bescheid geben. Er kann ganz vernünftig sein, wenn Wüstenfloh ihm nicht dazwischenredet. Allerdings wird er nicht gut auf uns zu sprechen sein, wenn wir ihn aus dem Schlaf reißen."

„Wie kann man ihn denn besänftigen?", fragte Jukka.

„Wie wäre es hiermit?", rief Lila. Sie holte die kleine verschrumpelte Orange hervor, die sie in ihrer Schürzentasche versteckt hatte.

Faria leckte sich übers Maul. „Gute Idee."

„Die sieht aber ziemlich armselig aus", stellte Jukka fest.

Faria war anderer Meinung. „Die sieht wunderbar aus. Ihr müsst sie dem König nur unter die Nase halten, und er wird glückselig aufwachen." Dann streckte er die Pfote sehnsüchtig aus und schnüffelte gierig. „Oder ihr gebt sie mir? Was kümmern uns Wüstenflohs Machenschaften? Gebt sie mir doch einfach zu fressen und …"

„Nichts da!", rief Lila. „Diese Orange gehört dem König!"

Faria seufzte sehnsüchtig.

„Ich glaube, du hast bei deiner Nachdenkerei eines vergessen", bemerkte Lila. „Wir sind gefangen! Und selbst, wenn wir an dem Schnarchbären da vorn vorbeikommen …" Sie deutete auf das

Erdmännchen, das einen langen Speer umklammerte und vor der Höhle schlief. „Sollen wir vielleicht einfach quer durch den Bau marschieren? Wir dürfen doch nicht erwischt werden."
Faria spitzte nachdenklich die Lippen.
Doch Jukka hatte eine Idee. Er rief sich den Plan, den er vor ihrer Abreise studiert hatte, ins Gedächtnis. „Auf dieser Karte ... Da waren neben den Hauptgängen solche langen Linien eingezeichnet, die von einem Tunnel zum nächsten führten. Was war das?"
Farias' Gesicht hellte sich auf. „Das sind Verbindungsschächte zur Durchlüftung. Ziemlich eng ..."
„Passe ich da hinein?", fragte Jukka.
Lila riss die Augen auf.
Faria nickte. „Ich glaube schon. Aber Lila hat recht. Das Wachmännchen wird dich nicht gehen lassen."
Jukka grinste. „Nein. Nicht freiwillig."

Faria erklärte Jukka im Flüsterton, welchen Schacht er nehmen musste, um zur königlichen Schlafhöhle zu gelangen. Zum Glück befand sich ihre Zelle in der Nähe, sodass das Erdmännchen den Weg nach einigem Grübeln beschreiben konnte.
„Wenn König Babalus sich mit der Orange gestärkt hat, wird er dir zuhören. Du behauptest, dass ihr die Karte im Wüstensand gefunden habt und sie zurückgeben wolltet."
„Wieso *behauptest*?", wollte Jukka wissen. „Bittermond hat sie doch bestimmt wirklich ..."
„Wie dem auch sei", unterbrach Lila. „Du musst ihm sagen, dass Wüstenfloh uns die Karte weggenommen hat."
Jukka schluckte. Dann nickte er fest. „Also los", sagte er.

„Was geht denn hier ab?", brüllte das Wachmännchen, das von dem Lärm in der Zelle geweckt worden war. Erbost riss es das Gitter zurück und blickte in die Höhle.
„Wir werden beklaut!", schrie Lila, die mit aller Kraft die kleine Orange umfasste, nach der Faria mit seinen scharfen Zähnen schnappte.
„Mmmpf!", machte Faria, während er mit einer Pfote Jukka abwehrte. Der versuchte, ihm das Maul zuzuhalten.
„Auseinander!", schrie das Wachmännchen.
Doch die drei Gefangenen hörten nicht auf ihn, sondern machten munter weiter mit ihrem Gerangel.
„Das ist die letzte Orange", keuchte Lila. „Sie gehört mir!"
„Nein, mir!", brüllte Jukka.
„Ich habe seit Jahren keine Orange mehr gehabt!", schimpfte Faria lautstark.
„Hört auf, sage ich!", kreischte der Wächter und stieß mit seinem Speer nach den dreien.
Jukka, Lila und Faria sprangen auseinander. Die kümmerliche kleine Orange kullerte zu Boden.
„Euer Problem ist ganz leicht zu lösen", flüsterte das Wachmännchen mit glänzenden Augen. Mit einer schnellen Bewegung griff es nach der Frucht. Von seiner Schnauze tropfte Speichel. „*Ich werde die Orange essen*", wisperte es und sog den Duft der Frucht ein. Sein Speer fiel klappernd zu Boden. Eine rosa Zunge schleckte genüsslich über die bittere Schale.
„Jetzt!", brüllte Lila ohne Vorwarnung.
Faria, Jukka und Lila stürzten sich gleichzeitig auf das verdatterte Erdmännchen, dem keine Zeit blieb, sich zur Wehr zu setzen.

Faria entriss ihm die Frucht, warf sie Lila zu und stopfte ihrem Opfer einen Fetzen von Jukkas Hemd als Knebel ins Maul, bevor es auch nur einen Laut von sich geben konnte. Die Kinder benutzten eine Kordel, die Lila als Gürtel getragen hatte, um dem Wachmännchen die Pfoten auf den Rücken zu binden.

Faria bugsierte das gefesselte Erdmännchen in die hinterste Ecke des Lochs. „Eigentlich finde ich immer noch, dass *ich* die Orange verdient hätte", murmelte er dabei. Doch er klagte nicht, als Lila schließlich Jukka die Frucht übergab.

„Ich habe eine Botschaft für den König hineingeritzt", verkündete sie grinsend. „Damit er sofort begreift, worum es hier geht."

Faria setzte sich den hölzernen Helm des Wächters auf und nahm den Speer vom Boden.

„Bist du bereit?", fragte er Jukka. Der nickte.

Außerhalb der Zelle zeigte Faria ihm das Einstiegsloch oben in der Tunnelwand. „Es ist ganz einfach", wiederholte er seine Wegbeschreibung. „Eigentlich immer geradeaus, bis du am Thronsaal rauskommst, dann nach rechts bis zu den Wohnhöhlen."

Lila ächzte. Sie machte Jukka eine Räuberleiter, damit er hochklettern konnte. „Viel Glück!", rief sie leise, bevor sie wieder in ihrem Gefängnis verschwand und Faria sich mit tief in die Stirn gezogenem Helm davor niederließ, damit man ihn für das Wachmännchen hielt.

Jukka hatte seine Beine kaum in den engen Schacht gezogen, als er Stimmen vernahm und zwei bewaffnete Erdmännchen den Gang hinunterzockelten.

„Jetzt müssen wir sogar schon nachts suchen", beschwerte sich das ältere der beiden. „Langsam reicht es mir."

„Lass das nicht den Leutnant hören", piepste das andere. „Du weißt doch, wie wichtig die Karte für den ganzen Bau ist."
Wüstenfloh hat also niemandem etwas von der Karte erzählt, dachte Jukka. Genau wie Faria vermutet hatte.
„Wir werden die Karte nie wiederfinden", prophezeite das erste Erdmännchen.
„Woher willst du das wissen?", rief Nummer zwei entrüstet.
„Wenn wir nur gründlich genug suchen …"
Das ältere Erdmännchen blieb genau unter dem Loch stehen, in dem Jukka verschwunden war. „Ich verrate dir was, junger Freund", sagte es. „Ich war bei der Expedition damals dabei."
Jukka hielt die Luft an.
„Wir hatten einen Strauch vergorener Früchte gefunden und uns damit vollgefressen. Ich erinnere mich nur dunkel, aber ich weiß, dass ich tief und fest schlief. Und als ich aufwachte, war die Karte fort."
„Vom Winde verweht", hauchte das jüngere Erdmännchen.
„Eben nicht", behauptete das Expeditionsmitglied. „Es gab keinerlei Anzeichen für einen Sturm. Was es allerdings gab, waren große Fußstapfen im Sand …"
„Was soll das heißen?", rief das zweite Erdmännchen aufgeregt.
Das fragte Jukka sich auch.
„He!", rief Erdmännchen Nummer eins in diesem Augenblick und kickte mit dem Vorderlauf nach Faria, den sie mittlerweile entdeckt hatten. „Du sollst nicht schlafen, sondern unsere Gefangenen bewachen."
Faria grunzte, ohne den Kopf zu heben. „Keine Sorge, ich bin wach, Oberst."

Jukka krabbelte in den Schacht. Er musste den König nun schnell benachrichtigen, bevor ihre List aufgedeckt wurde!

Der Schacht war dunkel und eng. Sand scheuerte von unten Jukkas Knie auf und rieselte von oben in seinen Nacken. Seine Muskeln brannten. Doch Jukka kämpfte sich kriechend Zentimeter um Zentimeter vor. Er dachte an Lila, die in dem unterirdischen Loch auf ihn wartete. Er dachte an Bo Knorre, der ganz allein in der Wüste zurückgeblieben war. Und er dachte an Bittermond. Bittermond, der eine Karte in seiner Truhe aufbewahrt hatte, die den Riesenerdmännchen gehörte.

Jukka dachte an so viele Dinge, dass er seine aufgeschürften Knie und die kalten Hände gar nicht bemerkte. Er wusste auch nicht, wie viel Zeit verstrichen war, als er endlich das Ende des engen Tunnels erreichte.

Jukka spähte aus dem Loch, das in einen größeren Gang mündete. Wenige Meter entfernt hielten zwei Erdmännchen vor einem breiten Eingang Wache – das musste der Thronsaal sein. Also nach rechts, zu den Wohnhöhlen!

Jukka sprang aus dem Schacht und huschte den Tunnel hinab. Tatsächlich reihte sich hier eine Wohnhöhle an die nächste. Über den Eingängen waren hölzerne Schilder mit den Namen der Familien angebracht, die in den Höhlen lebten: *Asselbeißer*, *Kaktusblume* und *Scharfkrall*.

Aus einigen Höhlen erklangen Stimmen. Die Erdmännchen erwachten, weil es Morgen wurde.

Jukka sah sich hektisch um. Die Wachen durften ihn nicht entdecken!

Dann fiel sein Blick auf ein mit Ranken geschmücktes Schild. *Königliche Schlafgemächer* konnte er da entziffern.
„Heiliger Fischkloß sei Dank!", murmelte Jukka und duckte sich, um in die Höhle einzutreten.
Da legte sich eine Pfote auf seine Schulter und hielt ihn mit eisernem Griff fest. „Erwischt!", knurrte Leutnant Wüstenfloh.

Die Karte der Riesenerdmännchen

„Ihr dachtet, ihr könntet mich reinlegen!", zischte der Leutnant. „Aber Leutnant Wüstenfloh ist nicht blöd. Ich wusste doch, dass man euch nicht trauen kann, diebisches Pack, das ihr seid. Ihr und der Aufrührer Faria, das passt zusammen. Natürlich habe ich diesen Lump unter dem Holzhelm sofort erkannt."

Der Leutnant hielt Jukka am Arm gepackt und geiferte ihm ins Gesicht. „Warum schleichst du dich zu Babalus? Faria hat dich wohl beauftragt, unseren König zu ermorden!"

Jukka schnappte nach Luft. „Natürlich nicht! Wir wollen, dass du ihm die Karte aushändigst."

Da lachte Wüstenfloh laut. „Wann und wo die Karte wiederauftaucht, entscheide ich. Und zwar dann, wenn es mir in den Kram passt. Vielleicht, wenn ich selbst König bin."

Jukka starrte den Leutnant entsetzt an. „Faria hat recht, dir ist ganz egal, ob die Erdmännchen die richtigen Ausgänge je wiederfinden. Es geht dir nur um deine Macht."

„Faria ist ein Verräter, der verurteilt gehört!", zischte Wüstenfloh.
„Das ist nicht wahr!", rief Jukka.
„Wahr oder nicht wahr spielt keine Rolle!", bellte der Leutnant.
„Unser Vollpfosten von König wird mir glauben. Und euch Menschenkinder stecken wir gleich mit ins Verlies." Der Leutnant schüttelte Jukka so, dass ihm schwarz vor Augen wurde.
„Wachen!", brüllte Wüstenfloh.
Ein Trupp Erdmännchen schoss aus dem nahen Thronsaal und umringte Jukka.
„Diesen Meuchelmörder habe ich erwischt und gerade noch an seiner feigen Tat gehindert!", schrie Wüstenfloh.
„Lügner!", rief Jukka. „Du bist der ..."
Da packte ihn der Leutnant und legte die Krallen um seine Kehle. Wüstenflohs Augen verdunkelten sich. „Mit deinen Freunden habe ich schon abgerechnet", knurrte er. „Jetzt bist du dran!"
Jukka schüttelte mit vor Angst geweiteten Augen den Kopf. Wüstenflohs Krallen schlossen sich enger und enger um seinen Hals. Jukka röchelte.
„Was ist denn hier los?", fragte in diesem Augenblick eine weibliche Stimme. Jukka erkannte das Erdweibchen, dem er schon im Thronsaal begegnet war – die Schwester des Königs. Frida war aus der königlichen Höhle getreten und blickte die versammelten Erdmännchen verschlafen an.
„Was hier los ist?", keifte Wüstenfloh. „Ich decke die Verschwörung von Faria Sammelpelz und diesen Menschenkindern auf!"
„Was für eine Verschwörung?", fragte Frida. „Das klingt nach einer von deinen Phantastereien."
Wüstenfloh lief vor Wut rot an. „Das soll der König entscheiden!"

„Gggn", machte Jukka. Er zeigte auf die Karte in Wüstenflohs Gürtel. Frida schaute verwirrt zwischen ihm und dem Leutnant hin und her.

„In den Thronsaal mit dem stinkenden Bengel!", befahl der Leutnant seinem Suchtrupp. „Er gehört bestraft!"

Wüstenfloh und Frida starrten einander an. Der Leutnant gab den vier Erdmännchen einen Wink. Sie hielten Frida in Schach, während Wüstenfloh Jukka vor sich hertrieb. Dabei lockerte der Leutnant den Griff um seinen Hals für den Bruchteil einer Sekunde. Jukka riss sich los und schrie: „Wüstenfloh hat die Kar...!"

Doch schon wurde er wieder gepackt, und zwei Pfoten versuchten, ihm den Mund zuzuhalten. Jukka strampelte aus Leibeskräften.

„Knebelt ihn!", brüllte der Leutnant.

Jukka wurde ein stinkendes Tuch in den Mund gestopft.

„Zu König Babalus mit dem Verräter!"

Sie schubsten Jukka den Gang hinunter. Ein kräftiges Erdmännchen hielt ihn am Arm.

„Du wirst das Tageslicht nie wiedersehen", knurrte Wüstenfloh und stieß die Türen zum Thronsaal auf.

In der großen Halle waren Faria und Lila auf zwei Stühle gefesselt und geknebelt worden. Farias rechtes Auge war zugeschwollen. Lilas Haar stand wild zu Berge, und ihr Blick glühte vor Zorn.

Soeben schlurfte König Babalus herein. Er trug ein Tuch um die Schultern und große Pantoffeln an den Füßen.

„Was ist hier los?", murmelte er mit schweren Lidern. „Wieso werde ich ständig von irgendetwas geweckt? Wieso sind die Gefangenen ausgebrochen?"

Jukka sah, dass Leutnant Wüstenfloh seine Krallen spreizte, als wolle er dem kleinen König das Gesicht zerkratzen. Dann atmete er durch und säuselte: „Es ist wirklich eine Schande, dass Ihr geweckt werden musstet, Majestät. Aber hier geschehen Dinge, die Ihr selbst in die Hand nehmen solltet."

Babalus ließ sich in seinen Thron plumpsen und stöhnte: „Alles muss ich selbst machen."

Der Leutnant marschierte nach vorn und verbeugte sich vor dem Thron, während Jukka mit seinen Aufpassern einige Meter entfernt zurückblieb.

„Wir haben euch in letzter Sekunde vor einem Anschlag bewahrt!", rief Wüstenfloh. „Der Junge wurde von Faria angestachelt, Euch zu ermorden!"

„Habt ihr dafür irgendwelche Beweise?", fragte Frida, die ebenfalls zum Thron geeilt war.

In der Halle hatten sich inzwischen Dutzende Erdmännchen versammelt, und immer mehr kamen hinzu.

„Ich bin Zeuge!", donnerte Wüstenfloh. „Welche Beweise braucht es da noch? Wer Königsmörder schützt, sollte gleich mit eingesperrt werden!" Und er richtete eine anklagende Kralle auf Frida.

Babalus' Nase wackelte, und er blickte nervös zwischen Faria, Frida und Wüstenfloh hin und her. Faria riss wütend an seinen Fesseln. Der König gähnte.

„Faria, Frida und ihre Konsorten", betonte der Leutnant mit ausladenden Gesten, „wollen die alte Karte durch eine neue ersetzen. Genauso wie sie den alten König durch einen neuen ersetzen wollen. *Ich* aber bin der Meinung, dass wir nicht so leicht aufgeben dürfen. Wir müssen unsere Kräfte auch weiterhin auf das Suchen der Karte konzentrieren. Nur die von mir trainierten Truppen können das leisten. Tod den Verrätern! Lang lebe König Babalus!"

Die Erdmännchen sahen sich ratlos an. Jukka rann der Schweiß über die Stirn. Er musste etwas tun! Aber was?

„Tod den Verrätern! Lang lebe König Babalus!", brüllte der Leutnant nochmals.

Jukka tastete in seiner Hosentasche nach der kleinen Orange. Er hatte nur *eine* Chance.

„Tod den Verrätern! Lang lebe König Babalus!", jubelten nun alle Erdmännchen im Chor.

Jukka spannte seine Muskeln an. Das kräftige Erdmännchen neben ihm umfasste seinen Oberarm inzwischen etwas lockerer. Auf dem Thron räusperte sich der König und kratzte sich langsam über den Bauch.

„Der König verlangt den Tod der Verräter!", schrie Leutnant Wüstenfloh.

In dieser Sekunde riss Jukka sich los. Er zog mit einer Hand die Orange aus seiner Hosentasche und mit der anderen seine Schleuder aus dem Gürtel. Bevor irgendjemand reagieren konnte, hatte er das Gummi bis zum Äußersten gespannt und losgelassen.

Einen Augenblick später packte ihn das kräftige Erdmännchen mit einem wütenden Knurren, drehte ihm die Arme auf den Rücken und zwang ihn in die Knie. Die Schleuder fiel zu Boden. Doch das Erdmännchen war zu spät – die Orange segelte bereits durch die Luft und klatschte dem König mitten auf die Stirn.

Einhundert Erdmännchen hielten den Atem an.

„Ein Anschlag auf den König!", kreischte Leutnant Wüstenfloh. „Tötet den Bengel!"

Etliche Krallen bohrten sich in Jukkas Arme.

„Einen Moment!", rief da der König, der aufgesprungen war. Er presste seine Schnauze gegen die Orange in seinen Pfoten und sog ihren Duft ein.

„Der Junge wollte euch damit den Schädel einschlagen!", schrie Wüstenfloh.

König Babalus hob den Kopf. Seine schwarzen Augen blitzten auf einmal wach und aufmerksam. „Unfug!"

„Gggn", machte Jukka mit dem Knebel im Mund. Die Krallen hinterließen Striemen auf seiner Haut.

„Lasst den Jungen los!", kommandierte Babalus. „Ich will wissen, warum er mir diese Frucht geschenkt hat."

Er drehte die Orange, als müsse er prüfen, ob sie auch wirklich echt war – und stutzte. Seine Lippen bewegten sich, und dann las er laut vor, was er auf der Orange entziffert hatte: „Wüstenfloh hat eure Karte!"

Lila, du schlaues Mädchen!, dachte Jukka. Sie hatte die Botschaft mit ihren Fingernägeln in die Schale der Orange geritzt. Um ihn herum begann ein lautes Tuscheln.

„Was hat das zu bedeuten?", fragte der König. Seine Stimme hallte durch den ganzen Saal.

Aber Jukka, Lila und Faria waren geknebelt, sie konnten nicht antworten.

Wüstenfloh sprang auf das Podest, auf dem der Königsthron stand. Er wollte etwas sagen, doch aus seiner Kehle drang nur ein Röcheln.

Jukka nutzte die Gelegenheit, um dem verdutzten Wachmännchen, das ihn immer noch zu Boden drückte, mit aller Kraft auf den Vorderlauf zu treten. Das Erdmännchen heulte auf und ließ ihn los. Jukka riss sich den Knebel aus dem Mund. „Das ist eure Karte!", brüllte er König Babalus zu. „Wir wollen sie euch zurückgeben, und Wüstenfloh will es verhindern!"

Leutnant Wüstenfloh erstarrte.

Noch bevor er seinen Männern irgendwelche Befehle geben konnte, rief König Babalus: „Wüstenfloh, was hast du da in deinem Gürtel stecken? Was geht hier vor?"

Jukka eilte zu Lila und Faria und löste ihre Fesseln. Niemand wagte, ihn daran zu hindern.

Mit einem schnellen Griff schnappte sich Babalus die Karte aus dem Gürtel des Leutnants, der wie eingefroren dastand.

Faria sprang neben ihn auf das Podest.

Der König rollte das Papier ehrfürchtig auf und wackelte mit der Nase. „Das ist unsere Karte", flüsterte er ungläubig. Und dann lauter: „Unsere Karte!"

Faria spähte über Babalus' Schulter und nickte. „Leutnant Wüstenfloh wollte sie für sich behalten, damit er auch weiterhin der Anführer der Suchtrupps und damit der wichtigste Mann im Bau bleibt."

Hunderte von Erdmännchen stießen ein langes, entsetztes „Oooh!" aus. Sie drängten sich näher, um den wiedergefundenen Plan ihres Baus mit eigenen Augen sehen zu können.

König Babalus schaute Lila und Jukka streng an. „Woher habt ihr die Karte?"
Jukka zögerte.
„Wir haben sie im Wüstensand gefunden", behauptete Lila da. „Wir wollten sie euch zurückbringen, aber ihr habt uns ja keine Sekunde lang zu Wort kommen lassen."
„Oh", machte der König. Jukka warf Lila einen schiefen Blick zu. Plötzlich stieß Leutnant Wüstenfloh einen fürchterlichen Schrei aus. „Eine Fälschung!", kreischte er. „Sie wollen euch mit einer Fälschung täuschen!"
Der König schüttelte den Kopf. „Diese Karte ist echt. Ich bin mir sicher."
„Echt", wisperte es aus allen Ecken. „Die Karte ist echt!"
Da stürzte sich Leutnant Wüstenfloh auf Babalus und entriss ihm die Karte.
„Wüstenfloh!", donnerte der König. „Gib mir, was unserem ganzen Bau gehört!"
„Niemals!", brüllte der Leutnant. Der Klang von zerreißendem Papier hallte von den steinernen Wänden der Höhle wider.
Bevor jemand Wüstenfloh daran hindern konnte, stopfte er sich die zerfetzten Papierstreifen der Karte ins Maul und fraß sie würgend und gurgelnd auf.
Schwer atmend, mit hängendem Kopf, blieb er stehen.
In der Halle breitete sich Totenstille aus. Die winzigen Überbleibsel des Plans segelten langsam zu Boden.
„Unsere Karte", wisperten hundert Stimmen. Dann wurde das Klagen lauter. „Zerstört", wimmerte es. „Endgültig verloren!" Die Erdmännchen hielten einander zitternd fest.

Der König hockte regungslos auf seinem Thron.

Da sprang Faria nach vorn. „Erdmännchen und Erdweibchen!", rief er. „Habt keine Angst! Die Karte ist nicht verloren. Sie ist hier!" Er tippte sich an die Schläfe. „In meinem Kopf. Als ich mir den Plan eben angeschaut habe, merkte ich, dass ich alles noch weiß."

Die Erdmännchen begannen zu tuscheln.

„Ich weiß, wo die alte Tränke ist", sagte Faria mit lauter Stimme. „Durch den großen Westgang, an den drei Steinen vorbei, über die Kreuzung mit den acht Armen zur alten Tränke."

Ein Raunen ging durch die Menge.

„Ihr wisst es auch!", rief Faria. „Erinnert euch!"

„Ich weiß, wo der Ostausgang ist", piepste plötzlich eine Stimme von rechts.

„Ich erinnere mich an den roten Brunnen!", rief jemand von links. Und die versammelten Erdmännchen begannen, einander die Namen vergessener Tunnel und Gänge zuzuflüstern. Das Wispern schwoll zu einem lauten Rauschen an, das bald die ganze Höhle erfüllte.

König Babalus legte Faria eine Pfote auf die Schulter. „Du hast recht, Faria, ich erinnere mich auch. Wir brauchen die Karte gar nicht!"

Im Thronsaal begann plötzlich ein Geschiebe und Geschubse, als ein Erdmännchen nach dem anderen hinausstürzte, um den Bau gleich neu zu erkunden.

Leutnant Wüstenfloh jedoch stand immer noch auf der Plattform neben dem Sitz des Königs. Zu seinen Füßen die winzigen Reste der Karte.

Er hatte für einen kurzen Moment mit leerem Blick auf den Boden gestarrt. Nun nahm er einen heruntergefallenen Speer auf, sprang mit leisen Füßen von dem Podest und wollte sich gerade davonstehlen.

Doch einige seiner Gefolgsleute waren im Thronsaal zurückgeblieben. Als sie bemerkten, dass sich ihr untreuer Anführer davonmachen wollte, griffen sie nach ihren Spießen und umzingelten ihn.

„Du wolltest uns für immer und alle Zeiten nach der Karte suchen lassen!", rief einer und packte ihn am Arm.

„Tag und Nacht mussten wir nach einer Karte suchen, die wir gar nicht brauchen", entrüstete sich ein anderer.

„Wie könnt ihr es wagen?", schrie Leutnant Wüstenfloh und versuchte, sich zu befreien.

Aber es war zwecklos, er hatte sich nicht umsonst die kräftigsten Erdmännchen für seine Truppen ausgesucht.

Dem Leutnant entfuhr ein Zornesschrei, als sich die Pfoten um seine Arme wie Eisenklammern zusammenschraubten. „Du dämlicher König, sag ihnen, sie sollen mich loslassen!"

Babalus lehnte sich in seinem Thron zurück und sagte würdevoll: „Vielleicht bin ich nicht so schlau und gerissen wie du, aber ich weiß doch, wann das Maß voll ist. Du hast nicht im Interesse des Baus gehandelt, sondern nur in deinem eigenen. So schnell wirst du nicht mehr freikommen!"

„Es ist nicht im Interesse des Baus, einen hirnlosen Zwerg als König zu haben!", brüllte der Leutnant.

Aber er konnte nicht verhindern, dass ihn seine ehemaligen Gefolgsleute packten und aus der Höhle schleiften – sosehr er auch spuckte und tobte.

Lila blickte Jukka an und seufzte erleichtert: „Das ist gerade noch mal gut gegangen!"

Jukka nickte. „Ich muss unbedingt wieder ans Sonnenlicht!"

„Und wir müssen Bo Knorre finden", fügte Lila hinzu.

König Babalus lächelte. „Es tut mir leid, dass wir euch eingesperrt haben. Beim nächsten Mal werden wir bessere Gastgeber sein."

Lila und Jukka grinsten. Ein nächstes Mal würde es hoffentlich nicht geben.

Faria und Babalus geleiteten die Kinder feierlich durch die Gänge. Überall waren Erdmännchen unterwegs, die zu Hunderten an die Erdoberfläche strömten.

Babalus wandte sich an Jukka und Lila. „Ich habe den guten alten Faria schon immer gemocht", sagte er. „Aber blieb mir etwas anders übrig, als ihn festzusetzen?" Der König gluckste lachend. „Er nannte den Leutnant ja immerzu Wüstenpo…"

„Hier ist der Ausgang!", unterbrach Faria ihn laut.

Jukka und Lila blinzelten, als sie hinaus ins gleißende Licht traten. Dann schloss Jukka die Augen und legte den Kopf in den Nacken. Die warmen Strahlen der Sonne streichelten seine Haut.

Faria und König Babalus sahen sich schweigend um. Ein paar Tränen glitzerten in den Augen des Königs.

„Von hier aus ist es nicht weit bis zur großen Straße", sagte Faria schließlich. „Wenn ihr an den Riesenkakteen vorbei und immer geradeaus geht, werdet ihr sie bald erreichen." Er pflückte einige grüne Kaktusfrüchte von einer Pflanze. „Nicht so lecker wie die Orangen", meinte er. „Aber sie stillen immerhin den Hunger."

Jukka, Lila und die Erdmännchen schüttelten sich ausgiebig

Hände und Pfoten. König Babalus wollte seine nasse Schnauze auf Lilas Wange drücken, doch sie duckte sich rechtzeitig weg.
„Vielen, vielen Dank für eure Hilfe", sagte Faria.
Der König reckte die Nase schnuppernd in die Höhe, dann rief er aufgeregt: „Schlangen!" Und mit großen Sätzen und federndem Schwanz sprang er in die weite Wüste hinein.
Jukka schulterte seinen Rucksack und dann marschierten sie los. Vorbei an den Kakteen, geradeaus in die Ferne, wo die große Straße lag.

Der Hund im Baum

Die Wüste wurde bald zur Steppe. Hier wuchsen spärliche Bäumchen aus dem sandigen Boden. In trockenen Grasbüscheln versteckten sich kleine braune Vögel.
Einmal kamen Jukka und Lila an eine schlammige Wasserstelle, wo Hufabdrücke im Schlick davon zeugten, dass es hier auch größere Tiere gab. Vereinzelt sahen sie riesige Bäume, die wie große Wächter mit ihren ausladenden Ästen über die kleineren Geschwister ragten.
An einem dieser grünen Bäume machten sie Rast. Im Schatten der großen Blätter aßen sie die Kaktusfrüchte, die Faria ihnen mitgegeben hatte.
„Gleich gehen wir weiter", murmelte Lila. Aber sie gähnte vor Müdigkeit.
Eine leise Brise wehte durch die Wipfel des Baumes.
„Wenn die Sonne nicht mehr ganz so heiß scheint", fügte Jukka hinzu.
Die beiden machten es sich im weichen Sand zwischen den kräf-

tigen Wurzeln bequem. Hier war es allemal bequemer als in dem unterirdischen Verlies der Erdmännchen. Jukkas Augen fielen schon zu, als Lila noch schläfrig sagte: „Ich mache mir solche Sorgen um Bo Knorre!"

Jukka und Lila schliefen viele Stunden lang. Als Jukka schließlich aufwachte, hatte er neue Kräfte gesammelt. Wohlig streckte er seine Arme und Beine aus. Neben ihm regte sich auch Lila.
Jukka blickte in die dichten Zweige über ihren Köpfen.
„Eins möchte ich zu gerne wissen", überlegte er laut. „Wie kam bloß die Karte der Riesenerdmännchen in Bittermonds Truhe?"
Lila setzte sich auf. „Das ist doch klar wie Kloßbrühe", sagte sie.
„Wieso?", fragte Jukka. „Dieser Wüstensturm ..."
„Vergiss den Wüstensturm!", rief Lila. „Ich habe nur gesagt, dass wir die Karte im Sand gefunden haben, damit die verrückten Viecher uns in Ruhe lassen! Hast du nicht gehört, was das Expeditionserdmännchen erzählt hat? Die Karte wurde gestohlen!"
„Ja", gab Jukka zu. „Aber das erklärt noch nicht, wie sie in Bittermonds Truhe kam."
„Na ja ...", Lila zögerte. „Was glaubst du, wer die Karte geklaut hat, als die Expeditionsmitglieder betrunken schliefen?"
Jukka stand auf und wischte sich den Sand von der Hose. „Ich weiß nicht." Doch irgendwo tief in seinem Inneren machte sich eine dunkle Ahnung breit.
„Käpt'n Bittermond hat sie gestohlen", sagte Lila leise.
Da wandte Jukka sich ab. „Warum sollte er das tun?" Er schaute Lila nicht an.

„Ganz einfach, weil er ein Dieb ist. Wie soll die Karte denn sonst in seine Truhe gekommen sein?"

Darauf hatte Jukka immer noch keine Antwort. „Das glaub ich nicht", sagte er.

„Solltest du aber", entgegnete Lila. „Bittermond ist ein Pirat."

Jukka presste die Lippen zusammen. „Na und?"

„Weißt du nicht, was ein Pirat ist?", fragte Lila beschwörend. „Ein Pirat raubt und stiehlt. Ein Pirat überfällt fremde Schiffe und nimmt alles mit, was nicht niet- und nagelfest ist. Und ein Pirat liebt seine Schätze über alles – genau wie Bittermond."

Jukka schwieg. Er wollte nichts sagen, und er wollte auch nicht, dass Lila weitersprach.

Doch Lila fuhr unbeirrt fort: „Piraten nehmen sich, was ihnen gefällt, ohne die Besitzer zu fragen." Jetzt hob sie ihre Stimme: „Piraten sind Diebe!"

Sie blickte Jukka herausfordernd an. Der schüttelte wild den Kopf. „Hör auf!", krächzte er mit erstickter Stimme. „Ich will das nicht hören."

Lila hielt inne. Sie seufzte. „Es tut mir leid, Jukka", sagte sie nun versöhnlich. „Aber deswegen ist Kandidel auch so wütend auf ihn geworden. Weil er nicht aufhören kann mit der Dieberei."

Jukka wischte sich mit dem Ärmel über sein verschwitztes Gesicht.

„Vielleicht kannst du bei uns in den Weißen Bergen bleiben", schlug Lila vor. „Dann brauchst du nicht zurück zu diesem Räuber."

Da ballte Jukka seine Fäuste und brüllte so laut er konnte: „Glaubst du, ich will lieber bei zwei Hexen wohnen als bei einem

Räuber? Du kannst mir gestohlen bleiben mit deinen Lügengeschichten! Deine Mutter ist es, die das Gläserne Herz gestohlen hat! Deine Mutter ist die Diebin!"
Mit einer heftigen Bewegung warf er sich den Rucksack über die Schultern. Lila starrte ihn ungläubig an.
„Kandidel hat etwas mit Bittermond angestellt", fuhr Jukka wütend fort. „Das hat ihn trauriger gemacht als jeden anderen Menschen auf der Welt. Und das ist schlimmer als alles Stehlen und Rauben. Ich werde sein Herz wiederholen und ihn glücklich machen. Und dann will ich nie mehr etwas wissen von fremden Menschen wie dir und lügenden Erdmännchen und Grässgreifen und all den Verrückten, die hier draußen unterwegs sind!"
Ohne abzuwarten, was Lila sagen würde, drehte er sich um und stapfte davon.
Jukka ging, so schnell er konnte. Der sandige Boden wurde unter seinen zornigen Fußtritten aufgewirbelt. Und hätten die Käfer und Ameisen, die dort herumkreuchten, nicht sofort die Flucht ergriffen, hätte Jukka sie gnadenlos zermalmt.
Käpt'n Bittermond hatte alte Wracks gehoben, als er zur See gefahren war, das wusste Jukka. Wie viele gesunkene Schiffe, beladen mit Edelsteinen und Gold, konnte es vor der Küste geben? Darüber wollte er nicht nachdenken. Es war Kandidels Schuld, dass er jetzt durch diese abscheuliche Wüste irren musste. Wieso um alles in der Welt sollte der Käpt'n irgendwelche Landkarten von verrückten Wüstentieren stehlen? Warum musste er, Jukka, sich überhaupt mit diesem neunmalklugen Mädchen rumschlagen? Wenn Kandidel das Herz nicht gestohlen hätte, wäre nichts von alledem …

Jukka wusste, dass Lila ihm folgte, denn sie hatte wieder und wieder nach Bo Knorre gerufen.

„Was interessiert mich ihr blöder Hund?", knurrte Jukka. Doch bei der Vorstellung, was der Grässgreif mit Bo angestellt haben mochte, zog sich sein Herz schmerzhaft zusammen.

„Bo Knorre!", schrie Lila in die weite Leere hinaus. „Wo bist du, Bo?"

Jukka ging weiter, ohne sich umzudrehen, wenn er auch unauffällig nach links und rechts blinzelte, um nach dem Hund Ausschau zu halten. In der Ferne erkannte er eine breite Straße, auf der sich vereinzelte Gestalten bewegten. Die Straße nach Fliederburg.

Jukka schluckte. Er musste also nur jemanden finden, der ihn mitnahm, dann eine Kutsche buchen, Kandidel das Herz entwenden … Das konnte alles nicht so schwierig sein, oder?

Plötzlich bemerkte Jukka, dass es hinter ihm still geworden war. Lila rief nicht mehr nach Bo Knorre. Jukka drehte sich um – und Lila war schon wieder verschwunden!

Sie wird ja wohl nicht noch mal in ein Loch gefallen sein, dachte Jukka und merkte, dass sein Zorn verraucht war.

Zum Glück war Lila in kein Loch gefallen. Einige Hundert Meter weiter entdeckte Jukka einen kleinen Hain mächtiger Bäume. Dort stand Lila und reckte die Arme empor.

Im selben Augenblick vernahm Jukka ein heiseres Kläffen. Doch er konnte Bo Knorre nirgends ausmachen.

Lila hatte bemerkt, dass Jukka stehen geblieben war, und begann, ihre Arme zu schwenken.

„Komm schnell hierher!", rief sie aus der Ferne. Ihre Stimme überschlug sich fast. „Jukka, du musst mir helfen!"

Jukka rannte sofort los.

Lila stand unter einem der Bäume und sah verzweifelt hinauf in die Äste. „Ich habe Bo Knorre gefunden! Zum Glück habe ich sein Bellen gehört!"

Jukka verstand erst, als er ihrem Blick hinauf in den Wipfel des Baumes folgte. Dort hing Bo Knorre in einer Astgabel wie ein trauriger Sack Kartoffeln. Beim Anblick von Lila und Jukka wedelte er so heftig mit dem Schwanz, dass das Blätterwerk aufgepeitscht wurde.

„Er ist in keinem guten Zustand!", rief Lila und streckte ihre Hand nach seinen großen Pfoten aus, die schlaff am Stamm hinunterbaumelten. Bo Knorres Körper war übersät mit blutigen Kratzern, und seine Zunge hing lang aus seinem ausgetrockneten Maul. Er steckte fest.

„Der Grässgreif hat ihn bestimmt gepackt und in die Luft getragen – und dann über diesem Baum fallen gelassen", überlegte Jukka laut.

Der Hund jaulte auf.

„Bitte hol ihn da runter", bat Lila inständig. „Ich komme nicht rauf auf den Baum."

Jukka nickte. Er legte den Rucksack ab und kletterte geschickt den Stamm empor. Bo Knorre leckte ihm über die Hand, als er ihn erreichte.

„Ich fange ihn auf, wenn du ihn befreist!", rief Lila.

Jukka zweifelte daran, dass sie einen Hund, der fast genau so groß war wie sie selbst, auffangen konnte. Aber er spürte, dass sie durch nichts davon abzubringen war.

Jukka fand eine sichere Position auf einem dicken Ast. Von dort griff er unter den Hundebauch und versuchte, seine Hinterläufe aus der Astgabel zu befreien. Jukka ächzte. Bo Knorre stemmte seine Beine gegen die Zweige.

„Er kommt!", rief Jukka.

Der Hund kläffte angstvoll, dann rutschte er hinab, krachte durchs Astwerk und stürzte genau auf Lila, die ihn mit ausgebreiteten Armen unter dem Baum empfing. Lila fiel rückwärts um und prallte dumpf auf den Boden. Sie bemerkte ihr Fallen kaum und umarmte den Hund, der sie fast gänzlich unter sich begrub. Sie schmiegte ihre Wange an sein Fell. Jukka kletterte wieder den Baum hinunter.

„Der Ärmste ist ganz ausgehungert und nahe am Verdursten!", rief Lila. „Wir müssen ihn schnell irgendwo hinbringen, wo er fressen und trinken kann!"

Ihre eigenen Wasservorräte waren aufgebraucht.

Bo Knorre erhob sich langsam. Er konnte kaum stehen. Lila redete ihm gut zu, dann setzten sie sich langsam in Bewegung.

„Die Straße ist nicht mehr weit", munterte Lila den Hund auf. „Noch ein kleines Stück musst du durchhalten."

Doch nach ein paar Metern setzte sich Bo Knorre erbärmlich winselnd auf sein Hinterteil und sah Jukka und Lila kläglich an.

„Er kann nicht weiter", stellte Lila fest.

Die Kinder schauten sich an.

„Dann tragen wir ihn", sagte Jukka entschlossen.

Lila nahm den Hund vorne auf, Jukka hielt seinen Hinterleib.

So trugen sie ihn gemeinsam zur großen Straße.

Die Stadt

Als sich Jukka und Lila mit Bo Knorre am Straßenrand niederließen, klopfte es in Jukkas Brust so sehr, dass er für einen Moment dachte, sein Herz würde gleich zerspringen.
„Alles klar bei dir?", fragte Lila.
„Ja", sagte Jukka. „Dein Hund ist bloß ziemlich schwer."
Aber in Wirklichkeit war es gar nicht die Anstrengung, die Jukka spürte. Sein Herz raste, weil er noch niemals so viele Menschen und Tiere auf einem Fleck gesehen hatte: Fuhrwerke und Pferde, Fußgänger mit Bündeln auf dem Rücken, Lastesel und Gruppen von Wanderern …
Der Blick einer älteren Frau, die eine Ziege mit einem Karren hinter sich herzog, traf Jukka. Sollte er diese fremde Frau grüßen? War das hier vielleicht üblich? Musste er etwas sagen? Doch bevor noch ein Wort über Jukkas Lippen kam, war die Frau schon weitergegangen.
Sie hatte ihn gar nicht richtig wahrgenommen, dachte Jukka, obwohl er doch verdreckt und durstig am Wegesrand stand – mit

einem Mädchen und einem Hund in erbärmlichem Zustand an seiner Seite.

Dann ratterte ein schwerer Wagen die Straße herunter und wirbelte eine große Staubwolke auf. Jukka trat hustend einen Schritt zurück.

Lila verbarg keuchend das Gesicht in ihrem Ärmel. „Wir brauchen dringend etwas zu trinken für Bo Knorre!"

Das war offensichtlich, denn der Hund lag platt auf dem Bauch vor Lilas Füßen, und seine Zunge hing weit aus seinem Maul. Aber niemand hielt an, um ihnen zu helfen.

„He!", rief Lila einem Mann zu, der auf der anderen Straßenseite mit einem langen Wanderstab in der Hand entlangschritt. „Haben Sie vielleicht etwas zu trinken für meinen Hund?"

Der Mann schüttelte bloß den Kopf und ging schnell weiter. Eine Frau im Sattel eines kräftigen Wollhaarponys wartete gar nicht erst ab, bis sie sie ansprechen konnten. Sie drückte ihrem Pony die Fersen in die Flanken und trabte davon, ohne Bo Knorre eines Blickes zu würdigen.

Gauner und Halunken, hatte Käpt'n Bittermond immer gesagt. Was sonst konnte man sein, wenn man einen Hund am Straßenrand verdursten ließ?

Jukka ballte die Fäuste. Vielleicht war es noch schlimmer, als der Käpt'n beschrieben hatte? Nur, was wusste eigentlich Bittermond, wenn er selbst nichts Besseres war als ein Pirat? Jukka wischte den Gedanken schnell fort. Entschlossen trat er auf die Straße.

„Vorsicht!", rief Lila erschrocken. Sie wollte Jukka zurückhalten, bekam jedoch seinen Hemdzipfel nicht zu fassen, als er sich einem

schwankenden, von drei Eseln gezogenen Heuwagen einfach in den Weg stellte. „Halt!", rief Jukka. „Anhalten!"
Der rotgesichtige, rundliche Mann auf dem Kutschbock zog erschrocken die Zügel an. Die Esel blieben nur ein paar Handbreit vor Jukka stehen.
„Bist du verrückt?", zischte Lila.
„Wir brauchen Hilfe!", rief Jukka.
Und der Mann, der eben noch ausgesehen hatte, als würde er gleich losschimpfen, stotterte: „Vorsicht ... junger Mann ... Ich ... Ich habe euch gar nicht gesehen. Was macht ihr denn hier?"
Bo Knorre hob hoffnungsvoll die Schnauze.
„Wir haben uns in der Wüste verirrt. Können Sie uns mit in die Stadt nehmen?"
Der Mann zögerte einen Moment, dann nickte er. „Natürlich, natürlich. Es ist noch ein ganzes Stück weit. Und euer Hund sieht aus, als könnte er dringend eine Erfrischung gebrauchen."
Jukka sah Lila triumphierend an.
„Das hätte auch ganz schön schiefgehen können", raunte sie ihm zu.
Der Mann kletterte vom Kutschbock und reichte Lila eine Wasserflasche. Als sie Bo Knorre das Wasser eingeflößt hatte, stieß der Hund etwas aus, das sich wie ein tiefer Seufzer anhörte. Dann erhob er sich langsam auf seine wackeligen Beine.
Der Kutscher half ihnen auf den Wagen. Bo Knorre kuschelte sich sofort ins Heu und schloss die Augen. Jukka und Lila setzten sich neben ihn.
„Der hätte dich für einen Wegelagerer halten und erschießen können", flüsterte Lila, als die Esel sich in Bewegung setzten.

„Mich erschießen, weil ich auf der Straße stehe?", fragte Jukka.
„Ein Wegelagerer mit einer Waffe", bemerkte Lila mit Blick auf die Steinschleuder in seinem Gürtel.
„Hätte ich warten sollen, bis Bo Knorre verdurstet ist?"
Lila seufzte. „Ich meine ja nur. Man muss vorsichtig sein. Es ist gefährlich, irgendwelchen Wildfremden zu vertrauen."
„Ich nehme an, deswegen wollte keiner für uns anhalten", stellte Jukka fest. „Weil sie keinen Wildfremden trauen. Auch wenn die am Verdursten sind."
Lila lehnte sich zurück ins Heu. „Du hast es erfasst."
Die Esel zockelten die Straße entlang, und bald verwandelte sich die Steppe, an der sie vorüberzogen, in eine saftige grüne Wiese. Auf der anderen Straßenseite lagen gelbe und braune Felder. In der Ferne waren Häuser und Wäldchen auszumachen.
Jukka stützte seinen Arm auf die Seitenwand des Heuwagens. Weit dort hinten am Horizont ragten Gebäude in den Himmel, die größer sein mussten als alles, was er je zu Gesicht bekommen hatte. Je näher sie der Stadt kamen, desto voller wurde die Straße. Ihnen strömten Bauern und Händler entgegen, die am Tage ihre Habe auf den Marktplätzen feilgeboten hatten und nun in ihre Dörfer zurückkehrten. Einige Frauen trugen Körbe auf ihren Köpfen, andere zogen Bollerwagen hinter sich her. Kinder drängten sich an Pferden vorbei und eine kleine Schafherde an einer eleganten Kutsche mit Goldbeschlägen. Es wurde gerufen und geflucht, gelacht und geschrien.
Lila döste vor sich hin.
„Was ist das?" Jukka stieß sie mit dem Fuß an und zeigte auf drei rosafarbene Kreaturen, die von einem Jungen mit einem dicken

Zweig vor sich hergetrieben wurden. „Die sehen aus wie Robben mit Beinen."

Lila widersprach. „Das sind Ferkel."

Gerade überholte sie ein Mann auf einem stattlichen Pferd, der einen Helm trug und ein merkwürdiges Gerät im Arm hielt, das aussah wie eine riesige Angel.

„Krokodiljäger", behauptete Lila, als sie Jukkas fragenden Blick sah.

„Und das?" Jukka zeigte auf einen Karren am Straßenrand, auf dem sich ein gelbes stachliges Gemüse stapelte.

„Irgendwas Ekelhaftes", meinte Lila schulterzuckend. „Einmal hat Kandidel mich gezwungen, einen ganzen Teller davon zu essen. Aber als ich mich übergeben habe, hat sie eingesehen, dass es Wurzelfurunkeln bei uns nicht mehr geben muss."

Jukka wollte noch etwas fragen, aber Lila hatte schon die Augen geschlossen und brummte: „Weck mich, wenn wir in Fliederburg sind."

Also blieb Jukka nichts anderes übrig, als zu gucken und zu staunen. Er guckte und staunte über all die Dinge, die er noch nie gesehen hatte. Und ein bisschen ärgerte er sich auch über Bittermond, der sicher wusste, was Ferkel und Krokodiljäger und Wurzelfurunkel waren. Ihm davon aber nie erzählt hatte.

Der Tag neigte sich langsam dem Ende zu. Am Himmel leuchteten die Wolken rötlich, und in den Bäumen sangen die Vögel. Der Wagen rollte hinab in ein Tal, durch einen kleinen Wald, auf eine Ebene zu – und da lag sie, die Stadt. Das war Fliederburg!

Eine hohe Stadtmauer mit acht Wehrtürmen umschloss Hunderte, vielleicht Tausende von Häusern und Türmen, Gassen,

Straßen, Hügeln, Plätzen und Märkten. Von allen Richtungen her führten Straßen durch große Tore in die Stadt. Aus unzähligen Schornsteinen qualmte weißer Rauch. Große Menschenmengen strömten in die Stadt hinein. Andere Menschenmengen strömten aus der Stadt hinaus. Irgendwo läuteten Glocken.
Der Eselskarren stoppte, bevor sie die Stadtmauer erreichten.
„Von hier aus müsst ihr zu Fuß weiter!", rief der Mann auf dem Kutschbock. Er lenkte seine Tiere auf einen schmalen Pfad, der vor dem hölzernen Schild *Fliederburg* von der Straße abging. Dort brachte der Kutscher seinen Karren zum Stehen. „Zu meinem Dorf muss ich hier lang. Und ihr müsst euch sicher beeilen. Eure Eltern warten doch bestimmt schon auf euch." Der Kutscher war hinabgesprungen und öffnete die Ladeklappe, damit Lila und Jukka hinabklettern konnten.
„Also, unsere Eltern sind nicht …", setzte Jukka an.
Doch Lila unterbrach ihn: „Unsere Eltern sind nicht unglücklich, wenn wir heute mal pünktlich zum Essen kommen."
„Hä?", machte Jukka.
Lila stieß ihm sanft den Ellbogen in die Rippen, während sie Bo Knorre am Halsband vom Wagen zerrte.
„Wuff", machte der, was wohl so viel bedeuten sollte wie: Ich würde so gerne noch länger schlafen!
Der Kutscher nickte den Kindern freundlich zu.
„Ich würde Ihnen gern etwas zum Dank schenken!", rief Jukka und nestelte an seinem Rucksack. Er begann durch die Tasche zu wühlen. Schade, dass er keine schillernden Muscheln oder ein paar Austernperlen eingesteckt hatte, die ein gutes Geschenk abgegeben hätten.

„Na los!", knurrte Lila. „Wir sollen doch pünktlich zum Abendessen zu Hause sein."

Jukka wollte gerade fragen, von welchem verflixten Abendessen sie eigentlich sprach, als Bo Knorre plötzlich japste und seinen Schwanz einzog. Jukka sah sich um. Auf der Straße waren mehrere Leute stehen geblieben und starrten hinauf zum Himmel.

„Was ist denn das?", fragte der Kutscher.

Und Lila rief: „Das kann doch überhaupt nicht sein!"

Aber es konnte doch sein! Da war er wieder, der schwarze Fleck, der größer und größer wurde und bald als riesiges Vogelgeschöpf mit mächtigen Schwingen und blitzendem Schnabel zu erkennen war.

„Ein Grässgreif? Hier?", murmelte der Kutscher. „Das ist höchst ungewöhnlich!"

Ben Knorre winselte und sprang mit einem Satz in den Straßengraben, wo er sich so klein zusammenkauerte, wie das für einen Hund von seiner Größe eben möglich war.

Jukka packte seine Schleuder. Gleichzeitig sah er sich hektisch nach einem Versteck um und wollte gerade nach Lilas Hand greifen, um sie unter den Eselskarren zu ziehen, als von einem der Wehrtürme ein lautes Trompeten ertönte und mehrere Bogenschützen auf den Wehrgang traten.

Der Grässgreif kreiste genau über dem Tor. Er warf seinen langen Hals zurück und stieß ein ohrenbetäubendes Kreischen aus, als habe er nichts anderes im Sinn, als seine Klauen in etwas Lebendiges zu hacken. Seine roten Augen blitzten, und für einen kurzen Augenblick hatte Jukka den Eindruck, als würde der Grässgreif ausgerechnet *ihn* fixieren. Als würde er gleich herabstürzen, um niemand anders als *ihn*, Jukka, zu zerfetzen.

Doch bevor das Vogelmonster zum Sturzflug ansetzen konnte, wurde ein Befehl vom Turm gerufen: „Feuer!" Und eine Salve von Pfeilen prasselte auf den Grässgreif ein.

Jukka kniff die Augen zu. Er wollte nicht mit ansehen, wie der mächtige Leib des Monstervogels von Pfeilen durchbohrt zu Boden fiel.

Doch dann stieg ihm ein unangenehmer Geruch in die Nase.

„Was ist das denn?"

Der Grässgreif schlug immer noch über dem Turm mit den Flügeln.

„Die schießen mit gekochtem Rosenkohl", raunte Lila. „Den *hassen* die Biester!"

Ein weiterer Schwarm Pfeile löste sich aus den Bogen.

„Pflatsch!" Der Grässgreif wurde am Kopf getroffen.

„Quetsch!" Rosenkopfpfeile bombardierten den Vogel und ließen stinkende, hässlich grüne Flecken auf seinem Gefieder zurück. Der Vogel schrie auf.

Wieder bildete Jukka sich ein, dass der Grässgreif niemand anders als ihn im Visier hatte.

Als der nächste Pfeil den Schnabel des Grässgreifs traf, warf sich der Vogel in der Luft herum. Er schraubte sich schnell höher und höher und kreiste noch ein paar Runden über der Stadt. Dann verschwand er hinter den Wolken, die im fahlen Licht kaum noch zu erkennen waren.

„Also so was", murmelte der Kutscher und wischte sich den Schweiß von der Stirn.

Die Menschen verharrten noch etwas auf der Straße, tuschelten untereinander und zogen dann kopfschüttelnd weiter.
Auch der Kutscher verabschiedete sich jetzt hastig von Jukka und Lila.
Lila lockte Bo Knorre, dessen Fell immer noch zu Berge stand, aus dem Graben. „In der Stadt mit den vielen Wachen kann uns der Grässgreif nicht gefährlich werden", sagte sie. „Aber seltsam ist das Ganze schon."
Jukka erwiderte nichts, doch er wurde das Gefühl nicht los, dass der Grässgreif es nur auf ihn abgesehen hatte. Warum bloß?
Er hat mich angeschaut …, wollte er gerade sagen, als er bemerkte, dass Lila schon losmarschiert war und auf das Stadttor zusteuerte. „Bist du bereit für die Stadt?"
Jukka zögerte kurz und nickte dann.

Die Sonne war hinter der Stadtmauer untergegangen, und ein kühler Wind wehte, als die beiden unter dem großen Tor hindurchschritten. In den Fenstern der Häuser blinkten Kerzen und Öllampen auf, die Gassen leerten sich langsam.
Jukka hielt sich an Bo Knorres Halsband fest. Lila hingegen lief zielstrebig durch die schmalen Straßen mit den windschiefen Häusern. Sie beachtete die fremden Menschen nicht, ebenso wenig wie die Gerüche, die aus den geöffneten Fenstern wehten, den Schmutz auf den Pflastersteinen und die Geräusche von scheppernden Töpfen, wiehernden Pferden, bellenden Hunden, weinenden Kindern, klappenden Türen und hallenden Fußtritten.
Jukka jedoch starrte in die eine Richtung, dann wieder in die andere. Er hatte viele Fragen: Was roch dort so köstlich? Was wa-

ren das für hämmernde Geräusche? Wohin gingen die Menschen da vorn? Doch bevor er sich entscheiden konnte, was er als Erstes wissen wollte, war er schon von etwas Neuem abgelenkt worden. Die Tür eines Hauses öffnete sich plötzlich, und ein schimpfendes Pärchen trat auf die Straße. Jukka blieb erschrocken stehen, sodass der schimpfende Herr ihn fast über den Haufen rannte und die schimpfende Dame ihm mit einem Regenschirm drohte.

„Lila?", rief Jukka. Er rannte dem Mädchen hinterher, das schon um die nächste Ecke verschwunden war.

„Wo gehen wir hin?", fragte er und versuchte nicht daran zu denken, was er tun würde, wenn er Lila hinter all den Mauern und zwischen all den Menschen verlieren würde.

„Morgen früh können wir zwei Kutschplätze reservieren und bequem in die Weißen Berge fahren", erklärte Lila. „Kandidel macht sich inzwischen sicher große Sorgen."

Jukka schluckte. Ob Käpt'n Bittermond sich auch Sorgen machte? Oder lag der etwa noch immer jammernd in seiner Kabine und weinte um sein verlorenes Herz?

„Wir übernachten in einer Herberge", sagte Lila. Sie blieb vor einem gedrungenen dunklen Häuschen stehen, aus dem Stimmen und Gelächter drangen.

Zum trunkenen Hammerhai, entzifferte Jukka auf dem Schild am Tor. „*Das* ist eine Herberge?", fragte er.

Aus einem der erleuchteten Fenster hörten sie ein röchelndes Husten und dann ein lautes Grölen.

„Hier wird man uns nicht fragen, warum wir ohne Erwachsene unterwegs sind", sagte Lila. Entschlossen drückte sie die schwere Tür in den Schankraum auf.

Lila und Jukka traten in eine hell erleuchtete Stube, in der sich Gäste auf den Bänken drängten und Tische sich unter Bierkrügen und Speiseplatten bogen. Drei Männer sangen mit lauten Stimmen ein Lied, während sich eine ganze Gruppe um zwei große Frauen versammelt hatte, die mit hochgekrempelten Ärmeln Armdrücken machten.

„Gewonnen!", brüllte die eine und knallte den Arm ihrer Gegnerin auf den Tisch. Die Gäste grölten.

„Her mit eurem Wetteinsatz!", jubelte die Siegerin.

Jukka blieb am Eingang stehen.

„Na komm", sagte Lila und zog Jukka unauffällig hinter sich her. Die Wirtin entdeckte die beiden, sobald sie ein paar Schritte in den Schankraum getan hatten. „Wen haben wir denn da?", fragte sie und verschränkte die Arme vor ihrer Schürze.

Der Männerchor verstummte. Alle Augen richteten sich auf Jukka und Lila.

„Wir brauchen ein Zimmer für die Nacht", erklärte Lila mit erhobenem Kinn.

„Und dafür kommt ihr in den Trunkenen Hammerhai?", fragte die Frau belustigt.

„Hier stellt man keine Fragen", versuchte Jukka zu erläutern, aber Lilas Ellbogen, der kurz darauf in seinen Rippen landete, verriet ihm, dass er wohl etwas Falsches gesagt hatte.

Ein paar Männer lachten laut.

„So, so", meinte die Wirtin. „Zwei Kinder, die nicht wollen, dass Fragen gestellt werden. Das ist mir noch nie untergekommen."

„Einmal ist immer das erste Mal", entgegnete Lila schnippisch und funkelte die Wirtin an.

Ein Mann am Tisch neben ihnen grinste breit. „Nicht auf den Mund gefallen, die Göre!"

„Vielleicht sollte ich euch dem Kinderschutzbund melden, so mutterseelenallein, wie ihr seid", überlegte die Wirtin.

„Vielleicht sollte ich Sie der Polizei melden!", zischte Lila. „Wegen illegaler Wetten!"

Jetzt lachte die ganze Stube. Eine der großen Frauen strubbelte Jukka durchs Haar.

„Nun mach schon, Herlinde!", rief ein Mann aus der Menge. „Gib den Gören ein Zimmer! Die passen doch hierher."

Da lachte auch die Wirtin. „Mir soll's recht sein", sagte sie. „Kommt mit!"

„Das hätte *auch* gehörig schiefgehen können!", raunte Jukka Lila zu und lächelte, als sie der Wirtin durch einen dunklen Gang zu den Gästezimmern folgten.

„Wir brauchen ein Dach überm Kopf, oder?"

„Ich dachte, man darf keinen Fremden trauen", sagte Jukka.

„Sehe ich aus, als würde ich hier jemandem trauen?", knurrte Lila.

Die Wirtin führte sie in den Hinterhof, dann eine Treppe hinauf, über einen Flur mit knarrenden Dielen in ein kleines Zimmer. Darin standen zwei Betten mit dünnen Decken auf einem staubigen Holzboden.

Lila rümpfte die Nase. Jukka ließ sich vorsichtig auf einem der harten Betten nieder.

„Wie viel schulden wir Ihnen?", fragte Lila die Wirtin.

Die lachte und winkte ab. „Lass mal gut sein! Zwei alleinreisende Kinder dürfen umsonst im *Trunkenen Hammerhai* übernachten. Das kommt nicht alle Tage vor."

Sie warf einen Blick auf Bo Knorre, der in einer Ecke schnüffelte. „Passt nur auf, dass der Hund nichts dreckig macht. Und wascht euch am Brunnen im Hof! Ihr seht aus, als hättet ihr das schon länger nicht mehr gemacht."

„Pfff", machte Lila, als die Wirtin sie allein gelassen hatte. „Ich hätte gehörig Lust, mich *nicht* zu waschen! Sie denkt wohl, sie kann uns rumkommandieren." Lila blickte auf ihre schmutzverkrusteten Hände. „Dummerweise *möchte* ich mich aber waschen." Also unterzogen sie sich im Hof einer Katzenwäsche mit kaltem Brunnenwasser. Danach schlüpften sie in die unbequemen Betten. Bo Knorre rollte sich vor der Tür zusammen.
Obwohl Jukka müde war, konnte er nicht einschlafen. Durch die Wände hörte er das Lachen und Singen aus der Wirtsstube. Im Hof flackerten Fackeln, in deren Schein unheimliche Schatten an den Wänden tanzten. Aus der Stadt klangen ungewohnte Geräusche. Durch die Matratze spürte Jukka das harte Holz des Bettes. Er hörte, wie Lila sich auf der anderen Seite des Raums im Bett umdrehte und seufzte. Draußen polterte es, Türen wurden zugeworfen. Dann raschelte etwas.
„Glaubst du, es gibt hier Mäuse?", flüsterte Lila.
Jukka setzte sich auf. „Keine Ahnung. Aber besser Mäuse als ein Grässgreif, oder?"
Lila stöhnte. „Am liebsten wären mir gar keine Tiere – außer meinem Hund. Danke, dass du mir mit Bo Knorre geholfen hast."
Jukka schwieg einen Moment. „Das ist doch klar", entgegnete er dann.

„Aber wir hatten uns vorher gestritten", warf Lila ein.
Jukka hob im Dunkeln die Schultern. „Egal. Natürlich helfe ich dir. Du bist meine beste Freundin."
Lila lachte. „Du hast ja auch keine anderen Freunde", bemerkte sie.
„Du auch nicht", erwiderte Jukka.
Lila antwortete nicht, und Jukka dachte, dass sie jetzt bestimmt beleidigt war. Doch dann sagte sie etwas nachdenklich: „Das stimmt."
Eine Weile lang lagen die beiden still in ihren Betten.
„Lass uns nicht mehr streiten", wisperte Lila schließlich. „Man sieht ja bei Bittermond und Kandidel, wohin das führt."
Jukka lehnte sich zurück in sein Kissen. „Verstehst du, warum Kandidel Bittermonds Herz gestohlen hat?"
„Puh", machte Lila. „Ich glaube, sie ist eifersüchtig. Er nimmt seine Schätze viel zu wichtig. Außerdem denkt Kandidel nicht immer nach, bevor sie etwas tut. Einmal hat sie einem Schlangenzähmer eine Kobra abgekauft, weil sie dachte, es wäre ein nettes Haustier."
„Wirklich?", gluckste Jukka.
„Ja, und einmal hat sie sich das Buch geschnappt, das ich gerade las, und es aus dem Wagen gepfeffert – genau in einen Misthaufen am Wegesrand. Weil sie sich so fürchterlich geärgert habe, dass ich nie aus dem Fenster gucke, um die schöne Landschaft zu betrachten."
Jukka giggelte leise. „Ich verspreche dir, dass ich niemals eines deiner Bücher in einen Misthaufen werfe", sagte er.
„Abgemacht", sagte Lila und gähnte. „Und ich verspreche dir,

dass ich keinen deiner Schätze stehle, falls du mal welche haben solltest."
Jukka zog seine kratzige Decke bis zum Kinn. Er war beinahe eingeschlafen, als Lila noch bemerkte: „Wir haben übrigens Mordsglück, dass die Wirtin uns umsonst übernachten lässt. So können wir uns morgen mit deinen Goldstücken sofort Kutschenmünzen für die Reise kaufen und brauchen nicht erst deinen Diamanten einzutauschen."
„Dann ist ja alles gut", brummte Jukka schläfrig.
Nur dass am nächsten Morgen doch wieder alles anders kam als geplant.

Vom Kaufen und Stehlen

Am nächsten Morgen entdeckte Jukka gegenüber vom *Hammerhai* ein Haus mit einem riesigen Schaufenster im Erdgeschoss. Lila hatte noch länger schlafen wollen, und Jukka war bereits vor die Tür getreten, um sich ein wenig umzuschauen. Weit kam er nicht, denn die große Glasscheibe – oder besser gesagt das, was dahinter lag – forderte sofort seine ganze Aufmerksamkeit.
Dort türmten sich nämlich – kunstvoll drapiert auf Platten und in Körben – Berge von Leckereien: aufwendig verzierte Plätzchen, Küchlein mit siebenerlei Früchten, glänzende Schokoladenbonbons, Erdbeerbaisers, Mandelcroissants, Rosinenbrötchen und eine riesige Sahnetorte.
Jukka lief das Wasser im Mund zusammen, und gleichzeitig wurde ihm ein bisschen übel. Wer sollte das alles essen?
Als eine dicke Dame, mit zwei Kindern an der Hand, kurz darauf die Straße herunterkam und den Laden betrat, wehte ein wunderbarer Geruch von Zimt, Zucker und Mehl heraus. Der erinnerte Jukka an zu Hause, an Bittermonds Kombüse und seine

leckeren Kuchen. Da konnte er nicht anders, er musste ebenfalls in diesen Laden hinein.

„Kann ich dir helfen?", fragte eine Frau mit blauer Schürze und einer weißen Haube auf dem Kopf, die ihn von oben bis unten musterte. Ihre Augenbrauen waren streng zusammengezogen und ihre Arme verschränkt.

„Ja ... gern", stammelte Jukka.

„Ja, gern – was?", blaffte die Frau. Dafür, dass sie gerade ihre Hilfe angeboten hatte, sah sie nicht besonders freundlich aus.

„Ja, Sie können mir gern helfen", erklärte Jukka und spürte, wie ihm das Blut in die Wangen schoss.

Die beiden Kinder, die vor ihm mit der dicken Dame den Laden betreten hatten, drehten sich zu ihm um und starrten ihn an.

Die Frau mit der Schürze ließ ihren Blick an Jukkas abgewetzten Hosenbeinen und den Flecken auf seinem Hemd entlanggleiten.

„Kannst du bezahlen?"

„Bezahlen?"

„Wir haben nichts zu verschenken! Hast du Geld?" Die Frau trommelte ungeduldig mit den Fingern auf ihre Oberarme. Jukka beobachtete, wie sie der dicken Dame mit den Kindern eine Tüte Gebäck reichte und eine Münze von ihr entgegennahm.

Nun wandte sie sich wieder an Jukka. „Kinder mit dreckigen Fingern, die nur rumglotzen, können wir hier nicht gebrauchen", sagte sie und schob Jukka zur Tür.

Da ließ Jukka seinen Rucksack von der Schulter rutschen. „Ich habe Gold!", rief er.

Die Frau zögerte. Jukka holte den kleinen Beutel mit Goldstücken aus dem Rucksack und zeigte ihn ihr. Die Gesichtszüge der Verkäuferin hellten sich plötzlich auf.

„Was darf es denn sein?", flötete sie. „Die Kokosplätzchen kommen frisch aus dem Ofen. Ein Tütchen davon?" Sie hielt Jukka ein dampfendes Backblech unter die Nase und lächelte, als ob sie ihn für den nettesten Jungen der Welt hielte.

Jukkas Magen zog sich bei diesem köstlichen Duft knurrend zusammen. Wann hatte er das letzte Mal etwas gegessen?

Jukka nickte der Verkäuferin zu. „Und bitte von den Schokoladenbonbons."

Es blieb allerdings nicht bei Schokoladenbonbons und Plätzchen …

Als Jukka den Laden zehn Minuten später verließ, trug er drei randvolle Tüten in seinen Händen. Er steuerte auf eine Holzbank vor dem Haus zu.

Kaum saß er, da begann er, sich Kekse und Bonbons gleichzeitig in den Mund zu stopfen. Zwischendurch biss er in ein Fruchtküchlein. Warum hatte er keins von den Rosinenbrötchen mitgenommen?

„Lila!", rief er, als das Mädchen aus dem *Trunkenen Hammerhai* trat. „Komm her! Wenn du mir tragen hilfst, können wir noch mehr Proviant einkaufen. Es gibt dort …"

Lilas Blick ließ ihn verstummen. „Was ist das denn?!", herrschte sie ihn an.

„Das sind köstliche Kekse", entgegnete Jukka. „Sieht man doch."

„Ich sehe, dass du viel mehr gekauft hast, als wir jemals essen können!", fauchte Lila.

Jukka zog die Brauen zusammen. Wie war das noch mal mit dem Streiten? „Das ist doch Proviant", sagte er. „Der wird nicht schlecht."

„Und wie viel hat dieser Proviant gekostet?", fragte Lila scharf.

„Oh!" Jukka schluckte. „Drei Goldstücke."

„Wovon sollen wir jetzt unsere Reisemünzen bezahlen, du Schlaumeier?"

„Ich habe noch ein Goldstück übrig", sagte Jukka kleinlaut.

„Glaubst du, das reicht für die weite Fahrt in die Weißen Berge?", schimpfte Lila.

Jukka schwieg. Woher sollte er auch wissen, dass man für eine Kutschfahrt mehr Gold brauchte als für einen Haufen Süßigkeiten?

„Wir haben noch den Diamanten", sagte er schließlich. Er sah Lila herausfordernd an. „Außerdem wollten wir doch nicht mehr streiten."

„Das stimmt", grummelte Lila. „Aber falls du geglaubt hast, es sei einfach, einen Diamanten umzutauschen, hast du dich getäuscht."

Jukka glaubte gar nichts. „Können wir nicht einfach mit dem Diamanten bezahlen?"

„Ein ganzer Diamant für zwei mickrige Reisetickets?", rief Lila. „Bist du verrückt?"

„Keine Ahnung, wer hier verrückt ist", murmelte Jukka vor sich hin.

Lila richtete den Blick gen Himmel. „Jedenfalls brauchen wir jetzt eine Bank." Sie drehte sich um und knurrte: „Komm mit!"

Jukka folgte Lila durch die dichten Straßen von Fliederburg, die am Morgen wieder zum Leben erwacht waren. Jukka sah Scharen von Kindern, die lachend und schnatternd auf dem Hof vor einem großen Gebäude spielten. Er sah Erwachsene, die in Häusern verschwanden, um kurz darauf mit prall gefüllten Tüten wieder zu erscheinen. In den Schaufenstern stapelten sich alle erdenklichen Lebensmittel – Brote, Obst in allen Formen und Farben, fette Schinken, lange Ketten von roten Würsten, Bierfässer und riesige Glasflaschen mit bunten Flüssigkeiten. Außerdem gab es Läden, in denen man Bücher kaufen konnte, Angeln, Speere und Rosenkohlkatapulte, Stoffe, Handwerkszeug – und sogar Tiere.

An einem Straßenstand hielt ihm eine Marktfrau ein winziges Häschen entgegen. „Nur eine halbe Goldmünze und ganz pflegeleicht!", rief sie lächelnd.

„Jukka!" Lila zerrte an seinem Ärmel.

Jukka ließ das quiekende Häschen aus seinen Händen in den Korb zu seinen Geschwistern zurückrutschen.

„Kannst du bitte aufhören, lauter unnütze Dinge zu kaufen?", bat Lila. „Du wolltest wohl nicht allen Ernstes einen Hasen in die Weißen Berge mitnehmen?"

„Wieso denn nicht?", grummelte Jukka. „Ich hab doch noch ein Goldstück."

Lila zog Jukka hinter sich her, ohne ihm zu antworten.

„Na, wer sagt's denn? Da ist ja eine Bank!", rief Lila und zeigte nach vorn auf die linke Straßenseite. Sie steuerte auf ein Haus mit einem breiten Eingangsportal zu, über dem in goldenen Lettern geschrieben stand: *Silberschatz Bank und Wechselstube*.

Lila ließ Bo Knorre draußen warten und ging mit Jukka durch die schweren Türen ins Innere des Gebäudes.

Der Saal war von Licht durchflutet. In der Decke war ein riesiges gläsernes Fenster eingelassen, durch das die Sonnenstrahlen fielen und jeden Winkel ausleuchteten.

In der Mitte des Raumes standen sieben Schreibtische, an denen elegant gekleidete Männer und Frauen saßen und in gedämpftem Ton mit ihren Kunden sprachen. Hinter den Schreibtischen türmten sich große Truhen und Säcke auf, in denen Goldstücke, Diamanten und Edelsteine gelagert wurden. Im Gegensatz zu draußen, wo man Pferde wiehern hörte und Schimpfereien, Schreie und Rufe durch die Gassen schollen, war es hier drinnen geradezu unheimlich ruhig.

„Gib mir den Diamanten, Jukka", flüsterte Lila.

Jukka faltete das Tuch auseinander, in dem der Stein eingeschlagen war. Lila schluckte. Sie umschloss den Diamanten fest mit ihrer Faust. Dann steuerte sie auf einen der Schreibtische zu.

„Guten Tag", sagte sie zu dem Mann, der dort saß und Goldstücke zählte.

„Guten Tag, mein Fräulein", erwiderte der Mann, ohne eine Miene zu verziehen.

„Wir möchten gern diesen Diamanten in Goldstücke umtauschen", erklärte Lila und reichte ihm den grün schimmernden Stein.

Der Mann holte eine Lupe aus einer Schublade und beäugte den Diamanten von allen Seiten. „Ein Drachenstein", murmelte er.

Dann wanderte sein Blick zwischen Lila, Jukka und dem Diamanten hin und her. Auch er musterte Jukkas zerbeulte Schuhe und seine löchrige Hose eingehend.

„Dann hätte ich gern noch ihr Kaufzertifikat, mein Fräulein", sagte er schließlich, während er den zerfetzten Saum von Lilas Kleid betrachtete.

Lila hielt für einen Moment die Luft an. „Hast du das Kaufzertifikat mitgebracht?", fragte sie Jukka hastig. Der schüttelte verwirrt den Kopf.

„Es ist Ihnen sicherlich klar, dass wir keinen Diamanten annehmen können, von dem wir nicht wissen, ob er rechtmäßig in Ihren Besitz gelangt ist", erläuterte der Mann. „Noch dazu von solch … jungen Kunden." Er trommelte auf die Schreibtischplatte.

„Wir holen das Zertifikat und kommen wieder", sagte Lila schnell und steckte den Diamanten zurück in den Rucksack.

„Komm, las uns verschwinden", wisperte sie Jukka zu. Und die beiden beeilten sich, den Saal zu verlassen.

Auf der Straße stand eine kleine Gruppe von Menschen beisammen, die beunruhigt zum Himmel schauten.

„Ich habe gehört, dass heute schon wieder ein Grässgreif gesichtet wurde", bemerkte ein weißhaariger Mann.

„So was Blödes", grollte Lila, ohne die Gruppe weiter zu beachten. „Wer weiß, wo Bittermond diesen Diamanten herhat! Vermutlich ist er irgendwo als gestohlen gelistet."

„Wäre es vielleicht besser, wenn wir gar keinen Diamanten hätten?", zischte Jukka zurück.

Lila schnitt eine Grimasse, und Jukka fragte mit hochgezogener Augenbraue: „Willst du schon wieder streiten?"

„Ich streite überhaupt nicht", erwiderte Lila. „Ich lege nur die Faktenlage klar."

Jukka wollte protestieren, doch Lila schnitt ihm das Wort ab. „Wir sollten hier besser abhauen. Vielleicht holen die noch die Polizei."
Sie bogen in eine schmalere Seitengasse ab.
„Wollen wir direkt mit dem Diamanten bezahlen?", fragte Jukka.
„Auf keinen Fall!", sagte Lila. „Wir müssen jemanden finden, der keine Fragen stellt. Zum Glück kenne ich mich hier ein bisschen aus."
Sie führte Jukka zurück in die Gegend, in der auch der *Trunkene Hammerhai* gelegen war. „Kandidel verkauft hier manchmal Ware an einige Wahrsager", erklärte Lila. „Aber hier leben auch viele Halunken. Und ein Halunke ist genau das, was wir jetzt brauchen."
Die enge Straße, der sie folgten, lag verlassen da. Nur hin und wieder sahen sie eine dunkle Gestalt um eine Ecke verschwinden.
Irgendwo ertönte ein Scheppern. Bo Knorre hatte seine Ohren gespitzt und reckte die Nase in die Luft. Die Gasse war hier so eng, dass die Giebel der Häuser sich fast berührten. Aus einer Hofeinfahrt klangen schaurige Gesänge. In der Nähe klapperten Schritte.
„Da", flüsterte Lila. Sie zeigte auf ein windschiefes Häuschen aus schwarzem Stein.
An- und Verkauf. Wir stellen keine Fragen stand auf einem großen Schild neben der offenen Tür. Lila und Jukka blieben davor stehen und spähten ins Dunkle. Von drinnen hörten sie ein unheimliches Lachen, das Jukka eine Gänsehaut über den Rücken jagte.

„Also", sagte Lila und atmete tief ein. Sie machte einen vorsichtigen Schritt.

Doch Jukka hielt sie an der Schulter fest. „Ich hab kein gutes Gefühl", flüsterte er und wappnete sich für Lilas Spott. Zu seiner Überraschung trat sie jedoch sofort zurück.

„Wenn du meinst. Wir finden sicher noch etwas anderes", sagte sie, ohne ihn anzublicken.

Ein paar Häuser weiter stand eine alte Frau neben einer Haustür, die mit blauen Wimpeln geschmückt war, und lächelte ihnen mit zahnlosem Mund entgegen. „Braucht ihr Hilfe?", fragte sie.

Jukka wollte schnell weitergehen, denn wahrscheinlich war das schon wieder so eine komische Art, wie die Menschen hier nach Goldstücken verlangten. Aber Lila blieb stehen.

„Wir suchen jemanden, bei dem wir etwas eintauschen können", erklärte sie der Alten.

Die hellen Augen der Frau funkelten, und sie kicherte. Dann griff sie mit einer blitzschnellen Bewegung Jukkas Arm. Der zuckte vor Schreck kurz zusammen.

„Jemanden, der etwas eintauschen kann, so, so", quietschte die Alte. „Und wen haben wir hier? Du siehst aus wie einer, der noch nicht viel gesehen hat von dieser Welt."

Jukka ruderte mit den Armen, um sich von der Alten zu befreien, während Lila gänzlich unbeeindruckt mit der linken Fußspitze auf das Pflaster klopfte.

„Das hier ist keine Gegend für Kinder", bemerkte die Alte grinsend. „Aber schaut mal dort um die Ecke bei Trüb Manup vorbei. Vielleicht kann der euch weiterhelfen."

„Vielen Dank", sagte Lila und deutete einen Knicks an.

„Nichts zu danken!", rief die Frau fröhlich.
Jukka duckte sich schnell, bevor sie ihn in die Wange kneifen konnte.
„Woher weißt du, dass sie uns nicht in eine Falle lockt?", fragte Jukka, als sie um die Ecke bogen. „Du hast doch gesagt, man soll Wildfremden nicht …"
„Die Frau war einmal fahrende Händlerin", unterbrach Lila. „Wie Kandidel. Hast du die blauen Fahnen mit dem Wagenrad an der Tür gesehen?"
„Und fahrenden Händlern kann man trauen, oder wie?"
Lila hob die Schultern. „Vermutlich nicht allen. Aber irgendjemand müssen wir ja fragen."
Jukka kratzte sich an der Stirn. Das war alles ganz schön kompliziert. Woran sollte man erkennen, wer ein Halunke war und wer nicht?
„Wieso wohnt die Frau dann in dieser scheußlichen Gegend?", wollte er schließlich von Lila wissen.
Lila antwortete zögerlich. „Viele Leute mögen die fahrenden Händler nicht. Da hat sie sich wohl hierher zurückgezogen."
„Warum …?", setzte Jukka an.
Doch Lila unterbrach ihn schon wieder. „Wir müssen den Diamanten jetzt wirklich loswerden." Sie wies auf eine Holztür an einem heruntergekommenen Haus, auf der in roter Schrift geschrieben stand: *Bürt Manup, ich kaufe alles.*
„Die Alte hat doch von einem Trüb Manup gesprochen", bemerkte Jukka.
Lila holte tief Luft und klopfte gegen die Tür. „Muss ein Spitzname sein."

Eine wichtige Entdeckung

Niemand reagierte, als Lila gegen die Tür pochte.
„Klopf noch mal", sagte Jukka.
Lila klopfte, und als immer noch keine Antwort kam, hämmerte sie mit der Faust gegen das Holz.
Endlich erklang von drinnen ein lang gezogener Seufzer.
„Ist offen!", rief eine dünne Stimme.
Lila und Jukka wechselten einen kurzen Blick, dann drückte Lila entschlossen die Türklinke hinunter. Sie traten in einen großen dunklen Raum mit niedriger Decke. Kein Mensch war zu sehen. Stattdessen erblickten sie ein heilloses Durcheinander. Die langen Regale an den Wänden waren vollgestopft mit zerfledderten Büchern, überquellenden Kisten, Säcken voller Kleidung, Boxen und Paketen, allerlei Werkzeug, zerbrochenem Geschirr, Töpfen mit Goldstücken, verstaubten Stoffrollen und verschiedensten merkwürdigen Apparaturen und Maschinen. Überall auf dem Boden lag irgendwelcher Unrat herum, sodass man kaum einen Fuß vor den anderen setzen konnte. Von der Decke baumelten

Dutzende Lampen, einige so tief, dass man den Kopf einziehen musste, um sich nicht zu stoßen. Aber nur eine einzige der Lampen brannte.
Durch die verdreckten Fenster fiel spärliches Licht. In der Mitte des Raumes gab es eine lange Theke, auf der eine altertümliche Waage, mehrere kleine Türme aus Goldmünzen und zwei Setzkästen mit Edelsteinen in allen erdenklichen Farben standen.
Das einzige Lebewesen, das Jukka in all dem Chaos entdeckte, war ein Wildschwein, das auf einer großen Truhe hockte und sie mit seinen kleinen Augen anstarrte. Das war aber ausgestopft.
„Siehst du irgendjemand Lebendigen?", raunte Jukka Lila zu. Sie schüttelte den Kopf und rief dann in den Raum: „Guten Tag! Ist hier jemand?"
„Guter Tag?", fragte da eine weinerliche Stimme. „Was ist an diesem Tag gut?"
Hinter der Theke reckte sich plötzlich der Kopf eines hageren kleinen Männleins hervor. Lila bahnte sich einen Weg durch das Gerümpel, und Jukka folgte ihr.
„Guten Tag", wiederholte Lila. „Sind Sie Bürt Manup?"
„Nennt mich ruhig Trüb, so wie alle anderen", erwiderte das Männlein tief seufzend. Auf seinem runden Schädel wuchsen nur wenige dunkle Haare, die es sich kunstvoll über die Glatze gekämmt hatte.
Als sich Jukka und Lila näherten, ließ es sich theatralisch vornüber auf die Theke fallen, stützte den Kopf in die Hand und fragte desinteressiert: „Also, was wollt ihr von mir? Mir weismachen, dass heute ein guter Tag ist?"

Lila räusperte sich. „Wir sind hier, um ein Geschäft mit Ihnen zu machen."

Trüb Manup winkte ab. „Ich weiß, dass es *kein* guter Tag ist", murmelte er. „Die Tage sind alle gleich, und sie sind alle gleich *schlecht*."

Jukka hatte den Diamanten hervorgeholt und schob ihn nun auf die Theke, genau vor Trübs Nase.

Der gähnte. „Schon wieder ein Diamant?" Dann richtete er sich langsam auf, langte nach einer Lupe und betrachtete den Stein. Er stierte vor sich hin und sagte – nichts.

Jukka trat unruhig von einem Bein aufs andere. Lila zupfte ungeduldig am Saum ihres Kleides.

„Darf ich fragen …?", sagte Jukka, als er das Schweigen nicht mehr ertrug. „Darf ich fragen, warum Sie Trüb genannt werden?"

Lila und Trüb antworteten wie aus einem Munde: „Das ist doch offensichtlich."

Trüb blinkte Lila wütend an. „Es ist also offensichtlich!", rief er. „Jetzt kommen schon irgendwelche fremden Bälger in mein Geschäft und behaupten, es sei offensichtlich, dass ich betrübt bin!"

„Also, na ja …", warf Lila ein.

Doch Trüb fuhr weinerlich fort: „Geht es euch vielleicht etwas an, ob ich betrübt bin oder nicht?"

„Es ist mir ganz egal", unterbrach ihn Lila. „Was ist mit unserem Diamanten?"

Trüb heulte auf. „Es ist ihr *egal*! Mein betrüblicher Gemütszustand ist ihr *ganz egal*!"

Lila streckte ihm schnell den Edelstein entgegen. Trüb sackte mit einem erstickten Schluchzer in sich zusammen, sodass seine Nase fast den Diamanten berührte. Er schielte nach unten.

„Ja …", seufzte er. „Ein Drachenstein also. Und für den wollt ihr Goldstücke haben?"

„Genau", sagte Lila.

Trüb umfasste den Stein mit seinen knochigen Händen und zog ihn an seine Brust. Mit geschlossenen Augen verharrte er leise schluchzend.

„Wir müssen etwas tun", wisperte Jukka. „Der Kerl muss doch irgendwie aufzumuntern sein. Dem sind vor lauter Trauer schon die Haare ausgefallen."

Lila kniff die Augen zusammen. „Vielleicht hat sie ihm auch jemand ausgerissen, den er zur Verzweiflung getrieben hat."

Jukka lächelte und schob Lila zur Seite. „Warum sind Sie denn so traurig, Trüb?", fragte er, während er sich über den Ladentisch lehnte und Trüb die Hand tätschelte.

Der kleine Mann öffnete die Lider und schob den Diamanten von sich fort. „Ja, warum?", fragte er, die wässrigen Augen zur Decke gerichtet. „Ich finde einfach alles so betrüblich."

„Wie wäre es mit einem Geschäft?", knurrte Lila.

Trüb sah sie ungehalten an. „Habt ihr ein Kaufzertifikat für euren Diamanten?"

Lila stöhnte. „Wir geben Ihnen den Stein für 20 Goldstücke."

„Gold", ächzte Trüb. „Ich mache mir nichts aus Gold. Gold macht nicht glücklich."

„Ich glaube, Sie haben den falschen Beruf", bemerkte Jukka. „Warum machen Sie nicht etwas anderes?"

„Etwas anderes?", fragte Trüb. „Dieses Geschäft hat Familientradition."

„Sie könnten zum Beispiel mal eine Reise machen", schlug Jukka vor. „Sie sollten an die frische Luft kommen, sich entspannen, Abenteuer erleben."

„Ach, eine Reise, sagst du?" Trüb überlegte und kratzte sich am Kinn.

„Unser Geschäft, bitte schön!", rief Lila. „Bleiben wir bei unserem Geschäft."

Trüb zog die Augenbrauen zusammen. „Siehst du nicht, dass ich mich mit diesem netten jungen Mann unterhalte, Fräulein? Außerdem kann ich euch ohne Kaufzertifikat nicht weiterhelfen."

„Es würde Ihnen sicherlich guttun, wenn Sie raus ans Meer fahren und sich einmal tüchtig den Seewind um die Nase blasen lassen", meinte Jukka.

„Tatsächlich?", fragte Trüb. „Meinst du, das würde mich glücklich machen? Glücklicher als all diese kalten, hässlichen Goldstücke?" Trüb betrachtete den Turm von Münzen, den er an der Tischkante aufgebaut hatte. Dann gab er ihm einen Stoß, und das Gold kullerte in alle Richtungen und rollte klimpernd über den Boden.

„Hören Sie", sagte Lila. „Wenn Gold Sie nicht glücklich macht, schlage ich vor, dass Sie es uns überlassen. Wir können es nämlich gut gebrauchen."

„Das ist doch ein Trick!", zischte Trüb.

Jukka marschierte zu einem der verstaubten Fenster und öffnete es mit einiger Mühe. Frische Luft und klares Licht strömten herein.

„Ist das so nicht besser?", fragte Jukka. „Sie brauchen Luft und Licht, dann kommt auch die Freude."
„Also, ich weiß nicht", jammerte Trüb. „Das blendet doch."
Jukka entdeckte in einem der Regale eine rostige Angel. Er zerrte sie hervor und hielt sie Trüb triumphierend hin.
„Angeln – das wäre ein Hobby für Sie. Machen Sie doch einen Ausflug zu einem See."
Trüb betrachte ihn skeptisch. „Meinst du, in der Fischerei liegt die Zukunft?"
„In einem Angelverein könnten Sie zumindest Freunde finden", erwiderte Jukka. „Freunde machen glücklich."
Er warf Lila einen schnellen Blick zu. Die pustete eine Strähne aus ihrer Stirn und verschränkte die Arme. Bo Knorre hatte sich in den Staub gelegt und die Augen geschlossen.
„Und wenn ich beim Angeln ins Wasser falle?", seufzte Trüb. „Nein, nein, nein, das ist alles viel zu gefährlich. Mach das Fenster wieder zu, Junge, wer weiß, was für Bakterien und Mikroben da draußen rumschwirren."
Jukka schloss das Fenster. „Wollen Sie denn nicht glücklich werden, Herr Manup?"
„Glücklich, glücklich", stöhnte Trüb. „Du bereitest mir Kopfschmerzen. Und du brauchst mir gar nicht vorzugaukeln, dass es ein besseres Leben gibt."
Jukka sah Lila ratlos an.
Trüb wedelte mit seiner dürren Hand. „Verschwindet, Kinder! Genießt eure Unschuld, ihr werdet noch feststellen, dass man Trübsal nicht mit Sonnenschein beikommen kann."
Lila beäugte die Goldstücke, die am Boden lagen.

„Ja, nimm es schon, das verwünschte Gold, es macht nicht glücklich!", rief Trüb.

Lila kniete sich nieder und stopfte einige Goldstücke in ihren Beutel.

„Und verschwindet, bevor ich es mir anders überlege!"

Jukka zögerte, aber Lila zog ihn zur Tür.

„Was soll an diesem Tag gut sein?", hörten sie Trüb noch jammern, als sie nach draußen traten. „Jetzt lasse ich mich schon von Kindern bestehlen."

„Puh", machte Lila, nachdem sich die Tür hinter ihnen geschlossen hatte.

„Mir tut er leid", stellte Jukka fest.

„Lass uns eine Kutsche buchen", sagte Lila. „Ich möchte endlich nach Hause!"

Auf dem Weg zur Kutschfahrtgesellschaft wurden die Gassen breiter und freundlicher. An den Fenstern hingen bunte Blumengirlanden. Vor den Haustüren hielten Nachbarn ihr Pläuschchen. Auf einigen Fensterbänken lagen Katzen, die sich wohlig in der Sonne rekelten.

Auf einmal blieb Jukka wie angewurzelt stehen. „Schau mal!", rief er und hielt Lila am Arm fest.

Sie standen vor einem eleganten Gebäude, dessen Eingang von zwei schlanken Marmorsäulen eingefasst wurde. Daneben gab ein mit Samt ausgelegtes Schaufenster den Blick auf das Ladengeschäft frei. Und in diesem Schaufenster, gebettet auf zierlichen Kissen auf kleinen Podesten, lagen ein Dutzend Gläserne Herzen.

„Die sehen genauso aus wie das Herz von Bittermond!", rief Jukka. Seine Hände klebten plötzlich vor Schweiß.
„Mhm", machte Lila. Sie trat an das Schaufenster. „Unterschiedliche Größen und Farben. Aber ja, sie sehen aus wie das Herz von Bittermond." Lila las das Schild über der Tür: *Hoflieferant*.
„Komm", rief Jukka entschlossen, „da gehen wir rein und kaufen ein neues! Dann kann ich mir die ganze Reise sparen. Und Kandidel kann das Herz, wenn sie es unbedingt haben will, meinetwegen behalten."
„Kandidel will überhaupt nicht …", protestierte Lila, doch Jukka war schon zur Ladentür marschiert und hatte sie geöffnet.
Im Geschäft war es ganz still. Der Raum war fast leer. Nur in der getäfelten Wand befanden sich Nischen, und in jeder dieser Nischen stand ein Gläsernes Herz in einem Halter aus Silber. Die Herzen, große und kleine, in Weiß, Rot oder Blau, hatten alle die gleiche Form wie das von Bittermond. „Die sehen nicht gerade billig aus", bemerkte Lila leise.
Durch einen Samtvorhang am anderen Ende des Raumes trat ein schlanker Herr. Er trug ein grünes Hemd mit schwarzer Seidenweste, eine schwarze Hose und glänzende spitze Schuhe. „Bist du der neue Botenjunge von Meister Gregor?", fragte er Jukka.
„Äh, nein …", antwortete Jukka.
„Aber Meister Gregor hat doch versprochen, dass er den Botenjungen heute Morgen besonders früh schicken würde", erwiderte der Herr irritiert.
„Also, ich bin hier, um ein Gläsernes Herz zu kaufen", sagte Jukka. „Wie viel kostet eins, bitte?"

Der Herr starrte ihn an, dann lachte er schallend. „Ach, Meister Gregor ist doch immer für einen Scherz gut! Du kannst ihm ausrichten, dass ich mich köstlich amüsiert habe."

„Ich kenne Meister Gregor überhaupt nicht", sagte Jukka und rieb sich die Stirn.

Der Herr schaute verwundert. „Sagtest du nicht, du seist der neue Botenjunge von Meister Gregor?"

Jukka stöhnte. „Nein, das sagte ich nicht."

„Aber der Botenjunge sollte doch gleich in der Früh da sein!"

„Hören Sie!", rief Lila. „Wir wissen nicht, wer Meister Gregor ist. Wir wollen bei Ihnen etwas kaufen!"

Der Herr machte eine Pause. „Was denn?"

Lila ächzte.

„Na, ein Gläsernes Herz natürlich!", rief Jukka.

Der Herr starrte ihn wieder an und kriegte sich dann kaum mehr ein vor Lachen. Dann wischte er sich ein paar Tränen aus den Augen und sah von Jukka zu Lila und wieder zu Jukka. „Meint ihr das wirklich ernst?"

„Ja!", knurrte Jukka.

„Liebe Kinder, wir sind *Hoflieferanten*. Unsere Ware ist nicht verkäuflich."

„Nicht verkäuflich?", fragte Lila nach.

„Na ja, jedenfalls nicht an euch. Nur an Fürsten, Grafen und Könige." Der Herr seufzte theatralisch. „Wisst ihr denn gar nicht, was unsere Gläsernen Herzen sind?"

Jukka und Lila schüttelten den Kopf.

„Was es nicht alles gibt!", rief der Herr. „Ich dachte, das wüsste jedes Kind. Unsere Gläsernen Herzen werden exklusiv bezogen, um Helden zu ehren. Nur Könige, Grafen und Fürsten dürfen sie verleihen – und zwar nur an echte Helden!"

„An Helden?", fragte Jukka ungläubig. „Nur wer eine Heldentat begeht, bekommt so ein Herz?"

„Genau", bestätigte der Herr stolz. „Vom König höchstpersönlich. Oder zumindest von einem Fürsten."

Jukka überlegte: Konnte es sein, dass Bittermond etwas so unglaublich Heldenhaftes getan hatte, dass ihm ein Gläsernes Herz verliehen worden war? Und dass er nie davon erzählt hatte?

„Kommt mit!", rief der Herr voller Eifer. Er schleuste die Kinder durch den Vorhang in ein Hinterzimmer. „Ich präsentiere: unsere Helden!"

Jukka und Lila blickten auf drei Wände, die vollbehangen waren mit Porträts von wichtig aussehenden Menschen. Jeder Einzelne hielt ein Gläsernes Herz in der Hand.

„Einhundertsiebenunddreißig Helden!", erklärte der Herr. „Und alle aus unserem Haus bestückt!"

Jukkas Blick raste über die Gemälde. Da waren mehrere stattliche Männer mit langen Bärten abgebildet, einige muskulöse Jünglinge, ein paar hübsche Frauen, ein Admiral mit dreieckigem Kapitänshut, Pfeife und auffällig gezwirbeltem Schnurrbart, mehrere Ritter und sogar ein Hund. Aber kein Bittermond. Lila legte Jukka eine Hand auf den Arm.

„Und Sie sind sicher, dass niemand ein Herz kaufen darf?", fragte Jukka noch einmal.

„Absolut sicher", bekräftigte der Herr.

„Komm", sagte Lila und zog Jukka am Ärmel.

„Vielen Dank", murmelte Jukka.

„Na, vielleicht kriegt ihr irgendwann auch mal ein Gläsernes Herz, weil ihr eine Heldentat begangen habt", sagte der Herr. Und dann lachte er so heftig, dass sein Gesicht rot anlief und er einen Schluckauf bekam. „Ihr – *hicks* – seid – *hicks* – so lustig – *hicks* ...", japste er.

Lila atmete tief ein. „Komm!", drängte sie Jukka. „Der kriegt sich heute nicht mehr ein."

Draußen blieb Jukka vor dem Laden stehen. Er presste die Lippen zusammen. „Woher hat Bittermond bloß dieses Herz?", sagte er mit leiser Stimme.

„Jukka ...", seufzte Lila. „Ich habe dir schon gesagt, was Bittermond ist."

„Aber *einem Helden*!", unterbrach Jukka sie wütend. „Er soll das Herz einem Helden gestohlen haben, der es für seinen Mut verliehen bekommen hat? Das glaub ich nicht, das kann nicht sein!"

Aber es konnte wohl *doch* sein, denn eine andere Erklärung gab es nicht. Bittermond hatte die Karte der Riesenerdmännchen gestohlen und den Drachenstein und auch das Gläserne Herz ...

Jukka blickte Lila grimmig an. „Der Käpt'n ist selbst ein Halunke und ein Gauner."

Lila zuckte hilflos die Schultern. „Vielleicht hatte er irgendeinen Grund ..."

„Was für einen Grund kann es geben, einen Helden auszurauben?" Jukka kickte mit dem Fuß nach einem Stein auf der Straße. „Jedenfalls hat er das Herz überhaupt nicht verdient. Vielleicht hat Kandidel es ihm deswegen weggenommen."

„Das kannst du sie bald selbst fragen", schlug Lila vor. „Du fährst doch mit mir in die Berge, oder?"

„Eigentlich hab ich dafür überhaupt keinen Grund mehr", brummte Jukka. „Soll ich dem Dieb seine Diebesbeute etwa zurückbringen?" Er überlegte kurz. „Wobei es Kandidel wohl auch nicht gehört. Sie ist mit Sicherheit nicht die Heldin, der der König es überreicht hat."

Lila verteidigte Kandidel mit keinem Wort. Sie schaute Jukka von der Seite an und sagte: „Ich würde mich freuen, wenn du mitkämst."

Jukka traute seinen Ohren kaum. Er konnte Lila aber nicht anschauen und sagte nur: „Na gut."

Was blieb ihm auch anderes übrig, als mit ihr zu gehen? Zum Strand und zu Bittermond zog ihn nichts zurück.

Die Kutschfahrt

Lila lotste Jukka durch die Straßen und Gassen bis zum Büro einer Kutschfahrtgesellschaft.

„Hier ist die Konkurrenz von dieser *Fliegenden Kutsche*", stellte sie fest. „Mit denen werde ich nie wieder fahren – und ihnen Kandidel noch auf den Hals hetzen!"

Während Lila die Fahrscheine mit den Goldstücken von Trüb Manup kaufte, wartete Jukka vor dem Büro und vertrieb sich die Zeit mit ein paar kleinen Kindern, die auf der Straße mit Kreiseln spielten. Als Lila fertig war, hatte er sämtliche Kokosplätzchen und Fruchtküchlein, die er noch besaß, an die Kinder verteilt.

„Hast du jetzt unseren gesamten Proviant verschenkt?", fragte Lila.

Jukka kratzte sich an der Stirn. „Erst waren es nur zwei Kinder, aber als ich ihnen Kekse angeboten habe, wurden es immer mehr."

Tatsächlich hatte sich inzwischen eine ganze Schar von Jungen und Mädchen mit angeschlagenen Knien und dreckigen Fingern um ihn versammelt.

„Du hast ja selbst gesagt, dass ich viel zu viel gekauft habe", sagte Jukka. „Außerdem ist immer noch was übrig." Er hielt die Tüte mit den Schokoladenbonbons hoch.

„Schon gut", sagte Lila. „Komm, die Kutsche fährt gleich ab."

Für Bo Knorre hatte Lila einen Gepäckschein erwerben müssen, damit er im Anhänger mitfahren durfte, wo schon einige Kisten, Säcke und Boxen untergebracht waren.

„Sieht er vielleicht aus wie ein Koffer?", murrte Lila.

„Besser als nichts", bemerkte Jukka, und Bo Knorre suchte sich bereitwillig ein Plätzchen zwischen einer großen Truhe und mehreren Stoffballen.

Bevor sie in die Kutsche stiegen, warf Jukka einen Blick zum Himmel. „Eigentlich wollte ich noch eine Tüte Rosenkohl kaufen. Man weiß ja nie."

„Das fällt dir zu spät ein", sagte Lila. „Die Kutsche wird nicht auf uns warten."

Jukka ließ nicht locker. „Vielleicht sollten wir lieber die nächste Kutsche nehmen. Wir müssen uns schützen. Ich hab irgendwie das Gefühl, dass dieses Vogelbiest es auf mich abgesehen hat."

„Ach, Quatsch!", wischte Lila seine Bedenken weg. „Für den Grässgreif sieht jeder Mensch gleich aus – wie ein Leckerbissen. Und es wäre ein viel zu großer Zufall, wenn wir noch mal einem begegnen würden ... Außerdem will ich endlich nach Hause."

Jukka kreuzte die Arme. „Vielleicht handelst du gerade genauso unüberlegt wie Kandidel? Denk doch mal darüber nach, wie nützlich ..."

„Unüberlegt?" Lila klopfte ungeduldig auf ihren Oberarm. „Ich überlege gerade ganz genau, ob ich dich nicht einfach stehen lasse."

Jukka grinste. „Schon gut, dann schlägst *du* eben den nächsten Grässgreif in die Flucht, Fräulein Kratzbürste."

„Mach ich", brummte Lila und stieg in die Kutsche.

Jukka seufzte. Lila wollte nach Hause, das spürte er. Und er selbst? Jukka wusste nicht, ob er überhaupt ein Zuhause hatte …

Im Inneren der Kutsche, in der es zwei gegenüberliegende gepolsterte Sitzbänke gab, saß bereits eine Dame mit einem riesigen Federhut.

Sie grüßte mit einem huldvollen Kopfnicken. Jukka und Lila grüßten höflich zurück, als es einen Ruck gab und die Kutsche sich schaukelnd in Bewegung setzte.

Draußen war das Schnalzen des Kutschers zu hören, mit dem er die wiehernden Pferde antrieb. Die Wagenräder rollten langsam über die Pflastersteine. An der großen Ausfallstraße stockte der Verkehr. Wagen reihte sich hier an Wagen, um die Stadt zu verlassen und in alle Teile des Landes zu fahren.

Als die Kutsche endlich durch das große Stadttor und über die hölzerne Zugbrücke polterte, flog ein Rabe über die Stadtmauer hinweg. Mit seinen gelben Augen suchte er die schmalen Gassen und verstopften Straßen unter sich ab und hielt Ausschau nach zwei Kindern.

Er kreiste über der Stadt, Stunde um Stunde. Er suchte in allen Winkeln und Ecken, schwang sich schließlich wieder empor in die Lüfte, überflog die Wüste, spähte immerzu nach unten und erreichte zu guter Letzt Bittermonds Bucht. Verlassen und still lag sie da, ohne Jukka, ohne Lila und ohne den Käpt'n.

Von der Suche des Raben ahnte Jukka nichts, als er sich aus dem Fenster der Kutschte lehnte und zum Himmel blickte. Er suchte nicht nach Pinkas, dem Raben, sondern nach einem Grässgreif mit Heißhunger auf Menschenfleisch. Doch zwischen den Wolken war nur das Blau des Himmels zu sehen. Vielleicht hatte Lila recht, und die Angriffe des Monstervogels waren nicht mehr als ein verrückter Zufall gewesen.
Die Kutsche stoppte, und Jukka streckte den Kopf noch weiter hinaus. Vor ihnen hatten sich die großen Räder von zwei Fuhrwerken ineinander verkeilt. Hinter ihnen schimpften die Fuhrleute und knallten ihre Peitschen durch die Luft.
„Heute ist Jahrmarkt auf den Grünen Wiesen", erklärte die Dame, die Jukka gegenübersaß. Sie rückte ihren Hut zurecht, der über ihre Augen gerutscht war, als die Kutsche einen Satz nach vorn gemacht hatte, nur um gleich wieder stehen zu bleiben. „Da gibt es immer Stau. Aber wir können uns miteinander die Zeit vertreiben."
Jukka ließ sich zurück in seinen Sitz sinken, und die Dame lächelte ihn an. „Ich bin Fräulein Marianne Hoppeduck, sehr angenehm." Sie reichte Jukka ihre Hand – aber eigentlich reichte sie ihm nur ihre Fingerspitzen, die Jukka verlegen schüttelte.
„Ich bin Jukka", sagte er und wurde rot. *Jukka Ohne-Nachnamen.* Zum Glück hakte die Dame nicht nach. Stattdessen plapperte sie redselig drauflos: „Ich bin unterwegs zum Sanatorium in Weißenbach am Fuße der Berge. Wart ihr schon mal dort? Die Luft

dort soll ja wirklich ausgezeichnet sein! Blütenfrisch. Nicht so verpestet wie hier – von dem ganzen Tiergestank und dem Ruß und all den Menschen, die sich nicht so oft waschen, wie ihnen guttun würde."

Sie beäugte Jukkas Hände, auf denen sich schwarze Schmutzkrusten gebildet hatten.

Fräulein Hoppeduck fuhr ungerührt fort: „Und Mineralbäder gibt es dort – die Haut fühlt sich danach an wie ein Babypopo. Das wurde mir garantiert. Ich habe mir sagen lassen, dass ich auf keine Annehmlichkeiten verzichten muss. Sogar die Marmelade wird aus Fliederburg importiert. Die Einheimischen in Weißenbach sollen herzallerliebst sein. Aber es ist eben doch schöner, wenn man sich auf die Produkte verlassen kann, die man von zu Hause kennt, nicht wahr?"

Das Fräulein Hoppeduck strahlte Jukka an.

„Äh, ja", entgegnete er und war froh, als es wieder einen Ruck gab und er sich an seinem Sitz festhalten musste, statt etwas zu sagen. Die verkeilten Fuhrwerke waren zur Seite geschoben worden, und am Straßenrand schimpften die beiden Kutscher lautstark miteinander.

Marianne Hoppeduck schob ihren Hut zurück auf ihren aufgetürmten Lockenberg. „Es wird immer schlimmer auf den Straßen", stellte sie seufzend fest. „Es ist schon eine Schande, dass man nicht mehr friedlich reisen kann. Und dann dieser Gestank, der hier herrscht!"

Sie wedelte mit der Hand vor ihrer Nase herum. Vor dem Fenster hob gerade ein stämmiger Kaltblüter seinen Schwanz und ließ ein paar dampfende Pferdeäpfel auf die Straße plumpsen.

Fräulein Hoppeduck wandte sich angewidert ab. Lila kicherte leise.
Das Fräulein runzelte kurz ungehalten die Stirn, fuhr dann jedoch liebenswürdig fort: „Lasst euch doch nicht alles aus der Nase ziehen, Kinder! Wo fahrt ihr denn hin?"
„In die Weißen Berge", antwortete Jukka, während Lila mit verschränkten Armen aus dem Fenster sah. Fräulein Hoppeduck zog fragend die Augenbraue hoch, also fügte Jukka hinzu: „Zu Lilas Mutter."
„Lila", wiederholte das Fräulein. „Das ist ein außergewöhnlicher Name."
„Liliana Lasara", brummte Lila.
Fräulein Hoppeduck beachtete das Mädchen nicht. Aber an Jukka schien sie Gefallen gefunden zu haben. „Und ihr seid ganz allein unterwegs?", fragte sie. „Ist das nicht gefährlich?"
„Überhaupt nicht", meinte Jukka und lehnte sich grinsend in seinen Sitz zurück. „Wenn man von ein paar Grässgreifangriffen mal absieht. Wir reisen schon seit Tagen allein."
Lila schoss ihm einen ärgerlichen Blick zu.
„Tatsächlich?", fragte das Fräulein mit sorgenvollem Gesicht. „Das ist geradezu verantwortungslos! Wissen eure Eltern denn nicht, wie gefährlich es auf den Straßen sein kann? Es gibt noch weitaus Schlimmeres als hungrige Riesenvögel."
„Was denn?", fragte Jukka. Er schaute schnell zu Lila, die ihre Lippen fest zusammengekniffen hatte.
„Bekommt ihr wenigstens genug zu essen?", erkundigte sich Fräulein Hoppeduck, ohne auf Jukkas Frage einzugehen.
Er nickte und tätschelte den Rucksack, den er auf dem Nachbar-

sitz abgestellt hatte. „Wir haben Proviant. Möchten Sie ein paar Schokobonbons?"

Das Fräulein lachte leise, faltete die Hände über dem Bauch und sagte ein bisschen vorwurfsvoll: „Nein, danke, ich esse nichts Ungesundes. Und dir würde ein frischer Apfel sicher auch besser bekommen als Süßigkeiten."

Jukka, der die Tüte mit den Schokobonbons schon hervorgeholt hatte, betrachtete seinen Proviant unschlüssig.

Fräulein Hoppeduck führte ihre Fragerei fort. „Wo sind eure Eltern denn? Etwa beruflich so eingespannt, dass sie sich nicht um euch kümmern können? Das kommt ja heutzutage immer öfter vor. Wenn ich nur an all die armen Kinder denke, die den ganzen Tag mutterseelenallein ... Entsetzlich! Was sind eure Eltern denn von Beruf? Politiker? Ritter? Oder Banker?"

„Ich habe gar keine Eltern", sagte Jukka. „Und Lilas Mutter ist eine fahrende Händlerin."

Lilas Fuß flog gegen sein Schienbein.

„Was ist?", fragte Jukka. „Hast du Wadenzuckungen?"

Lila stierte ihn böse an.

Fräulein Hoppeduck indes betrachtete die Kinder von oben bis unten. „Ein Waisenkind und ein Mädchen vom fahrenden Volk also."

„Siehst du!", formte Lila lautlos mit den Lippen.

„Nun, ich habe überhaupt nichts gegen Waisenkinder und fahrende Händler", meinte Fräulein Hoppeduck und lächelte. Jukka sah Lila triumphierend an. Doch das Fräulein fuhr schon fort: „Wir sind alle Menschen und sollten freundlich zueinander sein. Leider bringen sich die fahrenden Händler aber immer wieder durch ihr Verhalten in Verruf. Es tut mir leid, es sagen zu müssen – aber es ist wirklich traurig, dass sie so unschuldige und nette Kinder wie euch einfach allein durchs Land reisen lassen."

Jukkas Wangen begannen zu glühen. „Kennen Sie denn fahrende Händler?"

Fräulein Hoppeduck lachte auf. „Kennen? Selbstverständlich nicht! Aber man hört immer wieder die fürchterlichsten Geschichten. Meine Freundin Helene aus Zwetschgenau hat zum Beispiel mit eigenen Ohren gehört, wie die Frau von Graf Lärchenstall erzählt hat, dass in Siebenstein acht Kinder von fahrenden Händlern gestohlen wurden. Die armen Seelen sind nie wieder aufgetaucht!"

Lilas Finger krallten sich in die Polster ihres Sitzes.

„Aber du brauchst keine Angst zu haben, mein Junge", sagte Fräulein Hoppeduck nun milde und plinkerte mit ihren angeklebten Wimpern. „Für dich gibt es noch Hoffnung. Wenn du fleißig lernst, wirst du sicher einen ordentlichen Beruf in der Stadt finden, sobald du ein bisschen älter bist."

Das Fräulein nestelte an seiner winzigen Handtasche und brachte eine große Münze daraus hervor, die sie Jukka mit zwei spitzen Fingern hinhielt. „Dafür kannst du dir ein sauberes Hemd und ein paar ordentliche Schuhe kaufen. Dann fühlst du dich sicher besser, mein armes Waisenkind."

Lilas Kopf schoss herum, bevor Jukka antworten konnte.

„Nein danke!", rief sie scharf. „Auf Ihre Hilfe können wir verzichten!"

Fräulein Hoppeduck öffnete den Mund und klappte ihn gleich darauf wieder zu. Seufzend steckte sie die Münze zurück in ihr

Täschchen und ließ das goldene Schloss geräuschvoll zuschnappen. Sie sah aus dem Fenster, während sie wie zu sich selbst sagte: „Für ihr gutes Benehmen sind die fahrenden Händler jedenfalls auch nicht bekannt."

Lila zitterte ein bisschen, so wütend war sie. Jukka hätte sich nicht gewundert, wenn sie sich gleich auf das Fräulein gestürzt hätte, um es zu erwürgen. Was dann sicherlich auch nicht als gutes Benehmen gegolten hätte.

Jukka tippte Lilas Schuhspitze mit seiner an. „Bleib ruhig!", wisperte er ihr zu.

Fräulein Hoppeduck hatte die Zeitung aufgenommen, die neben ihr lag, und begann zu lesen.

Jukka bot Lila die Tüte mit den Schokobonbons an. Sie stopfte sich gleich mehrere in den Mund und lutschte laut daran. Fräulein Hoppeduck rutschte unruhig auf ihrem Sitz hin und her. Jukka nahm sich fünf Bonbons auf einmal und lutschte noch lauter als Lila. Die musste lachen, dann schmatzte auch sie, und dann lachten und schmatzten sie beide gleichzeitig. Die Zeitung, hinter der das Fräulein sich versteckt hielt, bebte.

Im selben Augenblick schwankte die Kutsche plötzlich heftig. Der Kutscher knallte fluchend mit der Peitsche. Irgendwo hatte sich eine Ziege losgerissen und war genau vor die Pferde gesprungen, die sich nun erschrocken aufbäumten.

Lila fiel nach vorn. Die Tüte mit den Schokobonbons, die sie auf dem Schoß hielt, wurde ihr aus der Hand geschleudert, und die Schokobonbons flogen wie kleine Geschosse quer durch die Kutsche. Sie klatschten auf den Boden und an die Seitenwände und auf die schönen Polster. Und eine besonders große Schokokugel

knallte mit einem hässlichen *Pflatsch* genau auf Fräulein Hoppeducks Stirn. Das Fräulein kreischte, der Hut rutschte über ihre Ohren, und der Schokoladenball rollte von ihrer Stirn über ihre Nase, plumpste auf ihren Schoß. Die Schokolade hinterließ einen schmierigen Streifen auf ihrem Gesicht und einen braunen Fleck auf ihrem Kleid.
Lila hielt sich prustend die Hand vor den Mund und japste: „'nschuligung!", aber als sie sah, dass auch Jukka die Lippen grinsend zusammenpresste, lachte sie lauthals los – und dann lachte auch Jukka so sehr, dass er sich den Bauch halten musste.
„Das ist doch die Höhe!", kreischte Fräulein Hoppeduck. Sie kramte aufgeregt in ihrem Täschlein.
„Sie haben da einen …" Lila konnte vor Lachen kaum atmen.
„… Fleck", ergänzte Jukka.
Das Fräulein hatte ihren Taschenspiegel aufgeklappt, und beim Anblick der Schokoladenschmiererei auf ihrem Gesicht entfuhr ihr ein spitzer Schrei.
„Darf ich Ihnen helfen?", fragte Jukka und zog ein Taschentuch aus seiner Tasche, um es ihr anzubieten.
„Fass mich nicht an!", quiekte Fräulein Hoppeduck. Sie wirbelte herum und hämmerte mit der flachen Hand gegen das kleine Fenster, vor dem sie den Rücken des Kutschers auf dem Kutschbock sahen. „Hilfe!", schrie sie, so laut sie konnte. „Hilfe! Halten Sie sofort an!"
Lila und Jukka schauten sich an. Lila drehte den Zeigefinger an ihrer Schläfe und wisperte nur: „Durchgeknallt, die Alte!"
Der Kutscher wandte sich um und stieß das kleine Fenster ins Innere der Kutsche auf.

„Ich fahre keinen Meter mehr mit diesen verlausten Blagen!", schrie Fräulein Hoppeduck.
Der Kutscher brachte die Pferde zum Stehen. Er rutschte vom Kutschbock und öffnete die Seitentür. Jukka kniete auf dem Boden und sammelte die zerquetschten – und leider ungenießbaren – Schokobonbons ein.
„Was ist hier los?", fragte der Kutscher.
„Wissen Sie, dass das hier Gaunerkinder sind?", herrschte Fräulein Hoppeduck ihn an.
„Sie haben bezahlt", brummte der Kutscher.
„Sie haben mich mit Schokoladenkugeln beworfen und begrapscht!", kreischte das Fräulein.
Der Kutscher betrachtete den braunen Flecken auf dem Kleid des Fräuleins und die Schokoladespuren an ihrem Kinn. Dann musterte er die Kinder. „Ich habe keine Zeit für so was", grollte er. „Los, ihr könnt bis zu den Grünen Wiesen im Gepäckwagen weiterfahren. Danach müsst ihr euch was anderes suchen."
„Aber …", protestierte Lila, doch der Kutscher zerrte sie hinaus und bugsierte sie hinüber zum Gepäckwagen.
„Kusch, kusch!", machte Fräulein Hoppeduck und wedelte mit der Hand, als sei Jukka ein aufmüpfiges Tier, das es zu vertreiben galt.
„Passen Sie auf, dass sie im Sanatorium nicht aus Versehen die einheimische Marmelade essen und daran ersticken", sagte Jukka. Das Fräulein schnappte nach Luft. „Das – ist – doch – die – Höhe!", hörte Jukka sie keuchen, als er Lila folgte.
Es blieb ihnen nichts anderes übrig, als sich neben Bo Knorre und die Koffer zu kauern.

„So eine Ungerechtigkeit!", ereiferte sich Jukka, als sich die Kutsche wieder in Gang setzte. „Wir haben doch überhaupt nichts getan. Und jetzt haben wir nicht mal mehr etwas zu essen übrig."

„Ja, die Welt ist eine einzige Ungerechtigkeit", sagte Lila. „Da siehst du, was mehr zählt: Dass jemand einen schönen teuren Hut hat ist wichtiger, als dass er die Wahrheit sagt."

„Was für eine Schrulle!", brummte Jukka und versuchte, eine bequeme Position zwischen den wackelnden Kisten zu finden.

„Zimtzicke", sagte Lila.

„Schleimhexe", sagte Jukka.

„Würmerweib", sagte Lila.

„Schokofratze", sagte Jukka.

„Hutzelschreckse."

„Kotzquetsche."

„Drecksmixe."

Und dann lachten sie und fühlten sich schon etwas besser.

Nach einer Weile fragte Jukka nachdenklich: „Lila, du meinst, sie hat also nicht die Wahrheit gesagt?"

„Was meinst du genau?"

„Ich meine die Kinder, die von den fahrenden Händlern gestohlen werden."

„Pff", machte Lila. „Natürlich nicht. Das sind lauter Gemeinheiten und Lügen über die fahrenden Händler. Warum sollten sie Kinder stehlen? Die Leute brauchen immer einen Sündenbock, dem sie alles in die Schuhe schieben. Das ist schrecklich ungerecht!"

Die Kutsche rumpelte über die unebene Straße, und die beiden wurden im Gepäckwagen unsanft gegen die Kisten und Koffer geworfen.

Jukka starrte in die Staubwolke, die hinter dem Gefährt aufgewirbelt wurde.

In ihm hatte sich ein Gedanke festgesetzt, der ihn nicht mehr losließ: Wenn Käpt'n Bittermond wirklich die Landkarte gestohlen hatte und das Gläserne Herz und alle möglichen anderen Dinge, konnte es dann nicht auch sein, dass er einen Jungen gestohlen hatte? Einen Jungen namens Jukka?

Die Grünen Wiesen

Am Nachmittag erreichten sie die Grünen Wiesen, wo heute Jahrmarkt war.
„Ich kopple jetzt den Gepäckwagen ab", verkündete der Kutscher. „Die meisten Waren werden hier abgeladen. Und ihr übrigens auch."
Jukka blieb sitzen. „Wir haben Fahrkarten bis in die Weißen Berge!"
„Dann beschwert euch beim Verein für beleidigte Fahrgäste!", bellte der Kutscher, packte Jukka und zerrte ihn von der Ladefläche.
Bo Knorre zog jaulend den Schwanz ein. Ein paar Meter weiter entfernt stand Fräulein Hoppeduck und beobachtete das Geschehen, während sie ihr Handtäschchen umschlungen hielt, als könne es ihr jeden Moment jemand entwenden.
Jukka riss sich los. „Sie sollten sich schämen!", fuhr er den Kutscher an, der drohend die Hand hob.
Lila winkte ab und zog Jukka mit sich. Sie schien aufgeben zu wol-

len. „Es hat keinen Sinn", sagte sie leise. „Wir werden hier schon eine andere Mitfahrgelegenheit finden."
Sie wandten sich dem großen Feld zu, auf dem unzählige Marktstände aufgebaut waren.
Fräulein Hoppeduck trippelte mit erhobenem Kinn an ihnen vorbei. Ihre hochhackigen Stiefel machten im schlammigen Untergrund Schmatzgeräusche.
„Wo ist hier das Puderzimmer?", fragte sie den Kutscher. „Ich möchte, äh, meine Nase pudern."
„Hä?", machte der Kutscher. „Meinen Sie ein Klo? Gibt's nicht. Gehen Sie hinter den Busch da!"
Fräulein Hoppeduck wurde bleich. „Das ist doch die Höhe!", rief sie schon wieder. „Wieso machen wir nicht an einem ordentlichen Rastplatz Halt?"
„Beschweren Sie sich beim Verein für beleidigte Fahrgäste!", blaffte der Kutscher.
Lila kicherte.
„Gibt es den wirklich?", wollte Jukka wissen. „Den Verein für beleidigte Fahrgäste?"
„Nein", antwortete Lila. „Aber ich habe Lust, ihn zu gründen." Sie forderte Jukka auf, ihr zu folgen, und bahnte sich einen Weg zwischen Kutschen und Wagen auf dem Ladeplatz hindurch mitten hinein ins Marktgeschehen.
Zwischen den Ständen herrschte ein noch größeres Gedränge als in Fliederburg. Große Leute schoben sich an kleinen vorbei, dicke an dünnen. Manche hasteten vollbepackt, andere schlenderten langsam von Stand zu Stand. Wenn ein Hastender auf einen Langsamen traf, der ihm im Weg stand, dann wurden

grobe Worte ausgetauscht, und manchmal gab es auch einen Schubser.

„Geh mir bloß nicht wieder verloren!", warnte Jukka Lila, die sich geschickt durch das Chaos schlängelte.

„Nein, aber ich muss auch mal in das – Puderzimmer." Lila grinste. „Ich geh ins Gebüsch Pipi machen. Halt mal meine Tasche, und rühr dich nicht vom Fleck!" Lila ließ Jukka an einem der Stände am Rande des Feldes stehen.

Auf dem Markt wurde jede erdenkliche Sorte von Obst und Gemüse angeboten, Würste und Schinken, Käse und Milch, Säfte und Weine. Außerdem Woll- und Lederkleidung, Werkzeuge und Geräte aus Holz und Metall, geflochtene Körbe und gezimmerte Kisten, Geschirr und Besteck, Schmuck, Bücher, jedes andere Produkt, das man dringlich brauchen konnte, und eine Menge Zeug, das niemand jemals brauchte, das aber trotzdem gekauft wurde, weil es schön aussah.

Der Stand, an dem Jukka stehen geblieben war, gehörte einem Waffenhändler. Auf seinem Tisch lagen Schwerter und Äxte mit glänzend polierten Klingen. Von der Zeltdecke baumelten Morgensterne mit furchterregenden Stacheln, und in Körben steckten Dutzende Pfeile in unterschiedlichen Längen. Jukka betrachtete das Kriegswerkzeug – ein Schauer lief ihm über den Rücken.

Der Verkäufer, ein Muskelprotz mit dickem Schnurrbart, nickte ihm zu. „Na, was darf's sein, Junge?", rief er. „Wir haben hier handgefertigte Kleindolche, die Jungen wie dir besonders gut in der Hand liegen. Willst du mal probieren?"

Jukka trat einen Schritt näher. „Braucht man dafür nicht irgendein Zertifikat? Eine Waffenerlaubnis oder so?"

Der Waffenhändler lachte lauthals. „Das wäre ja noch schöner! So viel Gesindel wie heutzutage unterwegs ist – da muss man sich doch schützen."

„Und was ist, wenn man selbst zum Gesindel gehört?", fragte Jukka frech.

Der Verkäufer schaute ihn erbost an. „Das ist nicht mein Problem", sagte er. „Willst du jetzt was kaufen oder nicht? Entscheide dich! Rumsteher wie dich kann ich hier nicht gebrauchen."

Jukka wollte tatsächlich etwas kaufen, wenn auch keine Mordwaffe. In einer Kiste am Rande des Standes sah er Rosenkohl.

„Eine weise Entscheidung", meinte der Händler versöhnlich. „Ich habe gehört, dass in letzter Zeit öfter ein Grässgreif gesichtet wurde."

Jukka holte die übrig gebliebenen Goldstücke aus dem Bündel, das Lila ihm überlassen hatte, und bezahlte.

Zwei Minuten später bereute er den Kauf fast. Als Lila nämlich erfuhr, dass von ihrem Geld nur noch ein paar Silbermünzen übrig geblieben waren, wurde sie regelrecht zur Furie.

„Kann man dich denn keinen Augenblick allein lassen?", schimpfte sie. „Wie sollen wir jemals nach Hause kommen, wenn du ständig unser Geld für unnützen Kram ausgibst?"

„Das ist kein unnützer Kram", erwiderte Jukka. „Das ist unsere Verteidigung gegen den Grässgreif."

„Aber ich habe Hunger!", rief Lila.

Genau in diesem Moment wehte eine Brise den köstlichsten Duft herüber, den Jukka je gerochen hatte – jedenfalls kam es ihm so vor. In der Luft lag das Aroma von frischem Brot und gebratenen Zwiebeln, vermischt mit einer Note von Zimt und Zitrone. Jukkas Magen knurrte. Wann hatten sie das letzte Mal etwas anderes als Süßigkeiten und Früchte gegessen?

„Wir haben noch etwas Silber." Jukka streckte Lila die verbliebenen Münzen hin.

Doch als die beiden den Stand erreichten, von dem aus ihnen der köstliche Duft entgegenwehte, stellten sie fest, dass ihr Geld nur für eine einzige, winzige Wurst reichte.

„Siehst du", grollte Lila. „Wir werden verhungern."

Neben Jukka drängte sich eine beleibte Frau durch die Menschenmenge. Sie blieb stehen, weil ihr jemand den Weg versperrte. Sie quetschte Jukka mit ihrem ausladenden Hinterteil fast gegen die Bretterbude, in der eine der Würste nur darauf wartete, dass Jukka und Lila sie kauften. Über den Rücken der Frau hing eine halb offene Tasche, und obwohl Jukka gar nicht hineingucken wollte, tat er es doch und erspähte ein Glitzern und Glänzen: Goldstücke!

Es war so einfach! Jukka musste einfach nur in die Tasche langen und zugreifen.

Die Frau schimpfte mit dem Händler, der ihr im Weg stand. Jukka dachte nur an das Gold. Ein Griff in die Tasche, und all ihre Probleme wären gelöst! Und dann bin ich ebenfalls ein Gauner und ein Halunke, dachte Jukka. Warum auch nicht?

Er streckte die Hand nach der Tasche aus, als plötzlich ein Ruf erklang: „Goldstücke zu gewinnen! Wer schießt unseren Hahn ab? Nur drei Silbermünzen Einsatz!"

Jukka ließ die Hand sinken. „Komm!", rief er Lila zu. „Ich besorge uns jetzt Gold!"

Der Vogel, den man für den Goldmünzengewinn abschießen musste, war zum Glück kein echtes Tier. Es handelte sich um eine Metallscheibe in Form eines Hahns, die auf einer Bretterwand angebracht war.

„Gewinnt diesen Pott voll Gold!", rief ein kleiner Mann in einem Mantel aus bunten Flicken. „Wer den Hahn trifft, sahnt ab!"

„Ein Pott ist das aber nicht", raunte Lila. „Eher ein kleines Töpfchen."

„Aber genug Gold für Essen und unsere Fahrt müsste doch drin sein", sagte Jukka.

Lila kräuselte die Nase. „*Wenn* du triffst! Bist du sicher, dass du das schaffst? Diese Scheibe ist verdammt klein und ..."

„Ich schaffe es", versprach Jukka.

Der Mann mit dem Flickenmantel sammelte ihr letztes Geld ein. Er reichte Jukka eine kleine Schleuder. „Du hast drei Schuss!"

Der erste Schuss ging spektakulär daneben. Der zweite mähte dem Flickenmantelmann fast die Frisur ab.

„Irgendwie liegt das Ding schlecht in der Hand", murmelte Jukka. Lila lief unruhig neben ihm auf und ab. Jukka legte die Schleuder zur Seite, holte seine eigene aus dem Gürtel und suchte auf dem Boden sorgfältig nach einem Stein mit der richtigen Größe und dem richtigen Gewicht.

Er konzentrierte sich. Er spannte das Gummi. Der Stein flog. *Bumm!* Der Metallhahn kippte nach hinten.

„Getroffen!", jubelte Lila. Ein paar Zuschauer klatschten in die Hände.

Auch der Mann im Flickenmantel nickte freundlich. „Gut gemacht, mein Junge. Sehr gut!"

Er nahm das kleine Gefäß mit dem Gewinn in die Hand. Da trat ein hochgewachsener Mann, der bisher im Schatten eines Baumes neben dem Stand gesessen hatte, neben ihn und hielt seinen Arm fest.

„Wir haben einen Gewinner?", fragte er. „Wie schön."

Der kleine Mann mit dem Flickenmantel nickte. „Ein talentierter Junge, Boss."

Der große Mann musterte Jukka. „Und womit hast du geschossen, wenn ich fragen darf?"

„Mit meiner Zwille", antwortete Jukka.

Der Flickenmantelmann schaute irritiert von Jukka zu seinem Chef und wieder zurück.

„Ach", machte der große Mann mit einer theatralischen Geste, „wie außerordentlich schade! Das ist leider verboten. Da hättet ihr das Kleingedruckte lesen sollen." Er zog ein eng bedrucktes Papier aus seiner Westentasche und hielt es Jukka unter die Nase. „Hier steht ausdrücklich: Keine eigenen Waffen!"

„Aber woher hätte ich das wissen sollen?", protestierte Jukka.

„Hat dir der gute Ferdinand etwa nichts von den Regeln gesagt?", fragte der Mann. Den armen Ferdinand im Flickenmantel blaffte er an: „Muss ich dir wieder etwas vom Lohn abziehen, damit du begreifst, was du zu tun hast?" Und zu Jukka: „Tut mir leid, aber es ist die Pflicht des Kunden, sich mit den Regeln auseinanderzusetzen."

„Was bilden Sie sich eigentlich ein?", rief Lila dazwischen. „Mein Freund hat das Gold ganz klar gewonnen. Sie sind ein Betrüger!"

Auch einige der Umstehenden murrten.

„Regeln sind Regeln, und hier stehen sie geschrieben!", blaffte der

große Mann. „Und wer seid ihr überhaupt? Ihr seht aus wie verlauste Gaunerkinder! Schert euch weg, bevor ich euch durchsuchen lasse und euer Diebesgut finde!"
Lila hatte vor Wut ihre Fäuste geballt. „Wir sind keine Diebe!"
Aber Jukka machte einen Schritt zurück. Viel besser als ein Dieb war er jedenfalls nicht. Und in seinem Rucksack befand sich Diebesgut – vermutlich.
„Denk an den Diamanten", flüsterte er Lila zu.
Lila senkte erschrocken die Fäuste.
„Schert euch weg!", rief der große Mann noch einmal.

Lila und Jukka suchten sich einen Platz am Rande der Wiesen, wo sie sich erschöpft im Gras niederließen.
„Ich bin so hungrig", jammerte Lila.
„Tut mir leid, dass ich unser letztes Geld verschleudert hab", sagte Jukka.
„Mit der Schleuder verschleudert", brummte Lila und lächelte traurig. „Du kannst ja nichts dafür."
Eine Weile lang saßen sie schweigend da. Jukka schossen eine Menge Gedanken durch den Kopf: Wie würden sie jetzt in die Weißen Berge kommen? Was würde er dort überhaupt tun? Würde er jemals an den Strand und zu Bittermond zurückkehren? Hatte er überhaupt eine andere Wahl, als irgendeiner dicken Dame die Goldstücke aus der Tasche zu stehlen? Vielleicht hatte Bittermond auch keine Wahl gehabt und deshalb das Gläserne Herz gestohlen? Nur, welchen Grund konnte es geben, einen Helden zu bestehlen?
Jukka vergrub das Gesicht in seinen angewinkelten Knien. Neben

ihm knurrte Lilas Magen so laut, dass er kurz dachte, irgendein wildes Tier habe sich angeschlichen.
„Also gut", sagte Jukka schließlich. „Wir essen jetzt etwas."
Lila schaute überrascht auf. „Haben wir noch Kekse übrig?"
„Nein", gab Jukka zu. „Aber das hier."
Er hielt ihr eine Rosenkohlknospe unter die Nase.
„Iiiiii", machte Lila. „Meinst du das ernst?"
„Sei froh, dass die Grässgreife mit gekochtem Rosenkohl beschossen werden und nicht mit rohem."
„Ich weiß auch warum", entgegnete Lila. „Das riecht widerlich."
Aber dann steckte sie eine Rosenkohlknospe zögerlich in den Mund – und aß sie auf.
Gemeinsam verputzten sie den gesamten Rosenkohl.
„Eigentlich ganz lecker", meinte Lila am Ende.
„Hoffentlich begegnen wir keinem Grässgreif mehr", bemerkte Jukka.
„Immerhin zerfleischt er uns dann mit vollem Magen", sagte Lila und rülpste zufrieden.
„Und wie kommen wir jetzt in die Weißen Berge?", fragte Jukka.
„Ich weiß nicht", murmelte Lila. „Ich bin so müde. Lass uns drüber nachdenken, wenn wir uns ein bisschen ausgeruht haben."
Die Kinder dösten im Schatten der Hecke, an der sie es sich gemütlich gemacht hatten, und irgendwann fiel Jukka in einen tiefen Schlaf. Er träumte von Erdmännchen und Dieben und Grässgreifen. Im Traum duckte er sich unter dem Speer von Leutnant Wüstenfloh. Er floh vor dunklen Stimmen in engen Gassen und entging den scharfen Krallen des Monstervogels um Haaresbreite. Als etwas seinen Fuß packte, schnellte er hoch – die Hand schon

am Gürtel, wo seine Schleuder steckte. Ein bärtiges Gesicht beugte sich über ihn.

„Keine Angst!", rief Lila. „Das ist Anton!"

Jetzt wurde Jukka klar, dass es gar nicht die Hand des bärtigen Mannes war, die an seinem Fuß gerüttelt hatte, sondern Lilas. Jukka rieb sich die Augen.

„Ich habe euch hier liegen gesehen", erklärte der Mann, den Lila Anton genannt hatte. „Das ist doch die kleine Liliana Lasara, hab ich gedacht, ganz ohne Kandidel."

„Anton, der Schmied", stellte Lila den Mann vor. „Wir waren früher öfter zusammen unterwegs."

„Bist du auch ein fahrender Händler?", fragte Jukka.

„Ein fahrender Schmied." Der Mann lachte und klopfte mit seinen großen Händen auf die dicke Lederschürze. Er musterte Lila, die aufgestanden war und den Staub aus ihrem Kleid schüttelte. „Wo ist deine Mutter?"

„Ich bin auf dem Weg zu ihr", erklärte Lila. „Ist eine lange Geschichte. Jedenfalls wurden wir kurzzeitig getrennt und sind eben von einem unverschämten Schreckgespenst aus der Kutsche geworfen worden. Die Kutsche sollte uns eigentlich in die Weißen Berge bringen."

„Ist Kandidel denn wieder mit dem Wagen unterwegs?", fragte Anton. „Ich dachte, sie wollte das fahrende Leben ein für alle Mal an den Nagel hängen?"

Lila seufzte.

„Tja, wer kann es ihr verdenken?", brummte Anton. „Ich hab auch schon das ein oder andere Mal daran gedacht. Aber irgendwie muss man Essen auf den Tisch bringen, nicht wahr?"

Lila nickte.

„Ihr könnt morgen mit mir weiterfahren", bot der Schmied an. „Ich fahre sowieso in Richtung Zunderbusch. Aber jetzt kommt erst mal mit zu den anderen."

Die anderen, das waren die fahrenden Händler, die am Ende der Wiesen ihre Wagen mit den blauen Wimpeln zu einem kleinen Rund aufgebaut hatten.

„Sind denn nicht alle Verkäufer hier fahrende Händler?", fragte Jukka Lila.

„Nein, die meisten Verkäufer sind Bauern aus der Umgebung. Die fahrenden Händler bieten die Dinge an, die von weiter herkommen."

Tatsächlich waren die Stände der fahrenden Händler etwas abseits aufgebaut.

„Die Bauern mögen es nicht, wenn wir direkt neben ihnen verkaufen", erklärte Anton bedauernd. „Und *wir* mögen es nicht, wenn sie Streit mit uns suchen. Also halten wir uns voneinander fern."

„Warum suchen sie Streit mit euch?", fragte Jukka.

„Es ist immer einfacher, mit einem Fremden zu streiten als mit dem eigenen Nachbarn", sagte Anton ernst.

Jukka umschloss die Riemen seines Rucksacks fest mit den Händen. Warum musste man sich überhaupt immerzu streiten?

An den Ständen der fahrenden Händler wurden Säfte und Tinkturen der unterschiedlichsten Arten feilgeboten, außerdem Parfüms und Seifen sowie Wundkräuter und Gewürze. Besucher konnten Gold gegen Münzen aus fernen Landen tauschen und Bücher in fremden Sprachen erwerben. Es gab erlesene Stoffe und kostbare Mineralien zu kaufen, außerdem eingelegten Fisch, gepfefferte Würste und allerlei andere Delikatessen. Auf einer Liege ölte ein Mann seine Kunden ein und massierte ihnen mit seinen kräftigen Armen den Rücken. Ein paar Flötenspieler spielten ihre Liedchen in der Hoffnung, dass man sie dafür mit ein paar Geldstücken belohnen würde.

Jukka und Lila verbrachten den Rest des Tages in der Wagenburg der fahrenden Händler. Sie halfen dabei, Säcke zu schleppen, Seile einzurollen, Ware in Kisten und Fässer zu verpacken und Botendienste für den einen oder anderen zu erledigen.

Als es Abend wurde und der Mond hoch am Himmel stand, hörten sie den Spielleuten zu und knabberten an Brot und Würsten, die über dem Lagerfeuer gebraten worden waren.

Um das Feuer saßen noch lange Frauen und Männer, die sangen und lachten, während Jukka und Lila sich einige Meter entfernt in den Decken einrollten, die Anton ihnen gebracht hatte.

„Es ist doch eigentlich ganz schön hier", fand Jukka. „Vielleicht heuert mich einer der fahrenden Händler als Helfer an?"

„Jeden Tag woanders – das findest du schön?", fragte Lila. „Ich freue mich auf mein eigenes Bett."

„Das liegt daran, dass du ein eigenes Bett hast."

„Jukka", sagte Lila ernst, „du hast auch ein eigenes Bett. Oder willst du Bittermond nie wiedersehen?"

Jukka zögerte einen Moment. „Doch", sagte er leise. „Vielleicht bringe ich ihm das Gläserne Herz – und werfe es ihm an seinen dicken Schädel!"

Räuber

Am nächsten Morgen brachen die fahrenden Händler in alle Himmelsrichtungen auf.
„Bis bald!" und „Gute Fahrt!" wurde über den Platz gerufen.
„Wer weiß, wann man sich wiedersieht", murmelte Lila.
„Ihr habt Glück", sagte Anton, als sein Wagen mit Amboss und Werkzeug beladen war. „Ich fahre fast bis Zunderbusch. Von dort könnt ihr Kandidels Haus in den Weißen Bergen in ein paar Stunden zu Fuß erreichen."
Jukka und Lila sprangen neben Anton auf den Kutschbock, über dem ein blaues Fähnchen wehte. Bo Knorre fiel neben den kräftigen Ponys in einen gleichmäßigen Trab.
Der Wagen ruckelte über die Straße, bog dann in einen Feldweg ein und kam bald in einen lichten Wald, in dem die Sonnenstrahlen durch die grünen Blätter tanzten und flackernde Muster auf den Boden malten. In den Bäumen zwitscherten Vögel. Antons Ponys folgten einer eleganten Kutsche, einer, die Fräulein Hoppeduck sicher gefallen hätte.

„So, Liliana", sagte Anton. „Jetzt erzähl doch mal, wo ihr die ganze Zeit wart – Kandidel und du. Monatelang haben wir euch nicht gesehen. Hatte Kandidel die Fahrerei wirklich satt?"

„Oh", machte Lila.

Doch der Schmied Anton war jene Art Mensch, die ein Gespräch auch ohne Antworten führen konnte: „Wenn ich mich recht erinnere, hat Kandidel doch immer von dieser Bucht gesprochen und von ihrem alten Freund – na, wie hieß er gleich?"

„Winnie Bittermond?", fragte Jukka erstaunt.

„Ja, genau! Winnie!", rief Anton vergnügt. „Bäcker Narbengesicht."

„Oh", machte nun Jukka. „Du kanntest ihn?"

„Aber ja", sagte Anton. „Ich erinnere mich noch an diese köstlichen Törtchen, die er buk – auch nach all den Jahren. Es waren die besten Ananastörtchen, die ich je gegessen habe."

Jukka schluckte. Sein Mund wurde wässrig. Er wusste, von welchen Ananastörtchen Anton sprach.

„Verrückt", murmelte Jukka. „Habe ich jetzt Heimweh nach Törtchen?" Lila warf ihm einen schrägen Blick zu, doch Anton plauderte munter weiter. „Kandidel muss Bittermond damals in der Bäckerei kennengelernt haben. Ewigkeiten ist das her. Damals, als ich noch rank und schlank war." Er tätschelte sich lachend den mächtigen Bauch. „Seitdem habe ich mir wohl ein paar Törtchen zu viel genehmigt. Jedenfalls kaufte Kandidel damals die Kuchen und Kekse der Bäckerei Bittermond und verkaufte sie dann auf den Märkten. Sehr erfolgreich. Aber eines Tages verschwand der junge Bäcker. Man sagte, er habe nicht mehr *Bäcker Narbengesicht* heißen wollen. Doch Kandidel hielt Kontakt, und soweit ich weiß,

haben sie gemeinsam an diesem Strand gewohnt. Das muss gewesen sein, bevor sie deinen Vater kennengelernt hat, Liliana."
Anton schaute sie an. „Nun erzähl du doch mal, ob ihr tatsächlich in Bittermonds Bucht wart."
Lila holte tief Luft, aber bevor sie auch nur ein Wort sagen konnte, begannen die Pferde an der eleganten Kutsche vor ihnen aufgeregt zu wiehern. Im Gebüsch raschelte es, und Sekunden später sprangen sechs Gestalten auf die Straße, die die Kutsche und Antons Wagen umzingelten: fünf Männer mit Säbeln in den Händen und Pistolen im Anschlag sowie eine Frau, die mit einer Armbrust auf den Kutscher zielte.
„Alle aussteigen!", brüllte einer der Männer – ein Glatzkopf mit Lederstiefeln und einer Schafsfellweste.
Anton war kreidebleich geworden. „Räuber!"
„Und eine Räuberin!", wisperte Lila.
„Wird's bald!", brüllte der Glatzkopfräuber. Einer seiner Kumpane, ein hochgewachsener Kerl mit Backenbart, haute mit seinen Fäusten gegen die Außenwand der eleganten Kutsche. Von drinnen erklangen entsetzte Schreie.
„Noch einmal bitte ich nicht so nett!", keifte der Glatzkopf in Antons Richtung und wedelte mit seiner Pistole.
Der Schmied nickte und wies Jukka und Lila hastig an, vom Kutschbock abzusteigen. Der Räuber mit der Glatze, augenscheinlich der Anführer, packte Anton am Arm und schubste ihn zur Mitte der Straße, wohin auch die anderen Reisenden getrieben wurden. In der eleganten Kutsche hatten zwei Herren und eine Dame gesessen, aus deren blassen Gesichtern nun auch der letzte Rest von Farbe gewichen war.

„Keinen Mucks!", rief der Räuberchef. Und seinen Räuberkollegen befahl er: „Leert die Kutsche, und packt alles auf diesen Pferdewagen!"

Die Räuberfrau blieb mit gespannter Armbrust bei den Gefangenen stehen, während die anderen Räuber begannen, das festgeschnürte Gepäck auf dem Kutschendach zu lösen.

„Das könnt ihr nicht machen!", rief Anton. „Wollt ihr etwa meinen Wagen mitnehmen?"

„Und ob wir das können!", höhnte der glatzköpfige Räuberchef. Er lachte laut und stieß Anton mit der Hand vor die Brust.

In diesem Moment wich jegliche Angst, die Jukka eben noch gespürt hatte, einer unbändigen Wut. Was bildete dieser grobschlächtige Glatzentyp sich eigentlich ein? Wie konnte er es wagen, sie – oder irgendjemand anders – zu bestehlen? Wieso kümmerte es ihn einen Dreck, dass sie zitterten und bangten, während er mit seiner Pistole in der Gegend rumwedelte?

„Hör auf!", schrie Jukka und stellte sich dem Räuberchef in den Weg.

„Wer bist du denn, du kleiner Hosenschisser?", rief der Räuber. „Willst du dich mit mir anlegen?"

„Ja, das will ich!", rief Jukka entschlossen und zückte seine Schleuder. Dummerweise, ohne einen Stein oder einen anderen geeigneten Gegenstand zum Schießen parat zu haben.

Bevor er sich umsehen konnte, hatte der Räuberchef ihn am Kragen gepackt und begann ihn zu schütteln.

„Lass ihn los!", rief da Lila.

Sie stürzte vor und trat dem Räuber mit Wucht vor das Schienbein. Der jaulte auf und krümmte sich zusammen. Jukka riss sich los und bückte sich nach einem Stein. Sekunden später schoss er auf den großen Räuber mit dem Backenbart, der sich gerade über Antons Proviantkiste beugte und nach einer Flasche Honigbier griff.

Jukka traf seine Hand. Die Flasche zerbarst auf dem Boden, als der Räuber vor Schmerz aufbrüllte und sie fallen ließ.

„Das gehört nicht euch!", brüllte Jukka.

Er wollte sich schon auf den dritten Räuber stürzen, der Anton festhielt. Doch der Anführer hatte Jukka wieder gefasst, und seine Hände schlossen sich wie Schraubstöcke um Jukkas Arm.

„Schluss mit lustig!", zischte der Räuberchef. „Du hast dich mit dem Falschen angelegt!" Er riss seine Pistole empor und richtete sie auf Bo Knorre, der mit eingezogenem Schwanz zwischen Jukka und Lila stand. „Wenn ich noch einen Laut von euch höre, dann hat der Köter seinen letzten Atemzug getan!"

Der Räuber zielte auf Bo. Jukka wagte nicht, sich zu rühren.

„Macht weiter!", befahl der Anführer den anderen Räubern, und sie fuhren fort, die Koffer von der Kutsche zu Antons Wagen zu schleppen.

„Und jetzt durchsuchen wir euch!", rief der Räuberchef, als sie fertig waren. Er wandte sich an die Damen und Herren aus der Kutsche. „Da dürfte noch das eine oder andere zu holen sein!"

Die Passagiere wurden als Erstes ruppig abgetastet. Dem schmächtigen Herrn mit Spitzbart, der zitterte wie Espenlaub, wurden nicht nur Uhr, Portemonnaie und Hut weggenommen, sondern auch seine Weste und seine feinen Schuhe. Die Dame klammerte sich vergeblich an ihrer Handtasche fest, als die Räuberfrau sie ihr wegriss, ohne mit der Wimper zu zucken.

„Mach deinen Rucksack auf!", befahl der kahlköpfige Räuberchef Jukka, die Waffe weiterhin auf Bo Knorre gerichtet.
Jukka biss auf seine Unterlippe. Alles in ihm sträubte sich dagegen, sich einfach so ausrauben zu lassen. Aber Bo Knorre winselte und schaute ihn mit seinen großen braunen Augen an. Widerwillig öffnete Jukka seinen Rucksack.
In diesem Augenblick ertönte der Schall einer Trompete.
„Gepriesen und halleluja!", stieß die Dame hervor, der die Räuberfrau gerade sämtlich Ringe von den Fingern gezogen hatte.
Zwei bewaffnete Reiter preschten die Straße hinunter.
„Die Patrouille!", rief der zitternde Herr, und dann: „Hilfe, zu Hilfe!"
Der Räuberchef fluchte. „Rückzug!"
Er gab Jukka einen kräftigen Stoß, der ihn zu Boden taumeln ließ. In Sekundenschnelle packten die Räuber ein paar leichtere Beutel und Taschen zusammen, ließen von ihren Opfern ab und verschwanden zwischen den Büschen.
Einer der Reiter trieb sein Pferd in das Dickicht, um die Flüchtenden zu verfolgen. Der andere brachte seinen Schimmel zum Stehen und stieg ab. Er trug einen Lederhelm, einen Harnisch sowie Arm- und Beinschützer und ein langes Schwert an der Seite.
„Sie sind gerade rechtzeitig gekommen!", rief ihm die Dame entgegen. „Sie wollten uns alles wegnehmen!"
„Meine Uhr und mein Portemonnaie haben sie erwischt!", stieß der schmächtige Herr hervor, der nun etwas weniger zitterte. Er klaubte seine Schuhe vom Boden auf.
Der dritte Insasse der Kutsche, ein kleiner dicker Mann mit kaum

einem Haar auf dem Kopf, wies plötzlich auf Anton: „Der steckt mit denen unter einer Decke!"
„Wie bitte?", rief Anton.
„Oh ja!", mischte sich da auch die Dame ein. „Sehen Sie doch, die Räuber haben alles auf seinen Wagen geladen. Und es kann kein Zufall sein, dass sein Wagen genau hinter uns fuhr."
„Haben Sie keine Augen im Kopf?" Lila stemmte erbost die Hände in die Hüften. „Haben Sie nicht gesehen, dass mein Freund versucht hat, uns zu verteidigen, während Sie nur blöd in der Gegend herumstanden?"
„Wie sprichst du mit mir, junges Fräulein?", ereiferte sich die Dame. An den Reiter gewandt, fuhr sie fort: „Hören Sie, wie ungezogen die Göre ist? Ich wette, das sind Räuberkinder!"
Der Reiter schaute von einem zum anderen.
Der kleine dicke Mann zeigte auf Antons Wagen. „Da! Die blaue Fahne! Das sind fahrende Händler. Glauben Sie, die werden von Räubern bestohlen? Die kennen sich doch alle! Das war ein abgekartetes Spiel!"
Der Reiter machte einen Schritt auf Anton zu.
„Was für eine gequirlte Affenkacke!", rief Jukka. „Wir haben nichts mit diesen Räubern zu tun!"
Die Dame hielt sich entsetzt die Ohren zu. „Wo lernen Kinder solch eine Sprache, wenn nicht bei Gaunern?", kreischte sie.
Lila stampfte wütend mit dem Fuß auf. Jukka ballte die Fäuste.
„Durchsuchen Sie sie!", rief der kleine dicke Mann.
Der Reiter schaute unschlüssig hin und her. Dann trat er zu Jukka, der immer noch seinen offenen Rucksack in der Hand hielt, und sagte: „Zeig doch mal, was du da drin hast!"

„Das ist nicht recht", mischte sich Anton ein. Seine Stimme klang müde.

Bo Knorre knurrte. Jukka zog den Rucksack an seine Brust, aber der Reiter griff trotzdem hinein. Er wühlte grob darin herum, obwohl Jukka versuchte, ihn daran zu hindern.

Dann hellte sich das Gesicht des Reiters auf. „Was haben wir denn da?" In der Hand hielt er den Diamanten, den Jukka zum Schutz in ein Tuch gewickelt hatte. Der Reiter schlug das Tuch zurück und hob eine Augenbraue.

„Diebesgut!", kreischte der kleine dicke Mann, der herangewatschelt war, um dem Reiter über die Schulter zu spähen.

Der Reiter richtete sich auf und fragte streng: „Hast du ein Kaufzertifikat?"

„Verhaften Sie ihn!", kreischte der kleine dicke Mann.

Jukka rang nach Worten. Was sollte er sagen? Inzwischen war er ja selbst davon überzeugt, dass der Diamant gestohlen worden war …

Aber dann geschah etwas Unerwartetes – plötzlich hörten sie ein lautes Krächzen und das Brechen von Ästen und Zweigen, und ein riesiger Vogel stob durch das Geäst über ihnen.

„Schon wieder!", rief Lila.

Der Reiter ließ den Diamanten zurück in den Rucksack plumpsen. Der Kutscher und seine Fahrgäste krochen, so schnell sie konnten, unter die Kutsche. Lila, Jukka und Bo Knorre stürzten sich in den Straßengraben.

„Siehst du, Lila", schrie Jukka, „ich wusste doch, dass wir den Rosenkohl nicht hätten essen sollen!"

„Das hättest du dir früher überlegen sollen!", schrie Lila zurück.

Jukka konnte nichts mehr erwidern, denn der Grässgreif war auf der Straße gelandet und sprang Jukka und Lila kreischend hinterher.

„Der hat es auf mich abgesehen!", brüllte Jukka.

Tatsächlich hackte der Grässgreif mit rasender Wut nach ihm, wühlte mit seinen scharfen Krallen den weichen Untergrund auf und zerfetzte mit seinem Schnabel die Äste und Zweige, hinter denen sich Jukka zu verbergen versuchte. Jukka stolperte und fiel rückwärts auf den Boden. Der Grässgreif reckte seinen langen nackten Hals über ihm in die Luft. Verzweifelt riss Jukka mit der linken Hand die Schleuder aus seinem Gürtel. Mit der rechten tastete er nach Steinen, Holz – irgendetwas, das er als Wurfgeschoss benutzen konnte. Doch der Boden war nass und weich, nicht einmal einen harten Erdkrumen fanden seine Finger. Der Grässgreif schlug wild mit den Flügeln. Seine roten Augen glühten, und sein Schnabel blitzte im Sonnenlicht auf wie ein Schwert, das jeden Moment niedersausen würde.

Da griff Jukka in seinen Rucksack, der auf seiner Brust lag, und fühlte den harten Diamanten. Der Vogel bäumte sich auf.

Jukka packte das Tuch mit dem Edelstein und schwang es wie eine Waffe über seinem Kopf. Und genau in dem Augenblick, in dem der Grässgreif ihm seinen messerscharfen Schnabel in den Leib rammen wollte, knallte Jukka ihm den schweren Stein mit aller Wucht gegen den Kopf. Der Vogel taumelte. Doch bevor Jukka sich zur Seite rollen konnte, holte der Grässgreif erneut zu einem gewaltigen Hieb aus. Sein Schnabel sauste nach unten, genau auf Jukkas Brust – und traf den Diamanten, den Jukka fest an sich gepresst hielt.

Der Junge ächzte unter der Kraft des Hiebes. Lila schrie.

Jukka robbte über den feuchten Boden, spürte einen heißen Schmerz, als eine Kralle seine Wade traf. Er hob die Hände über den Kopf, um den nächsten Hieb abzuwehren – und blieb schwer atmend liegen, als der Angriff ausblieb.

„Komm her, Vögelchen!", rief der Reiter, der sich vom ersten Schreck erholt haben musste. Er hatte seinen Bogen gespannt und ließ soeben einen Rosenkohlpfeil durch die Luft zischen.

Der Grässgreif fuhr herum. Mit einem Satz sprang er zurück auf die Straße. Die Ponys vor Antons Wagen bäumten sich wiehernd auf und rasten dann mitsamt ihrem schweren Gespann an der Kutsche vorbei, die Straße hinunter. Anton rannte ihnen hinterher.

„Komm!", rief Lila. Sie packte Jukka am Arm.

Der rappelte sich trotz des Schmerzes, der durch sein verletztes Bein schoss, auf, und gemeinsam schlugen sie sich durchs Gebüsch, durch Dornen und Stacheln. Sie rannten so schnell sie konnten durch den Wald. Rannten und rannten, bis sie die Straße nicht mehr sehen konnten und weder Räuber oder die Patrouille noch den Grässgreif oder den kleinen dicken Mann hörten.

Jukka blieb stehen und rang nach Luft. Bo Knorre winselte.

„Dieser verdammte Vogel!", rief Lila. „Langsam glaube ich, du hast recht. Der verfolgt uns!"

Jukka stöhnte leise, und Lila bemerkte das Blut, das an seinem Bein hinunterlief. Erschrocken kniete sie sich neben ihm hin.

„Lass mal sehen!" Sie inspizierte die Wunde an seiner Wade. „Zum Glück nicht tief, aber wir sollten sie verbinden." Sie schaute

sich suchend um. Jukka hielt immer noch das Tuch mit dem Diamanten in der Hand. „Gib mir das!", sagte Lila.
Jukka faltete das Tuch auseinander – und riss erstaunt die Augen auf: Der Diamant in seiner Hand war unter dem Schnabelhieb des Grässgreifs in Dutzende kleine Stücke zersplittert.
„Egal", sagte Lila, „das Ding bringt uns sowieso nur in Schwierigkeiten."
„Allerdings", stimmte Jukka zu, stopfte die Splitter in seine Hosentasche und reichte Lila das Tuch. „Ich hab echt die Nase voll. Was haben eigentlich alle gegen uns?"
„Was weiß ich! So ist das eben, wenn man unter dem blauen Wimpel fährt." Sie band das Tuch fest um Jukkas verletzte Wade. Jukka biss die Zähne zusammen. „Aber warum?", fragte er.
„Kandidel sagt immer, dass die Menschen jemanden suchen, der anders ist als sie, dem sie alles Schlechte in die Schuhe schieben können. Und wenn dieser Jemand auch noch ein Fremder ist, wie die fahrenden Händler, die nie lange an einem Ort bleiben, dann klappt das umso besser. Die Menschen mögen nicht, wenn jemand anders ist. Das hat wohl auch Bäcker Narbengesicht gespürt."
Jukka belastete vorsichtig sein verbundenes Bein, und sie setzten langsam ihren Weg fort.
„*Räuber* Narbengesicht wäre ein passenderer Name für den Käpt'n", sagte Jukka. „Jetzt weiß ich, was Räuber sind, und mit Räubern will ich nichts zu tun haben. Vielleicht droht auch Bittermond mit Pistolen, wenn er seine Diamanten stiehlt?" Wütend trat Jukka gegen einen morschen Ast, der ihm im Weg lag.
„Das kann ich mir nicht vorstellen", entgegnete Lila leise.

„Ach ja?", grollte Jukka. „Und kannst du dir vorstellen, woher er *mich* hat, der feine Bittermond? Vielleicht gibt es ja doch Räuber, die Kinder stehlen."

Lila stieß einen langen Seufzer aus. „Ich weiß es nicht. Ich weiß nur, dass Kandidel nichts von dir erzählt hat, bevor wir an den Strand kamen. Gleich am ersten Tag hab ich sie gefragt, und sie hat gesagt, sie wisse nicht, wer du bist. Und dass der Käpt'n es schon erzählen werde, wenn er es wolle."

„Scheinbar wollte er nicht", brummte Jukka.

„Wir werden Kandidel fragen, wenn wir bei ihr sind", schlug Lila vor. „Wir haben allerdings ein Problem."

„Was denn?", fragte Jukka und blieb stehen.

„Ich habe nicht die geringste Ahnung, wo wir gerade sind!"

Im Drachenwald

Sie hatten sich verlaufen. In welche Richtung sie auch schauten – überall nur Bäume und Büsche. Ein Weg war nirgends zu entdecken. Lila blinzelte nach oben durch das dichte Blätterdach des Waldes. Es war still. In der Ferne hörten sie leise Vogelstimmen und das Surren von Insekten.

„Nach dem Stand der Sonne müsste dort Norden sein", stellte Lila fest. „Und im Norden liegen die Weißen Berge. Ich finde, wir gehen einfach dort lang, bis sich der Wald lichtet, und dann können wir die Berge sicher sehen."

„Bist du sicher?", fragte Jukka.

„Nein. Aber hast du eine bessere Idee?"

Hatte Jukka nicht. Also liefen sie weiter, schlugen sich durch Unterholz und Gestrüpp, kletterten über umgefallene Baumstämme, sprangen über Bächlein und kämpften sich zwischen moosbewachsenen Felsen hindurch. Sie liefen Stunde um Stunde, aber der Wald lichtete sich nicht, und die Weißen Berge waren auch nicht in Sicht.

Lila wurde von Minute zu Minute missmutiger. „Jetzt haben wir schon wieder keinen Proviant", murrte sie. „Alles, was ich wollte, war eine angenehme Kutschfahrt nach Hause. Stattdessen blüht mir die nächste Hungertour."
Im Vorbeigehen rupfte sie Blätter und dünne Zweige von den Büschen. „Ich will nach Hause", jammerte sie zwischendurch.
„Ja, sei froh, dass du ein Zuhause hast", sagte Jukka.
„Hör bloß auf", schnappte Lila. „Wenn du und dein Räuber Narbengesicht nicht wären, säße ich schon längst gemütlich an unserem Kamin in den Weißen Bergen."
Jukka hob einen Stock auf und schleuderte ihn ins Dickicht.
„Wenn wir nicht wären, würdest du ohne einen Freund in Kandidels Wagen hocken und dich darüber ärgern, wie gemein die Menschen sind."
„Gemeiner als ein Kinderdieb kann wohl kein Mensch sein!", fauchte Lila.
Da blieb Jukka stehen und fragte: „Wer sagt, dass Bittermond ein Kinderdieb ist?"
„Na, du sagst das!", gab Lila zurück.
Die beiden starrten sich böse an.
„Was ist denn mit euch los?", quäkte da ein dünnes Stimmchen von irgendwoher.
Jukka sah sich suchend um. „Hast du das auch gehört?"
Lila nickte. Sie suchte den Boden zu ihren Füßen ab.
„Warum streitet ihr euch an so einem schönen Tag?", war da wieder das Stimmchen zu hören.
„Woher kommt das?", fragte Jukka, und Lila drehte sich einmal im Kreis.

„Hier!", piepste die Stimme. „In der Astgabel."
Links neben Jukka wuchs eine junge Buche, und ungefähr auf Augenhöhe winkelte sich ein Ast ab. Und dort in der Astgabel saß ein – Ding.
„Hallo!", quiekte das Wesen vergnügt, als Jukka es entdeckt hatte.
Das handgroße Tierchen glich einer Eidechse. Seine braungrüne schuppige Haut war zwischen den Blättern und der Borke kaum auszumachen. Auf seinem Rücken und bis an die Schwanzspitze reihten sich kleine spitze Zacken aneinander. Und als das merkwürdige Tierchen sein Maul zu einem Grinsen verzog, entblößte es eine Doppelreihe winziger scharfer Zähne.
„Wieso streitet ihr euch denn?", fragte das Eidechsending neugierig. „Es ist doch sooo schön und warm heute."
„Wir streiten uns nicht", brummte Lila. „Wir sind auf dem Weg nach Zunderbusch am Fuße der Weißen Berge."
„Und wieso habt ihr dann so wütend geschaut, wenn es gar kein Streit war?"
Lila blickte auf ihre Schuhspitzen. „Manchmal wird man eben wütend. Aber man meint es nicht so. Oder?" Sie schaute aus den Augenwinkeln zu Jukka. Der fuhr sich mit der Hand durchs Haar und nickte.
Das Tierchen sah jetzt von einem zum anderen. „Da bin ich aber froh", piepste es. „Wenn *ich* einen Freund hätte, würde ich mich niiiemals streiten."
„Wer's glaubt, wird selig", murmelte Lila.
„Hast du denn keine Freunde?", fragte Jukka.
„Leider nicht", sagte das kleine Eidechsentier und plinkerte mit

seinen großen Augen. „Aber einen wunderschönen Wald und eine tolle Höhle und leckeres Essen gibt es hier."
„Ach ja?" Jukka legte den Kopf zur Seite. „Wo denn?"
„Na hier!" Die lange rote Zunge des Tierchens schnellte hervor, und es leckte eine winzige grüne Wanze vom Ast.
„Wir verschwenden unsere Zeit mit dieser Eidechse", raunte Lila und zog an Jukkas Ärmel.
Jukka nickte bedauernd.
„Moment!", schrie da das Tierchen. „Wenn ihr in die Weißen Berge wollt, seid ihr hier völlig falsch!"
Lila kniff die Augen zusammen. „Weißt du, wo wir langmüssen?"
„Natürlich!" Dann verschränkte das kleine Wesen seine Vorderkrallen und sagte gar nichts mehr.
Lila blickte zum Himmel.
„Willst du uns vielleicht sagen, wie wir nach Zunderbusch kommen?", fragte Jukka.
Das Tierchen streckte seine Schnauze in die Luft. „Nö."
Lila wandte sich zum Gehen.
„Deine Freundin hat mich beleidigt!", schrie das Eidechsenwesen.
„Wer mich beleidigt, dem helfe ich nicht!"
„Hä?", machte Lila. „Ich kann dich gern beleidigen, du Regenwurm mit Beinen, aber bisher habe ich es noch nicht getan."
„Hey", sagte Jukka beschwichtigend und blickte Lila tadelnd an. „Lila wollte dich sicher nicht kränken."
„Komm jetzt endlich", knurrte Lila.
„Sie hat mich Eidechse genannt!", schrie die Nichteidechse. „Ich bin keine Eidechse!"
Lila verdrehte die Augen. „Was bist du dann? Ein Lurch?"

Das Tierchen plusterte sich auf. „Ich bin kein Lurch, junge Dame. Ich bin ein Drache!"
Lila verschränkte die Arme. „Na sicher."
Der Eidechsendrache reckte sich und faltete zwei transparente Flügel aus. Damit schwang er sich empor auf den Ast genau über Lilas Kopf.
„Bist du ein Zwergdrache?", fragte Jukka.
„Nein", antwortete der Drache stolz. „Ich bin bloß sehr klein. Gestatten: Smirnik, der wahrscheinlich kleinste Drache der Welt!"
„Ich dachte, Drachen seien ausgestorben", bemerkte Lila.
„Also, ich bin quicklebendig", entgegnete Smirnik fröhlich und flatterte mit den Flügeln.
„Dann kannst du uns doch jetzt zeigen, wie wir nach Zunderbusch kommen, oder?", bat Jukka freundlich.
Der Minidrache reckte den faltigen Hals und schien zu überlegen.
„Ich würde viel lieber etwas mit euch spielen."
Lila ächzte.
„Verstecken!", kreischte Smirnik – und plötzlich war er verschwunden.
„Lass uns gehen", sagte Lila.
„Nein", sagte Jukka. „Wir wissen doch überhaupt nicht, wohin. Außerdem tut er mir leid." Jukka suchte mit den Augen das Dickicht ab. Der kleine Drache baumelte an seinem Schwanz zwischen ein paar vertrockneten Blättern.
„Du bist sehr gut getarnt", sagte Jukka.
„Oh ja, ich habe ein Talent fürs Tarnen", bestätigte der Drache.
„Und hast du zufälligerweise auch ein Talent fürs Wegweisen?", fragte Jukka vorsichtig nach.

„Natürlich", antwortete Smirnik. „Ich kenne sogar eine tolle Abkürzung nach Zunderbusch. Aber ihr wollt wohl nicht jetzt schon gehen?"

„Doch!", rief Lila.

„Aber nein", sagte Jukka und blinzelte ihr zu. „Ich möchte Fangen spielen!"

Der Drache jauchzte, und Lila protestierte: „Ich sterbe bald vor Hunger!"

„Hör zu, Smirnik", erklärte Jukka, „du fliegst voran und zeigst uns den Weg, und wir versuchen dabei, dich zu fangen."

Damit war der kleine Drache einverstanden. Er flatterte zwischen Farnen und Ranken hindurch, und Jukka und Lila sprangen ihm hinterher.

„Fangt mich doch!", quiekte Smirnik.

Bo Knorre bellte laut.

„Nicht so schnell!", rief Jukka.

Der Drache machte einen Looping in der Luft und wich Lilas Griff geschickt aus. Er sauste unter einem umgekippten Baumstamm hindurch und dann in halsbrecherischem Tempo an einem Felsen vorbei.

„Ich kann nicht mehr!", japste Jukka irgendwann. Die Wunde an seinem Bein schmerzte.

Smirnik ließ sich auf einem großen Stein nieder und lachte.

„Ist das ein Spaß mit euch! Ich wünschte, das könnten wir jeden Tag tun!"

Lila brummte. „Weißt du noch, dass du uns den Weg zeigen wolltest?"

Der Drache verzog das Maul. „Kein Sorge. Wir sind gleich da."

Lila sah sich um. Sie befanden sich immer noch tief im Wald. „Es sieht nicht so aus, als wären wir in der Nähe von Zunderbusch."

„Deine Freundin scheint oft schlechte Laune zu haben", bemerkte der kleine Drache spitz. „Zum Glück bin ich ein Meister im Aufmuntern."

Jukka nickte. „Das bist du bestimmt. Und am meisten aufmuntern würde es Lila, wenn du uns den richtigen Weg zeigen würdest."

„Hab ich doch!", rief Smirnik und deutete mit seiner Kralle auf einen Busch vor einer hohen Felswand. „Ein Busch! Der brennt wie Zunder!"

Lila schaute zum Busch, dann zu dem kleinen Drachen und wieder zurück zu dem dichten Gewächs. „Willst du uns reinlegen?", zischte sie. „Wir wollen nicht zu irgendeinem vertrockneten Busch, sondern in das Dorf am Fuße der Weißen Berge!"

Der Drache kicherte. „Ach, und ich dachte, ihr sucht einfach einen geeigneten Busch, aus dem ihr euch ein schönes warmes Feuerchen für die Nacht machen könnt."

Mit einem schnellen Griff hatte Lila den kleinen Drachen gepackt und hielt seinen Leib fest in ihrer Faust. „Du Biest!"

„He!", rief der Drache und versuchte sich windend zu befreien. „Das kitzelt! Hohoho, lass mich los, du kitzelst mich so!"

„Sag uns jetzt, wo wir langmüssen!", rief Lila wütend. „Sonst zerquetsche ich dich!"

„Lila!", bremste Jukka sie. „Tu ihm nicht weh!"

„Hohoho! Sie tut mir gar nicht weh!", kreischte Smirnik vor Vergnügen. „Sie kitzelt mich nur so!"

„Argh!", machte Lila und ließ den kleinen Drachen los. „So ein nutzloses Vieh!"

Dann flatterte der kleine Drache wieder zu dem Felsen und schüttelte sich heftig. „Hohoho …!", hörte man ihn immer noch lachen. „Ihr seid ja so lustig!"

„Lieber Smirnik …", bemühte sich Jukka, der jetzt ebenfalls langsam die Geduld verlor.

Doch der Drache unterbrach ihn. „Beruhigt euch! Ich habe nur Spaß gemacht. Der Weg führt von *hier* nach Zunderbusch." Er zeigte mit seiner Kralle wieder auf das Gebüsch. „Schiebt den Busch mal zur Seite!"

Jukka trat zu der Felswand und – tatsächlich, das Gewächs war nicht in der Erde verwurzelt, sondern ließ sich zur Seite wenden. Dahinter kam eine Öffnung im Gestein zum Vorschein, die von einer eisernen Tür versperrt war.

„Bitte schön!" Der Drache lachte. „Dieser Tunnel führt geradewegs nach Zunderbusch."

„Bist du sicher?", fragte Lila misstrauisch.

„Natürlich bin ich sicher", sagte der Drache. „Ich war selbst schon drin. Die Jäger benutzen ihn, wenn sie in den Wald gehen. Manchmal lassen sie die Tür offen stehen, wenn sie hier ein Feuerchen machen." Er wies zu einer Feuerstelle ein paar Meter weiter auf einer kleinen Lichtung. „Ihr habt Glück, die Jäger müssen wohl gerade im Wald sein, sonst wäre die Tür von innen verschlossen."

„Glück?", schimpfte Lila. „Du hast uns also hierhergeführt, ohne zu wissen, ob wir überhaupt in den Tunnel reinkommen!?"

Smirnik schnaubte beleidigt. „Die Alternative ist ein dreitägiger

Fußmarsch durch die Schwarze Klamm – wäre dir das lieber?
Außerdem hab ich immer Glück!"
„Ja, weil du so viel Glück hast, bist du wohl auch so klein und hast keine Freunde", knurrte Lila.
„Seid friedlich!", beschwichtigte Jukka die beiden. „Wir haben ein ganz anderes Problem. Die Tür ist zu!" Jukka begutachtete die beiden Flügel der Tür, in deren Mitte zwei eiserne Ösen durch mehrere dicke Seile verbunden waren.
„Diese Knoten bekomme ich nicht auf. Und ich kenne *alle* Seemannsknoten."
„Lass mich mal", drängte Lila. Sie versuchte mit ihren Fingernägeln die Knoten zu lösen. Vergeblich.
„Hast du kein Messer in deinem Rucksack?", fragte der Drache.
Jukka schüttelte den Kopf.
„Eine Schere? Oder irgendetwas Spitzes?"
„Auch nicht."
Die drei überlegten. Bo Knorre sprang bellend gegen die Tür.
„Feuer!", rief Lila da. „Wir können die Seile einfach wegbrennen."
„Oh ja!", quietschte Smirnik und klatschte in die Vorderkrallen.
„Habt ihr einen Feuerstein im Rucksack?"
„Äh – nein", sagte Jukka.
„Habt ihr überhaupt irgendetwas Nützliches dabei?"
Das fragte sich Jukka langsam auch.
Doch Lila hatte eine Idee. „Du bist ein Drache!", rief sie. „Du kannst Feuer speien!"
Da verfärbte sich Smirniks Gesicht rosa. „Das kann ich leider nicht", flüsterte er.
Lila stöhnte. „Wieso denn nicht?"

„Es ist nicht meine Schuld!", quietschte der Drache. „Wie jeder weiß, brauchen Drachen zum Feuerspeien einen Drachenstein."
„Tatsächlich?", fragte Jukka.
„Natürlich. Und Drachensteine sind viel zu groß für mich. Deswegen ist es mir nie gelungen, ein Fünkchen zu schlagen. Ich glaube … ihr müsst durch die Schwarze Klamm gehen."
Doch da rief Jukka aufgeregt: „Das müssen wir nicht! Ich habe einen Drachenstein für dich!"
„Tatsächlich?", fragte der Drache.
Jukka zog den zerbrochenen Diamanten aus seiner Hosentasche. Im Sonnenlicht funkelten die Splitter auf seiner Handfläche. Smirnik schwirrte über Jukkas Hand in der Luft. „Winzige Drachensteine!", murmelte er ehrfürchtig.
Lila nahm eines der Bruchstücke und hielt es dem Drachen hin. „Kannst du damit Feuer machen?"
Der Drache hielt den Stein vorsichtig in seinen Krallen. Tränen traten in seine großen Augen.
„Oh, ihr wunderbaren Kinder!", säuselte Smirnik. „Ihr macht mich zum glücklichsten Drachen der Welt, ihr seid meine besten Freunde!"
„Hör auf zu schwatzen und mach lieber Feuer!", drängte Lila.
Smirnik landete auf einem Ast. Dann holte er tief Atem, hielt sich den Diamantsplitter vors Maul und ratschte ihn an seinen scharfen Zähnen entlang. Er atmete aus, und schon stieß eine kleine Flamme zwischen seinen Lippen hervor.
Jukka klatschte in die Hände. Smirnik verbeugte sich lächelnd.
„Ich werde euch ewig dankbar sein! Endlich kann ich Feuer spucken."

„Ja, ja", sagte Lila, „und jetzt die Tür!"
Der Drache schürzte die Lippen und blinzelte.
„Das schaffst du!", ermunterte ihn Jukka.
„Nein."
„Was soll das heißen?", rief Lila. „Nein?"
Smirnik schnüffelte. „Ich will nicht!"
Lila stieß einen unkontrollierten Schrei aus, und Jukka fühlte sich auf einmal unendlich müde. Würden sie jemals ihr Ziel in den Weißen Bergen erreichen? Er sank im Gras nieder. Lila rüttelte wütend an der Tür.
Smirnik setzte sich auf Jukkas Knie. „Ihr seid meine einzigen Freunde", piepste er. „Da kann ich euch doch nicht einfach ziehen lassen."
Lila betrachtete den Drachen einen Moment lang schweigend. Dann hockte sie sich neben Jukka und den Drachen. „Smirnik", sagte sie langsam. „Wahre Freunde lässt man selbst entscheiden, was sie machen wollen."
Smirnik sah hoffnungsvoll auf. „Entscheidet ihr euch, bei mir zu bleiben?"
Lila stöhnte. Aber Jukka hatte eine Idee. Er nahm den Drachen vorsichtig in die Hand, beugte sich vor und flüsterte ihm etwas ins Ohr. Smirnik lauschte, dann hellte sich seine Miene auf, und er nickte.
„Oh ja!", rief er freudig, während Lila verständnislos den Kopf schüttelte.
Ohne die beiden weiter zu beachten, flog der kleine Drache in einem eleganten Bogen zum versperrten Eingang des Tunnels, wiederholte dort die Prozedur mit dem Drachenstein und setzte

die Seile in Brand. Minuten später waren die Fasern verbrannt, die Ösen lösten sich voneinander, und die Türen sprangen auf. „Bitte schön!", jubelte Smirnik und verstaute den winzigen Drachenstein in einer Hautfalte unter seiner Achsel. „In einer halben Stunde seid ihr in Zunderbusch."

Der Admiral

Im Tunnel roch es nach Moder und Schimmel.
„Hoffentlich geht es hier wirklich nach Zunderbusch", murrte Lila. In der Hand hielt sie einen Ast, den sie an den brennenden Seilen angezündet hatte. Im Schein des Feuers bahnten sie sich ihren Weg durch den schmalen kalten Tunnel, der zum Glück hoch genug war, dass sie bequem darin stehen konnten. Er führte erst aufwärts, dann wieder nach unten und um einige Kurven. Plötzlich war es stockdunkel. Bo Knorre winselte.
„Ich musste die blöde Fackel fallen lassen", schimpfte Lila. „Sonst hätte sie mir die Hände verbrannt."
Jukka trat die Glut aus. „Komm, wir tasten uns an den Wänden entlang."
„Was hast du dem nervigen Drachen eigentlich eben gesagt?", wollte Lila wissen.
„Dass er nach Fliederburg fliegen und dort in der dunkelsten Gasse nach dem dunkelsten Haus suchen und nach Trüb Manup fragen soll. Der könnte einen Freund mit guter Laune gebrauchen."

Lila lachte laut auf. „Gute Idee!"

Vorsichtig tasteten sich die beiden weiter. Als sie die Hoffnung auf ein Ende des Tunnels schon fast aufgegeben hatten, nahmen sie in der Ferne einen schwachen Lichtschein wahr.

„Das muss der Ausgang sein! Ich glaub, wir haben es bald geschafft!", rief Lila erleichtert.

Und ein paar Minuten später konnten sie tatsächlich den offenen Ausgang am Ende des Tunnels erkennen.

Als sie aus dem Tunnel traten, standen sie auf einem Weg, an den ein paar Meter weiter ein Zaun angrenzte – und dahinter weiße Häuser mit roten Dächern und grünen Gärten.

„Komisch, dass mir nie jemand etwas von diesem Tunnel erzählt hat", bemerkte Lila. „Wir sind jetzt fast zu Hause."

Sie wies den Weg hinauf: „Einmal durch Zunderbusch, und dann geht es hoch in die Berge. Das sollte nicht mehr als zwei Stunden dauern."

„Na, dann los!", meinte Jukka entschlossen, obwohl sein Bein immer noch schmerzte.

Lila führte Jukka durch das Dorf, an kleinen Häusern und größeren Gehöften vorbei, über die gepflasterte Hauptstraße und einen Marktplatz bis zum Ortsrand, wo nur noch vereinzelt Gebäude standen.

„Da vorn beginnt der Pfad in die Weißen Berge", erklärte Lila.

Sie liefen gerade am letzten Haus des Dorfes vorbei. Im Vorgarten saß ein älterer Herr in einem Schaukelstuhl. Er trug einen Tagesmantel, der an der Hüfte mit einer Kordel zusammengebunden war, und rauchte ein Pfeifchen. Sein Haar war weiß, und die Enden seines Schnurrbarts waren auffällig gezwirbelt.

Jukka wurde langsamer. Er rieb sich sein verletztes Bein.
„Was ist denn?", fragte Lila. „Kannst du noch?"
„Es geht schon. Aber der Herr da kommt mir so bekannt vor", überlegte Jukka. „Kennst *du* ihn?"
Jukka trottete Lila hinterher, die schon ein paar Schritte vorausgegangen war. „Nein, aber ich bin ja auch nicht so oft hier", sagte Lila. „Muss der neue Besitzer des Hauses sein."
„Komisch", grübelte Jukka. „Ich könnte schwören, dass ich ihn schon mal gesehen hab."
„Wo denn? Ich dachte, ihr hattet nie Besuch am Strand? Wahrscheinlich hast du vor lauter Hunger und Anstrengung schon Wahnvorstellungen."
In diesem Augenblick stieß Bo Knorre ein lautes Winseln aus. Lila drehte sich um. „Was ist?", fragte sie den Hund besorgt. Der winselte jetzt noch lauter und humpelte langsam auf sie zu. Seine rechte Vorderpfote setzte er nicht auf.
„Oh nein", sagte Lila und kniete sich nieder. „Er kann nicht mehr laufen." Sie untersuchte seine Pfote. „Er ist in einen Dorn getreten."
Jukka hockte sich nun ebenfalls in den Staub. Er hielt Bos Pfote, während Lila versuchte, den Stachel zu entfernen. Es war ein daumengroßer Dorn von einer der Ranken am Wegesrand, der tief in seinem Fleisch steckte.
„Ich krieg ihn nicht zu fassen!", rief Lila verzweifelt.
Die Pfote blutete. Bo Knorre ließ sich auf sein Hinterteil fallen und stieß ein herzzerreißendes Heulen aus. Da setzte sich auch Lila auf die staubige Straße. Sie begann zu weinen.
Jukka griff erschrocken an ihre Schulter. „Was ist mit dir?"

„Ach, nichts", schniefte Lila. „Ich kann nicht mehr. Und ich vermisse Kandidel so."
„Aber gleich sind wir doch bei ihr", tröstete Jukka sie.
„Sind wir das?", schluchzte Lila. „Es kommt ja immer etwas dazwischen! Ich hab das Gefühl, wir werden niemals zu Hause sein. Und wo ist Kandidel bloß? Wieso sucht sie mich nicht?"
Jukkas Kehle brannte plötzlich. „Wenigstens weißt du, dass sie dich nicht gestohlen hat", sagte er mit rauer Stimme.
„Ich wünschte, mich würde jemand stehlen", stieß Lila hervor, „dann täte es Kandidel vielleicht leid!"
„Wer stiehlt hier jemanden?", fragte da eine Stimme.
Lila und Jukka schauten auf. Der Herr, den sie eben im Vorgarten gesehen hatten, war aufgestanden und zu ihnen gekommen.
„Niemand", murmelte Lila und wischte sich ihre Tränen weg.
„Unser Hund ist verletzt", erklärte Jukka.
Der Herr kniete sich leise ächzend neben Bo Knorre auf den Boden und nahm vorsichtig die verletzte Pfote in die Hand. „Ei, ei, ei, das sieht böse aus", sagte er. „Ich hole eine Pinzette. Damit könnte es gehen."
Der Herr verschwand für einen Moment in seinem Haus und kam dann mit einem Köfferchen in der Hand wieder zurück. Als er es aufklappte, kamen darin Pflaster, Verbände, Spritzen, Salben und allerlei Fläschchen zum Vorschein.
„Sind sie Arzt?", fragte Lila.
Der Herr lachte. „Nein, ich bin Admiral Arvi. Als Seemann war ich oft auf mich allein gestellt. Da hat man einen Notfallkoffer immer parat."
Er holte eine große Pinzette aus dem Koffer. Lila hielt Bo Knorres

Vorderlauf, Jukka streichelte ihm über den Kopf. Vorsichtig packte der Admiral den Dorn mit der Pinzette und zog ihn langsam heraus. Der Hund jaulte. Dort, wo der Dorn gesessen hatte, klaffte ein Loch im Fleisch, das nun heftig blutete.
„Die Pfote müssen wir verbinden", brummte Admiral Arvi.
„Sie kommen mir so bekannt vor", platzte es da aus Jukka heraus. Der Admiral sah auf und musterte Jukka. „Tatsächlich?", fragte er gedankenverloren. Er betrachtete den Jungen eingehend. „Fast ist mir, als hätte ich dich auch schon mal gesehen."
„Hu?", machte Lila überrascht. „Sie sind doch neu hier, oder? In diesem Haus hat letztes Jahr noch die alte Maja gewohnt."
„Ja." Der Admiral nickte. Er wickelte den Verband fest um Bo Knorres Bein. „Mein Freund Bernard und ich haben das Haus gekauft, nachdem Maja zu ihrer Tochter gezogen ist. Ein schönes Dörfchen ist das hier."
„Ich wohne nicht hier unten", erklärte Lila. „Unser Haus liegt da oben, den Pfad hoch."
„Und da wollt ihr jetzt rauf?", fragte der Admiral. „Ich fürchte, das schafft dein Hund nicht."
Lila ließ Bo Knorres Pfote los. Der Hund versuchte, seinen Fuß aufzusetzen, und zuckte zusammen. Er schaute Lila gepeinigt an.
„Oh nein", klagte Lila. „Wie sollen wir ihn nur nach Hause bringen?"
„Bernard ist mit unserem Pferdewagen in der Stadt." Der Admiral richtete sich auf. „Deswegen kann ich euch nicht fahren. Aber wenn ihr wollt, könnt ihr den Hund bei mir lassen und ihn später abholen."
Lila betrachtete Bo Knorre mit sorgenvollem Blick und wandte

sich an Jukka. „Wir brauchen zu Fuß etwa zwei Stunden bis nach Hause", sagte sie. „Dann könnten wir mit dem Pferd herkommen und Bo abholen."
Bo Knorre bellte – so, als ob er zustimmen wollte.
„Herr Admiral", fragte Jukka, „würden Sie das wirklich tun?"
Der Admiral nickte und lächelte. „Liebend gern. Euer Hund ist bei mir gut aufgehoben. Wir sollten ihn aber ins Haus bringen."
Lila und Jukka trugen Bo Knorre durch den Vorgarten ins Haus.
„Hier entlang", wies der Admiral ihnen den Weg durch den Flur. An der Decke hingen überall kunstvoll verzierte gusseiserne Lampen in den unterschiedlichsten Größen und Formen. Lila betrachtete sie bewundernd.
„Wofür brauchen Sie so viel Licht?", fragte Jukka.
Der Admiral lachte. „So viel Licht brauchen wir nicht. Mein lieber Bernard ist ein wahrer Künstler. Er stellt die Lampen in unserer Werkstatt her und verkauft sie im ganzen Land. Allerdings würden sie sich wahrscheinlich besser verkaufen, wenn sie ein wenig heller leuchteten."
Sie ließen Bo Knorre auf dem Teppich vor dem Kamin nieder. Der Admiral brachte eine Schüssel mit Wasser, aus der Bo gierig trank. „Bestimmt finde ich auch noch etwas zu fressen für ihn in der Speisekammer."
„Das ist sehr nett", bedankte sich Lila. „Wir beeilen uns."
Sie gab Jukka ein Zeichen zum Aufbruch, doch der war wie erstarrt vor einem Porträt stehen geblieben, das über dem Kamin hing.
„Brauchst du eine Pause?", fragte Lila. „Wegen deinem verletzten Bein? Dann gehe ich allei…"

„Das ist es nicht!", stieß Jukka hervor. Er zeigte auf das Gemälde, das in einem goldenen Rahmen hing. Darauf war der Admiral in Uniformjacke und Kapitänsmütze zu sehen. Lila schnappte nach Luft. Um den Hals des gemalten Admirals hing an einem blauen Band ein Gläsernes Herz!

„Wir haben Ihr Bild in Fliederburg gesehen!", rief Jukka aufgeregt. „Daher kenne ich Sie! Sie sind einer der Helden! Ihnen wurde ein Gläsernes Herz verliehen!"

Der Admiral schmunzelte. „Ja, ich hatte einmal ein Gläsernes Herz. Als Kapitän der königlichen Flotte habe ich es vor vielen Jahren verliehen bekommen. Für meinen Mut bei der Schlacht in der Silberbucht." Er lachte leise. „Dabei gibt es so viel mutigere Menschen als mich."

Jukkas Gesicht brannte plötzlich rot. Der Admiral *hatte* ein Herz besessen? Und wo war es jetzt? Aber er wagte nicht, nachzufragen. „Wir kommen ... bald wieder", stotterte er. „So schnell wir können."

Lila musterte Jukka besorgt. „Bist du sicher, dass du den Weg schaffst? Vielleicht solltest du dich besser ausruhen? Dein Bein ..."

„Nein." Jukka schnitt ihr das Wort ab. „Wir sollten uns beeilen."

Bo Knorre wedelte zum Abschied mit dem Schwanz.

„Macht euch keine Sorgen", sagte der Admiral. „Wir warten hier auf euch."

In den Weißen Bergen

Der Aufstieg hoch in die Weißen Berge war beschwerlich. Jukka kämpfte sich mühsam Schritt für Schritt voran, obwohl er spürte, dass er langsam am Ende seiner Kräfte war.
Lila pflückte ein paar Äpfel am Wegesrand. „Sollen wir nicht eine Rast einlegen?", fragte sie.
Einen Apfel nahm Jukka zur Stärkung gerne an, aber er wollte das alles endlich hinter sich bringen.
„Das Herz", erklärte er, während er weiterging. „Ich muss es zurückbringen."
Lila stutzte. „Du glaubst, es gehört …"
Jukka nickte. „… ja, dem Admiral."
Der schmale Pfad, dem sie folgten, wand sich zwischen einem lichten Wald und Blumenwiesen den Berg empor. Die Sonne stand tief am Himmel, der in einem klaren, wolkenlosen Blau strahlte. Fast so, als wären sie zu Hause in Bittermonds Bucht.
„Es ist komisch", sagte Jukka nachdenklich. „Ich dachte zuerst, der Käpt'n hätte recht – dass es um uns herum nur Gauner und

Halunken gibt, die uns in unterirdische Verliese schließen und uns aus Kutschen werfen und uns betrügen. Aber dann begegnen wir solchen Typen wie Trüb Manup und Smirnik und Anton. Die haben uns sehr geholfen, jeder auf seine Weise."

Durch den Wald wehte eine kühle Brise, die das Gras zum Rascheln brachte und einen Duft von Moos und Flechten mit sich trug.

Jukka fuhr fort: „Und ausgerechnet so einem wie Admiral Arvi, ausgerechnet einem Helden, der uns hilft, hat Bittermond das Glasherz gestohlen!"

„Das weißt du doch gar nicht", sagte Lila.

„Arvi war ein Seemann – der Käpt'n ein Pirat. Das kann kein Zufall sein!" Jukka ging ein Stück schneller. „Aber was Bittermond kaputt gemacht hat, das werde ich wieder richtigstellen. So rasch wie möglich!"

An eine Rast war für Jukka also nicht zu denken.

Der Pfad schlängelte sich weiter in die Höhe, aus dem Wald heraus, über karge Steinfelder und an saftigen Weideflächen vorbei. Über Jukka und Lila türmten sich weiße Gipfel auf.

„Da oben hat auch der Grässgreif sein Nest", bemerkte Lila. „Ich habe ihn vor unserer Reise ein-, zweimal aus der Ferne gesehen. Eigentlich ist er ein sehr scheues Tier."

Sie passierten nun eine Brücke über einen sprudelnden Gebirgsbach. Dahinter sahen sie ein paar kleine Häuser. An den Hängen suchten Ziegen nach ein bisschen Grün zwischen dem Gestein.

Lila blieb stehen. Sie atmete tief durch. „Unser Haus ist das letzte dort", sagte sie.

Und dann waren sie endlich da. Kandidels Haus, das Dach mit

roten Schindeln gedeckt, stand am Fuße einer riesigen Felswand. An den Fenstern rankten sich grüne Kletterpflanzen empor.
„Kandidel!", rief Lila. „Kandidel, wir sind da!"
Die letzten Meter rannte sie. Doch Kandidel kam nicht aus dem Haus. Kein Pferd wieherte zur Begrüßung. Die Tür war verschlossen.
„Kandidel!", brüllte Lila noch einmal, während sie etwas zwischen den Blumentöpfen neben der Eingangsschwelle suchte. Sie fand einen Schlüssel und schloss die Haustür auf.
Drinnen hockte der Rabe Pinkas auf einer Schaukel, die von der Decke hing. Als er Lila sah, flatterte er hinunter, setzte sich auf ihre Schulter und stieß sanft sein Köpfchen gegen ihre Wange.
„Wo ist Kandidel?", fragte Lila.
Der Rabe schnarrte, als wolle er ihnen etwas mitteilen.
„Mein Zuhause", sagte Lila. Sie sah Jukka an. „Obwohl ich wahrscheinlich die meiste Zeit im Kastenwagen zugebracht habe, fühle ich mich hier immer am wohlsten."
Jukka verstand sofort, warum. Das kleine Häuschen bot zwar nicht viel Platz, aber das Schafsfell vor dem Kamin und die Kissen auf der Holzbank vor dem Fenster sahen so gemütlich aus, dass man sofort Lust bekam, sich hinzulegen und ein kleines Nickerchen zu halten. Oder auch ein großes!
Auf dem Küchentisch entdeckte Lila einen Zettel. Sie las die Nachricht, die Kandidel hinterlassen hatte, laut vor: „Ich mache mir Sorgen, weil du immer noch nicht da bist, und suche dich. Falls du vor mir hier bist, warte hier auf mich, und schicke mir mit Pinkas eine Nachricht."
„Uff", machte Lila. „Es nimmt kein Ende."

„Sie hat sich Sorgen gemacht", bemerkte Jukka.
Doch Lila stampfte mit dem Fuß auf. „Ich kann aber nicht hier warten. Wir müssen Bo Knorre holen!"
Jukka nickte, obwohl er sich gern die Schuhe ausgezogen und auf dem Schafsfell ausgestreckt hätte. Aber es gab jetzt Wichtigeres als Schlafen.
„Wo ist Kandidels Zimmer?", fragte er Lila.
Sie zeigte auf die Tür neben der Anrichte. „Das ist unser Schlafzimmer."
Jukka musste nicht lange suchen. Er stieß die Tür auf – und da war es: Kandidel hatte das Gläserne Herz nicht versteckt. Es lag neben einem aufgeschlagenen Buch auf ihrem Nachttisch. Fast so, als hätte sie es kurz abgelegt und dann vergessen.
Jukka umschloss vorsichtig das kühle Glas mit seiner Hand. „Wegen dir haben wir den weiten Weg zurückgelegt", murmelte er. „Zeit, dass du zu deinem rechtmäßigen Besitzer zurückkommst!"
Entschlossen ließ er das Herz in seinem Rucksack verschwinden. „Also los, Lila, lass uns gehen!"
Nachdem Lila Kandidel eine Botschaft geschrieben hatte, die sie Pinkas an den Fuß band, fragte Jukka: „Wie sollen wir Bo Knorre denn überhaupt hierherbringen ohne Pferd und Wagen?"
„Ich werde schon einen Weg finden!", rief Lila. „Ich hole ihn jedenfalls heute ab, genau wie ich es versprochen habe."
Sie führte Jukka zu einem Bretterschuppen hinter dem Haus, wo sie unter allerlei Gerümpel einen Handkarren hervorzerrte.
Sie wischte sich die Hände an ihrem Kleid ab. „Damit ziehen wir Bo Knorre den Berg hoch."

„Das schaffen wir nie!", warf Jukka ein. „Der Hund ist doch viel zu schwer."

„Du wirst schon sehen", brummte Lila.

Obwohl Jukka humpelte, zogen sie den Karren gemeinsam auf den steinigen Pfad und begannen die Wanderung ins Tal. An einer der Wiesen blieb Lila stehen. Sie holte einen halb gegessenen Apfel aus ihrer Tasche.

„Komm her, Jockel!", rief sie, und die Ziegen, die an den Hängen grasten, hoben ihre Köpfe. Ein schwarzer Bock blökte, als er Lila erblickte, und trabte zu ihnen. „Guter Jockel", gurrte Lila, während der Bock ihr den Apfel aus der Hand schnappte. Bevor er wusste, wie ihm geschah, hatte sie ihm ein Seil um den Hals gebunden. „Der zieht unseren Karren."

Der Abstieg ins Dorf dauerte nicht halb so lange wie der Aufstieg, aber er war nicht weniger beschwerlich. Jukka musste den Wagen bremsen, damit er nicht hinab ins Tal sauste. Und Lila kämpfte mit Jockel, der immer wieder störrisch stehen blieb und die Hufe in den Boden stemmte, nur um Sekunden später loszusprinten und wilde Sprünge zu veranstalten.

Als sie das Haus des Admirals erreichten, klebte Jukkas Hemd vor Schweiß an seiner Brust.

„Wenn das alles vorbei ist", sagte er, „schlafe ich erst mal drei Tage lang ununterbrochen."

Lila band Jockel am Gartenzaun fest. „Es wird dich freuen zu hören, dass unsere Betten die bequemsten auf der Welt sind. Du wirst schlafen wie ein Baby!"

Dann marschierten sie durch den Vorgarten und klopften an die Tür.

Es war aber nicht der Admiral, der öffnete. Stattdessen stand dort ein anderer hochgewachsener Mann.

„Ja?", fragte er.

„Mein Hund ...", stotterte Lila.

In diesem Augenblick steckte Admiral Arvi seinen Kopf durchs Fenster.

„Das sind die beiden, von denen ich dir erzählt hab, Bernard." Der Admiral schaute die Straße hinunter. „Mit einem Ziegenkarren seid ihr gekommen? Jetzt ist doch unser Pferdewagen wieder da."

„Es ist schon wieder alles anders gekommen als erwartet", seufzte Lila.

Sie folgten Bernard und Admiral Arvi in den Salon, wo Bo Knorre sie freudig schwanzwedelnd begrüßte.

Jukka stellte den schweren Rucksack neben der Tür ab.

„Komm, setz dich hier aufs Sofa!", rief der Admiral und winkte Jukka auf die andere Seite des Raumes. Jukka ließ sich in die weichen Kissen fallen. Sobald er in das Polster gesunken war, hatte er das Gefühl, dass er nie wieder würde aufstehen können. Auch Lila wankte vor Erschöpfung leicht. Sie ließ sich neben Bo Knorre auf den Teppich plumpsen.

„Ihr seid völlig erschöpft", stellte Admiral Arvi fest. „Ihr bleibt jetzt hier und bekommt eine Stärkung."

Jukka wollte protestieren, doch er sah Lila an, und dann nickten sich die beiden zu.

Sosehr Lila auch nach Hause wollte, um Kandidel nicht noch einmal zu verpassen – sie brauchten unbedingt erst einmal eine Rast.

Admiral Arvi brachte den Kindern Saft und ein paar Zimtbrötchen.
„Die sind so gut, dass ich vor Glück sterben könnte", hauchte Lila.
Jukka aß seinen Teller bis auf den letzten Krümel leer. Erst danach fiel ihm ein, weshalb er so dringend hatte zurückkehren wollen. „Ich habe etwas für Sie", sagte er zu Admiral Arvi.
Sein Rucksack stand auf der anderen Seite des Raumes neben der Tür. Jukkas Magen war so voll und seine Beine so schwer, dass er es kaum schaffte, sich aufzurichten.
„Warte", sagte Lila, die näher bei Jukkas Rucksack saß. „Ich mach schon." Sie nahm den Rucksack und wühlte ein bisschen darin. Dann schoss ihr Kopf plötzlich nach oben, und sie funkelte Jukka an, als wäre sie kein bisschen müde. „Spinnst du vollkommen?"
Da wurde es Jukka zu bunt! Hatte Lila denn immer noch nicht begriffen, wem er das Herz geben würde? „Wenn du glaubst, das Gläserne Herz gehört Kandidel, dann hast du dich geschnitten!", rief er. „Ich gebe es heute demjenigen zurück, der es für seine Heldentat verdient hat!"
„Ich rede doch nicht von deinem blöden Herz", schimpfte Lila, während Admiral Arvi und Bernard sich verwirrt anschauten. „Ich rede hiervon!" Und Lila holte ein großes schwarzes Ei aus dem Rucksack. „Was ist bitte das?"
„Ach so", sagte Jukka. Er kratzte sich am Kopf. „Ich weiß auch nicht, warum ich das mitgenommen habe. Ich dachte, vielleicht als Proviant ... für ein großes Omelette oder so ..."
„Verstehst du nicht, was das ist?", schrie Lila.
„Sieht man doch, ein Riesenei", sagte Jukka. „Oder was sonst?"
„DAS IST EIN GRÄSSGREIFEI!" Lila fuchtelte wild mit den

Armen. „Kein Wunder, dass uns das Biest auf den Fersen ist. Es will sein Ei wiederhaben!"

„Oh", machte Jukka.

„Ein Grässgreifei?", fragte der Admiral. „Das ist wirklich gefährlich. Ihr solltet den Rucksack gut verschlossen halten und das Ei in den Bergen an einer unbewohnten Stelle ablegen. Wo kommt denn das Ei her?"

Jukkas Wangen wurden heiß. „Ich weiß nicht, woher ... was das ..." Er brach ab, weil er dem Admiral nicht länger ins Gesicht schauen konnte. Wenn Arvi nun *ihn* für einen Dieb halten würde ... Einen Moment dachte er daran hinauszulaufen, das Gläserne Herz auf den Pfosten am Gartentor zu legen und sich irgendwo in einer dunklen Gasse in Fliederburg zu verkriechen – und dann so trübselig zu werden wie Trüb Manup.

Doch der Admiral holte Jukka in die Wirklichkeit zurück. „Wolltest du mir nicht gerade etwas geben?", fragte er.

Jukka zögerte. Aber Lila wartete nicht mehr ab, sondern holte das Glasherz aus dem Rucksack, hielt es stolz in die Höhe und rief triumphierend: „Tadaaa!"

Der Admiral streckte erstaunt seine Hand aus. „Woher hast du das?"

Jukka wollte antworten, doch er fand die richtigen Worte nicht und blieb stumm.

Admiral Arvi hatte das Herz entgegengenommen und fuhr mit den Fingern langsam über das kalte Glas. „Das ist unmöglich", flüsterte er ungläubig.

„Ist es Ihres?", fragte Jukka, der seine Sprache wiedergefunden hatte.

Der Admiral sah auf. „Ich glaube, es ist tatsächlich meins. Er musterte das Gläserne Herz eindringlich. „Siehst du diese kleine Rille hier? So eine hatte mein Herz auch."
„Dann ist es Ihnen wohl gestohlen worden?", fragte Jukka. Sein Herz pochte so laut, dass er sich einbildete, es schalle durch den ganzen Raum.
Lila und Bernard starrten den Admiral gespannt an.
Der Admiral nahm auf dem Sofa neben Jukka Platz.
„Mein Junge", murmelte er. „Ich will euch eine Geschichte erzählen." Und die Geschichte ging so: *„Vor vielen, vielen Jahren war ein Kapitän mit seinem stattlichen Schiff Woche für Woche über die Graue See gefahren, um Waren in das eine Land zu bringen und andere Waren aus dem anderen Land abzuholen. Zuvor war er ein erfolgreicher Admiral in der Flotte des Königs gewesen und hatte Ruhm und Ehre geerntet. Aber nun sehnte er sich nach einem ruhigeren Tagewerk. Eines Nachts, wenige Stunden bevor das Schiff im Morgengrauen ablegen sollte, saß dieser Kapitän an Deck und beobachtete die Sterne. Da hörte er auf einmal ein leises Rufen.*
‚Hallo!', rief jemand vom Landesteg, an dem das Schiff angelegt hatte. ‚Hallo, Herr Kapitän?'
Der Kapitän spähte hinaus in die Dunkelheit. Im Schatten stand eine Gestalt, die ein Bündel in den Armen hielt. ‚Bitte helfen Sie mir, Herr Kapitän!'
‚Wie kann ich Ihnen helfen?', fragte der Kapitän erstaunt.
‚Überall im Hafen hat man erzählt, dass Sie der gütigste von allen Kapitänen sind!'
Der Kapitän trat an die Reling und hielt seine Laterne empor, um

die Gestalt besser erkennen zu können. Sie hob ihre Kapuze – es war eine junge Frau. Der Kapitän reichte ihr die Hand, damit sie an Bord klettern konnte. Nun sah er, dass sie weinte.
‚Bitte nehmen Sie mich mit‘, bat sie. ‚Meine Familie trachtet mir nach dem Leben!‘
‚Nach dem Leben?‘, fragte der Kapitän entsetzt.
Die Frau nickte. ‚Ich wollte einen fahrenden Händler heiraten, und damit sind sie nicht einverstanden.‘
Der Kapitän sah sich um. ‚Und wo ist der junge Mann?‘
Die Frau schluchzte auf: ‚Den haben sie bereits verjagt. Der kommt nie mehr wieder!‘"
An diesem Punkt unterbrach Lila die Erzählung: „Das ist ja unerhört! Die Arme hatte doch gar nichts getan!"
Der Admiral nickte und fuhr fort:
„Der Kapitän seufzte: ‚Das tut mir leid. Aber ich kann nicht einfach jeden mitnehmen.‘
Doch da schlug die Frau ihren Mantel zurück. Im Arm hielt sie ein winziges Baby. Da wurde das Herz des Kapitäns weich, und er beschloss, die beiden mitzunehmen.
Die Frau war ihm sehr dankbar. ‚Wir werden versuchen, uns in der Fremde ein neues Leben aufzubauen.‘
So segelten die Frau und das Baby am nächsten Morgen mit, und die Matrosen erfreuten sich an dem Kind, das schon lachen konnte – was es gern und oft tat.
Doch eines Tages, kurz bevor sie die Küste erreichen sollten, kam ein schrecklicher Sturm auf. Das Boot wurde von den mannshohen Wellen hin und her geschleudert und brach schließlich in zwei Stücke. Während der Kapitän und vier Matrosen sich in das Rettungsboot

auf ihrer Seite des Schiffes retten konnten, blieben drei weitere Matrosen, die Frau und das Baby auf der anderen Seite zurück. Mit Entsetzen musste der Kapitän mit ansehen, wie das Wrack im Meer versank. Die Frau hielt sich verzweifelt an einem Stück der untergehenden Reling fest, und mit letzter Kraft schleuderte sie das Baby in die Richtung des Rettungsboots.

‚*Rettet mein Kind!*‘, *schrie sie, bevor eine Welle sie mitriss.* ‚*Rettet meinen Sohn!*‘

Und während der Kapitän wie erstarrt dastand, hatte einer seiner Matrosen sich ein am Rettungsboot vertäutes Seil um den Leib gewunden und war in die tosende Gischt gesprungen. Zwischen den schwarzen Wellen verschwanden das zerbrochene Schiff und die Frau und die Matrosen und das Baby innerhalb von Sekunden.

Der Kapitän und der klägliche Rest seiner Mannschaft glaubten sicher, dass alle ertrunken waren. Doch da gab es einen Ruck an dem Seil, und als sie daran zogen, kam der Kopf des mutigen Matrosen zwischen den Wellen zum Vorschein. Mit einem Arm umklammerte er das Seil und mit dem anderen hielt er das Baby über Wasser. Sie zogen ihn, so schnell sie konnten, ins Boot.

Der Säugling in seinen Armen war bleich und kalt, doch als der Matrose ihm auf den Rücken klopfte, kam ein Schwall Wasser aus seinem winzigen Mund. Dann begann er zu schreien, und die Männer wussten, dass das Kind gerettet war."

Der Admiral schwieg. Er sah Jukka an. „Dieses Kind, mein lieber Jukka", sagte er dann, „das warst wohl du."

„Sie kennen meinen Namen?", wisperte Jukka.

Bernard wischte sich unauffällig eine Träne aus dem Augenwinkel.

„Oh ja", entgegnete der Admiral. „Diesen Namen hat deine Mutter dir gegeben. Jukka Felsenfest, der Sohn von Minna."
Jukka konnte nicht sprechen.
„Und das Ende der Geschichte?", schaltete Lila sich da ein. „Das ist doch noch nicht das Ende, oder?"
Admiral Arvi schmunzelte. „Nein, nicht ganz." Er erzählte weiter: *„Der Matrose, der das Baby gerettet hatte, hatte ein vernarbtes Gesicht. Er schaute oft finster und sprach selten mit den anderen. Doch nun, wo er mit dem winzigen Baby im Arm dastand und versuchte, es zu wärmen, hellte sich sein Gesicht auf.*
‚*Was machen wir nun mit diesem Kind?', fragte der Kapitän ratlos. ‚Es hat keinen Menschen mehr auf der Welt.'*
Der Matrose schaute auf. ‚Es hat doch jemanden auf der Welt', erklärte er. ‚Mich.'
Und so kam es, dass der Matrose beschloss, das Seemannsleben aufzugeben und Vater zu werden."
Admiral Arvi legte seine Hand auf Jukkas Schulter. Er fuhr fort: *„Nachdem der Sturm abgeflaut war, legten wir uns in die Riemen und ruderten drei Tage lang, bis wir Land erreichten. An Land verabschiedeten wir uns von Winnie Narbengesicht und dem Kind. Und zum Abschied schenkte ich Winnie mein Gläsernes Herz."*
Der Admiral betrachtete das geschliffene Glas in seiner Hand. „Ich fand, er hatte es weit mehr verdient als ich. Und außerdem dachte ich, er würde es für einen Haufen Goldmünzen eintauschen, damit er und das Kind irgendwo ein neues Leben beginnen konnten."
„Aber das hat er nicht getan", flüsterte Jukka. „Er hat das Herz die ganze Zeit gehütet wie seinen liebsten Schatz."

„Das soll er auch weiter tun", meinte der Admiral lächelnd und reichte Jukka das Herz.
Jukka nahm es zögernd entgegen.
„Eine Frage hab ich noch", mischte Lila sich ein. „War Bitter..., war Winnie Narbengesicht denn kein Pirat?"
„Ein Pirat?", fragte der Admiral. „Auf jeden Fall nicht in dem Jahr, in dem er unter meiner Flagge segelte. Was vorher und nachher war, weiß ich natürlich nicht."
Jukka schüttelte ungläubig den Kopf. Seine Gedanken schlugen Purzelbäume, und in seinem Magen flatterte es, als hätte er tausend wild gewordene Fledermäuse verschluckt.
„Jetzt habe *ich* aber eine Frage", sagte der Admiral. „Wo ist der gute Winnie denn nun? Ist ihm etwas zugestoßen?"
Jukka öffnete den Mund, um alles zu erzählen, aber jede Erklärung wäre zu lang geworden. Er wusste gar nicht, wo er beginnen sollte.
Plötzlich kläffte Bo Knorre aufgeregt. Er erhob sich und humpelte, so schnell er konnte, zur Tür. Sein Schwanz peitschte stürmisch hin und her.
„Ich höre etwas!", rief Lila.
Draußen wieherte ein Pferd. Dann kreischte ein Rabe. Lila war zur Tür hinausgestürzt, noch bevor Jukka sich vom Sofa aufgerappelt hatte. Auf dem Weg nach draußen ließ er das Glasherz in den Rucksack plumpsen und zog ihn locker über seine Schultern. Er rannte Lila hinterher auf die Straße – dort, wo ein Schimmel gerade das Pflaster hinauftrabte, auf seinem Rücken eine Frau mit wallendem rotem Haar.
„KANDIDEL!", schrie Lila.

„Vorsicht!", brüllte da Bernard, der mit dem Admiral ebenfalls vors Haus getreten war.

Jukka hörte ein Rauschen. Ein riesiger Schatten legte sich über ihn.

„Gib ihm das Ei!", rief der Admiral.

Doch bevor Jukka den Rucksack vom Rücken nehmen konnte, um das Ei herauszuholen, hatte der Grässgreif sich schon in die Tiefe gestürzt und den Rucksack mit seinen scharfen Krallen geschnappt. Mit einem Ruck riss er ihn Jukka von der rechten Schulter.

„Nein!", schrie Jukka und packte den zweiten Riemen, der noch an seiner linken Schulter hing, packte ihn, so fest er konnte, während der Grässgreif wild daran zerrte und zog.

Ja, Jukka wollte dem Vogel sein Ei wiedergeben – aber im Rucksack befand sich auch das Gläserne Herz. Und jetzt, wo er endlich wusste, was es Bittermond bedeutete, konnte er es nicht von einem wütenden Grässgreif rauben lassen, egal wie gerechtfertigt sein Zorn war.

Der Monstervogel schlug mit den Flügeln und versuchte, Jukka abzuschütteln. Doch halb über dem Boden flatternd, mit einem schweren Gewicht in seinen Krallen, hackte der Grässgreif nur ungelenk zwischen seine eigenen Füße. Es gelang ihm nicht, Jukkas eisernen Griff um den Rucksack zu lösen. Wütend kreischend versuchte er, den Jungen mit einem heftigen Hieb zu erwischen, während der mit seiner freien Hand ins Innere des Rucksacks tastete.

„Lass meinen Rucksack los!", schrie Jukka.

Doch der Grässgreif ließ keineswegs los. Stattdessen schlug er ein weiteres Mal mit seinen Schwingen – und erhob sich in die Luft. Jukkas Füße verloren den Boden unter sich.

„Jukka!", brüllte Lila. „Lass dich fallen!" Sie griff nach Jukkas Fuß, behielt aber nur einen Schuh in der Hand.

Wenn ich mich fallen lasse, dachte Jukka, dann ist das Herz für immer verloren. Und dann dachte er, dass sich das vielleicht nicht ändern ließe. Doch da war es zu spät. Der Grässgreif schraubte sich höher und höher – zu hoch, als dass Jukka hätte hinabspringen können. Er klammerte sich zuerst an die Riemen seines Rucksacks, die sich gefährlich in die Länge zogen. Bevor sie nachgaben und rissen, zog er sich mit aller Kraft ein Stück höher, sodass er den Vogelfuß zu fassen bekam. Er hielt sich daran, so fest er konnte.

Jukka wurde hinaufgetragen, über die Dächer und die Baumwipfel. Weit, weit hinauf in die Luft!

Tief unten auf der Straße hatte das weiße Pferd inzwischen das Haus des Admirals erreicht. Kandidel sprang ab, und Bittermond, niemand anderes als Käpt'n Bittermond, der neben dem Schimmel gelaufen war, fing sie auf.

Sie streckten ihre Arme in den Himmel und brüllten: „Jukka, Jukka!"

Doch der Grässgreif hatte sich schon so weit hinaufgeschraubt, dass Jukka ihre verzweifelten Rufe kaum hören konnte.

Im Horst des Grässgreifs

Jukka klammerte sich mit aller Kraft am knochigen Bein des Grässgreifs fest. Unter sich sah er den Pfad in die Weißen Berge, die Weiden mit den Ziegen, dann Kandidels Haus und schließlich nur noch zerklüftete Felsen und Geröll.
Über ihm wühlten die riesigen Schwingen des Grässgreifs die Luft auf. Mit jedem Schlag entfernten sie sich weiter und weiter von dem Dorf Zunderbusch, von Lila, von Admiral Arvi und von Bittermond.
Jukka schloss die Augen. Seine Arme und Beine schmerzten. Wenn er losließe, wäre alles verloren. Dann würde er auf den Steinen tief unten zerschellen – und niemand würde ihn je wiederfinden.
Jukka malte sich aus, wie seine Knochen in der Sonne ausbleichen und wie Bittermond und Lila um ihn weinen würden. In der Sonne zu verdorren war zwar weniger schön, aber die Vorstellung, wie der Käpt'n um ihn schluchzte, eigentlich ganz angenehm …

Und dann öffnete der Grässgreif plötzlich seine Krallen, der Rucksack stürzte in die Tiefe, und Jukka verlor den Halt am Bein des Grässgreifs. Er fiel ins Bodenlose!

„Autsch!"

Das Bodenlose war zum Glück nur einen knappen Meter tief. Der Grässgreif hatte den Rucksack in sein Nest aus Ästen und Laub fallen lassen, das er auf einem spitzen Felsen gebaut hatte. Jukka schlug mit der Stirn gegen einen Zweig, richtete sich jedoch schwankend wieder auf und griff nach dem Rucksack. Er stülpte ihn um, sodass das schwarze Ei und das Gläserne Herz in die Zweige kullerten.

Der Grässgreif hatte sich inzwischen am Rande des Nestes niedergelassen. Er schnarrte laut. Instinktiv duckte Jukka sich und legte die Arme schützend über seinen Kopf. Über ihm wölbte sich der gewaltige Schnabel der Vogelbestie. Es gab kein Entkommen! Unter dem Nest gähnte der Abgrund. Der Grässgreif hob den Kopf und holte zum Hieb aus. Dann stoppte er plötzlich – und senkte den Kopf. Sanft berührte er mit seinem Schnabel das Ei, so als existierte Jukka gar nicht. Er rollte es in die Mitte des Nestes, wo er sich mit einem Plumps darauf niederließ. Dann plusterte er sich auf und schaute ruckartig umher. Jukka hielt den Atem an. Doch der Grässgreif schloss seine Augen, steckte den Kopf in seine Federn – und schlief ein.

Jukka, der eingequetscht zwischen dem riesigen Leib des Vogelmonsters und dem Rand des Nestes saß, wartete regungslos ab. Erst als der Vogel sich minutenlang nicht gerührt hatte, streckte er vorsichtig die Glieder und spähte hinunter ins Tal. Der Horst des Grässgreifs befand sich auf einem einzelnen, zerklüfteten Fel-

sen. Etwa zwei Meter entfernt fiel ein Hang flach ab. Doch um den zu erreichen, hätte Jukka über den breiten Schlund zwischen Berg und Nest springen müssen. Unmöglich!
Jukka betrachtete seinen schuhlosen Fuß und sein verletztes Bein. Die Wunde an seiner Wade war aufgerissen und der Verband blutgetränkt. Dass er sich in diesem Zustand an dem Nest hinunter und über die scharfen Felsen hangeln konnte, war undenkbar. Selbst im gesunden und ausgeruhten Zustand wäre eine solche Kletterei ein selbstmörderisches Unterfangen gewesen.
Jukka musste ausharren, und er war ganz allein.
Als die Sonne langsam hinter den Bergen verschwand, griff Jukka das Gläserne Herz aus den Ästen. Er betrachtete das Licht der letzten Sonnenstrahlen, das sich darin brach, und er dachte an Bittermond. Käpt'n Winnie Bittermond, der in tosende Wogen gesprungen war, um ein Baby zu retten. Und er dachte an seine Mutter, Minna, die in denselben tosenden Wellen ertrunken war. Der Himmel wurde dunkel. Tausende Sterne begannen zu funkeln. Erschöpft kauerte sich Jukka im Nest des Grässgreifs zusammen und fiel in einen unruhigen Schlaf.

Im Morgengrauen schreckte Jukka hoch, als der Grässgreif sich aufreckte und seine Federn schüttelte. Mit blitzenden Augen sah er sich um. Doch statt Jukka Beachtung zu schenken, stieß er sich mit den Krallen am Rande des Nestes ab und verschwand mit rauschenden Flügeln zwischen den Wolken.
Jukka, der das Gläserne Herz noch immer fest umschlossen hielt, richtete sich langsam auf, um sich hinzuknien. Sein Magen knurrte.

In der Mitte des Nestes lag das Ei. Es war seit dem gestrigen Tag auf mindestens das Doppelte seiner ursprünglichen Größe angewachsen, die Schale fast durchscheinbar und dünn. Um das Ei herum lagen einige Knochen. Von welchen Tieren – falls es Tiere waren – wollte Jukka lieber nicht wissen. Er untersuchte die Äste, aus denen das Nest gebaut war. Keiner davon schien lang und kräftig genug zu sein, um für eine Brücke über den Abgrund zu halten.

Jukka beugte sich, so weit es ging, über den Rand des Nestes und begutachtete die Unterseite. Auch dort konnte er nichts Brauchbares für eine Kletterhilfe entdecken. Während er das Geäst untersuchte, knackte es plötzlich hinter ihm laut. Jukka fuhr herum. Über die Schale des schwarzen Eis lief auf einmal ein langer Riss. In seinem Inneren bewegte sich etwas.

Jukka starrte das Ei angespannt an. Wieder knackte es, und ein zweiter Riss erschien. Erst fein und kaum sichtbar, dann breiter und breiter, bis Jukka darunter etwas Schwarzes wahrnehmen konnte – das ruckte und schob.

In diesem Augenblick hörte Jukka einen Flügelschlag über sich. Er blickte suchend in den Himmel. Wer weiß, wie der Grässgreif reagieren würde, wenn es ein Jungtier zu beschützen galt!

Doch es war nicht der Grässgreif, sondern ein Rabe, der sich auf einem Vorsprung in der Nähe des Horsts niederließ. Er krächzte laut und sah Jukka durchdringend an.

„Pinkas!", rief Jukka. Da flatterte der Rabe auf und landete auf Jukkas Knie.

„Lieber, guter Pinkas", flüsterte Jukka, als der Rabe ihm sein Köpfchen aufmunternd in die zitternde Hand stupste. „Ich habe weder Stift noch Papier", sagte Jukka. „Eine Nachricht kann ich nicht schicken. Aber du musst Bittermond zeigen, wo er mich findet. Das tust du doch, oder?"

„Krah", machte der Rabe.

Jukka hätte ihn gern bei sich behalten – ein bisschen freundliche Gesellschaft hätte ihm gutgetan –, aber er wusste, dass Pinkas wieder fortfliegen musste.

„Hol Hilfe, Pinkas!", rief Jukka. Der Rabe schnarrte und erhob sich in die Luft. Als der schwarze Vogel zwischen den Felsklüften verschwunden war, fühlte Jukka sich noch einsamer als zuvor.

„Aber Hilfe ist unterwegs", wisperte er sich selbst zu. „Bittermond sucht mich." Und er schlang die Arme um seine Knie, um sich gegen den kalten Wind zu schützen, der in all seine Glieder drang.

Das Ei war inzwischen von unzähligen langen Rissen überzogen. In seinem Inneren wackelte und rumorte es. Dann ruckte es plötzlich, und ein großes Stück Schale platzte auf. Durch das Loch pickte ein kleiner Schnabel. Pickte und pickte, bis das Loch so groß war wie Jukkas Faust. Dann streckte das Küken seinen ganzen Kopf heraus, schüttelte sich heftig und zerbrach den Rest des Eis.

Das Grässgreifbaby war noch hässlicher als seine Mutter. Es besaß Klauen, fast so lang wie sein ganzer Körper, und einen langen faltigen Hals. Bis auf ein paar verklebte nasse Federn an seiner Schwanzspitze war es völlig nackt. Sein kahler Kopf schien nur aus riesigen roten Augen und einem spitzen Schnabel zu bestehen.

Jukka beobachtete, wie das Küken vorsichtig seine noch flugunfähigen Flügel ausbreitete und ein paar Schritte vorwärtsstorkelte.

Plötzlich erstarrte es und fixierte Jukka. Ein dünnes Krächzen ertönte aus seiner Kehle. Dann machte es einen großen Satz und landete direkt neben Jukka. Der spannte seine Muskeln an. Mit diesem kleinen Biest würde er schon fertig werden! Allerdings schien der junge Grässgreif in den Minuten seit seiner Geburt schon mehrere Zentimeter gewachsen zu sein. Das Küken hob seinen Kopf, als wolle es zum Hieb ausholen, und Jukka wappnete sich für einen Angriff. Doch der kleine Grässgreif gab ein gurrendes Geräusch von sich, rückte noch näher an Jukka heran und kuschelte sich an seine Seite.

„Vielleicht hält er mich für seinen Bruder", murmelte Jukka. Er hatte das Ei schließlich tagelang auf seinem Rücken getragen. Ob das Küken vielleicht seinen vertrauten Geruch erkannte?

Jukka lehnte sich zurück. Wenigstens war der kleine Vogel warm. Es gab jetzt nichts, das Jukka tun konnte – außer warten.

Also saß Jukka neben dem Küken und wartete. Er sah zu, wie die Sonne langsam über den Himmel wanderte und wie die grauen Wolken an den Bergen hängen blieben. Das Grässgreifküken döste mit halb geschlossenen Augen.

Gegen Mittag spürte Jukka wieder, wie hungrig und durstig er war. Vorsichtig angelte er nach einem der ausgeblichenen Knochen zwischen den Zweigen zu seinen Füßen. Nicht ein Stückchen Fleisch war an ihm übrig geblieben. Das war vermutlich auch gut so, denn wer weiß, ob er nicht versehentlich den kleinen Finger eines verirrten Wanderers anknabbern würde, wenn er sich über die Beute des Grässgreifs hermachte. Jukka hielt den Knochen vor sich in die Sonne, um ihn genauer zu betrachten, da hob das Grässgreifbaby seinen Kopf.

Sein Schnabel schnellte hervor. Jukka schrie auf. Das Küken hatte den Knochen geschnappt und dabei die Haut an Jukkas Finger tief aufgerissen. Jukka presste die gesunde Hand auf den blutenden Schnitt. Und das Küken verschlang ungerührt den Knochen. Jukka sank in sich zusammen. Hunger, Schmerz und Angst – das war alles, was er jetzt in sich spürte. Wie lange würde er hier noch ausharren müssen? Was, wenn ihn niemand fand? Jukka schloss die Augen.
Das Küken hatte die vielen Knochen in seinem Nest entdeckt und verschlang einen nach dem anderen. Es knirschte und knackte, während es die Gebeine mit seinem scharfen Schnabel zerbiss und hinunterwürgte.
Jukka hielt sich die Ohren zu. Er versuchte, sich an einen anderen Ort zu wünschen – und für einen kurzen Moment dachte er, er hätte es geschafft.
Denn da rief jemand: „Jukka, Jukka!"
Jukka richtete sich auf. Es waren entfernte, aber deutliche Rufe. Kein Wunsch, sondern Wirklichkeit!
„Jukka, Jukka!"
„Ich bin hier!", brüllte er, so laut er konnte.
Der junge Grässgreif krächzte und begann, unruhig hin und her zu hüpfen.
Dann sah Jukka, wie Pinkas über den Felsen aufstieg! Und dann endlich, endlich erblickte er – Bittermond! Bittermond, der sich langsam, aber beharrlich über das Geröll nach oben kämpfte.
Bittermond hob den Kopf. Jukka wagte nicht, in dem wackligen Nest aufzustehen, aber er reckte den Arm und winkte wild.
„Jukka!", rief Bittermond abermals. Er kletterte jetzt ein bisschen

schneller, obwohl sein Kopf schon rot angelaufen war vor Anstrengung.

„Noch ein kleines Stück!", rief Jukka Bittermond zu.

Bittermond hatte es geschafft. Er hatte es fast geschafft.

Breitbeinig balancierte der Käpt'n auf zwei großen Steinen am gegenüberliegenden Hang. Mit einer Hand hielt er sich an einem Felsvorsprung fest. Die andere streckte er nach Jukka aus. Doch er erreichte ihn nicht.

„Ich werfe dir jetzt ein Seil zu!", rief Bittermond. „Das bindest du dir mit einem Seemannsknoten fest, wie ich es dir beigebracht hab. Und dann hangelst du dich zu mir rüber!" Jukka nickte. Der Käpt'n warf das Seil, Jukka fing es auf und knotete es fest an einen Gesteinsbrocken, der über dem Nest aufragte.

Bittermond vertäute das Seil auf seiner Seite und prüfte es sorgfältig, bevor er Jukka mit einer Handbewegung anwies: „Komm!"

Jukka nahm das Gläserne Herz aus dem Geäst, wo er es abgelegt hatte, und steckte es in die Hosentasche. Dann packte er das Seil. Er musste sich jetzt bloß über dem Abgrund fallen lassen und auf die andere Seite zu Bittermond rüberhangeln. Jukkas Herz pochte heftig. Er vermied es, in die tiefe Kluft zu seinen Füßen zu blicken. Jukka griff das Seil noch fester und machte sich bereit.

Er ließ sich fallen – und etwas packte seinen Fuß. Das Küken, das schon wieder ein Stück gewachsen zu sein schien, war emporgeschossen und hatte sich mit dem Schnabel in Jukkas verbliebenem Schuh festgebissen.

„Er will mich nicht gehen lassen!", schrie Jukka.

Er hing in der Mitte zwischen dem Nest und dem Hang, auf dem Bittermond stand. Mit den Händen umklammerte er das Seil.

Der Fuß ohne Schuh baumelte in der Luft und der mit Schuh steckte im Schnabel des Grässgreifs.

„Nimm meine Hand!", rief Käpt'n Bittermond, aber Jukka gelang es nicht, sie zu fassen.

Der kleine Grässgreif zerrte wütend an seinem Schuh. Das Seil wippte hin und her. Wie lange würde Jukka sich festhalten können? Das Küken krächzte zornig und riss noch heftiger an Jukkas Fuß. Ein weiterer Ruck – und das Gläserne Herz würde aus seiner Hosentasche rutschen und in den Abgrund fallen!

Jukka umschloss das Seil mit seiner rechten Hand, so fest es ihm möglich war. Dann ließ er es mit der linken los und packte das Gläserne Herz, bevor es in die Tiefe fallen konnte.

„Jukka, halt dich mit beiden Händen fest!", schrie Bittermond.

„Dein Herz!", rief Jukka und streckte es ihm entgegen.

„Lass es fallen!", brüllte Bittermond. „Halt dich fest!"

Das Grässgreifküken schüttelte wild den Kopf hin und her. Sein spitzer Schnabel bohrte sich durch das Leder des Schuhs in Jukkas Fußsohle. Das Seil riss Jukkas Handflächen auf. Mit letzter Kraft stopfte er das Herz zurück in seine Hosentasche, um mit der zweiten Hand wieder nach dem vibrierenden Seil zu greifen. Doch in diesem Moment gab es einen heftigen Ruck, und der Grässgreif riss ihm den Schuh vom Fuß. Das Seil gab nach. Jukka wurde nach vorn katapultiert, seine Hände verloren den Halt. Ein Gewicht rutschte aus seiner Tasche. Das Glasherz fiel in die Tiefe!

Dann stürzte auch Jukka, stürzte hinab in die unendlich tiefe Schlucht. Er fiel und fiel ...

Das dachte er jedenfalls, bis ihn den Bruchteil einer Sekunde später eine Hand am Kragen packte und hinaufzog. Bittermond ächzte, aber er ließ nicht los.

Von tief unten zwischen den Felsen ertönte ein lautes Klirren, als das Gläserne Herz in tausend Stücke zersprang.

Bittermonds Herz

Bittermond hatte Jukka fest in die Arme geschlossen.
In Jukkas Brust hämmerte es laut. Er befreite sich aus Bittermonds Umarmung. „Ich habe dein Herz zerbrochen!", stieß er hervor. „Es tut mir so leid."
„Dummer Junge!", rief der Käpt'n mit einem Lachen, das fast wie Weinen klang. „Geheilt hast du mein Herz, nicht zerbrochen!"
„Wie meinst du das?"
Der Käpt'n stieß einen Seufzer aus. „Nur ein Dummkopf weint Tränen um ein Glasherz, und ein Dummkopf bin ich gewesen. Aber das habe ich erst begriffen, als Kandidel, Lila und du verschwunden wart. Da wusste ich, wie es sich anfühlt, wenn einem das echte Herz fast bricht." Bittermond griff sich an die Brust. „Du kannst dir nicht vorstellen, wie ich euch vermisst habe – dich und Kandidel und Lila. Besonders dich!"
Jukka schaute den Käpt'n skeptisch an. „Warum hast du uns dann nicht gesucht?"

„Nicht gesucht?", rief Bittermond. „Ich suche euch seit Tagen! Nur wo ihr seid, das wusste ich nicht. Keine Kutschfahrtgesellschaft konnte mir Auskunft geben, wo ihr abgeblieben seid. Ihr wart wie vom Erdboden verschluckt!"

Jukka kratzte sich an der Stirn. „Das trifft es ziemlich genau. Eine lange Geschichte …"

„Kandidel war leichter aufzutreiben", fuhr Bittermond fort. „Sie suchte euch auch. Wir haben gemerkt, wie dumm es war, sich zu streiten. Kandidel hat sich entschuldigt, dass sie mir im Zorn das Herz weggenommen hat, und ich habe eingesehen, dass ich viel zu viel Aufhebens um mein Herz und die anderen Schätze gemacht habe."

„Mhm", machte Jukka. Er rieb sich die Arme. Der Wind frischte auf, und er bekam eine Gänsehaut. Auf einmal fühlte er sich unendlich müde.

„Was ist denn mit deinem Bein?", fragte Bittermond entsetzt. Die Wunde hatte sich geöffnet, und das Tuch war erneut mit Blut getränkt. „Und mit deinem Finger?"

Jukka betrachtete seinen Finger, den das Grässgreifküken zwischen die Zähne bekommen hatte. „Wie ich schon sagte, eine lange Geschichte."

„Wir müssen hinabsteigen, bevor es dunkel wird", sagte Bittermond. Er holte Jukkas verlorenen Schuh aus seiner Umhängetasche. „Ich habe dir den hier mitgebracht. Aber du siehst trotzdem nicht aus, als würdest du das schaffen."

Also nahm der Käpt'n Jukka auf den Rücken und trug ihn über das Geröll und die Felsen.

Bittermond stöhnte, als sie einen Waldweg erreichten. „Du bist wahrlich kein kleiner Junge mehr. Beim nächsten Mal musst du mich tragen."

„Beim nächsten Mal werde ich mich bemühen, mich nicht von einem Grässgreif entführen zu lassen." Jukka rutschte von Bittermonds Rücken. Er hielt den Käpt'n am Arm fest. „Der Grässgreif hatte allerdings allen Grund, mich zu entführen", sagte er und schaute Bittermond in die Augen. „Das schwarze Ei gehörte ihm."

„Ja", flüsterte Bittermond. „Das ist richtig."

„Du hast es ihm gestohlen!", sagte Jukka.

Bittermond starrte auf seine Schuhspitzen. Es dauerte lange, bis er endlich etwas sagte: „Angefangen habe ich das Stehlen als Kind. Ich konnte es nicht ertragen, wie die Leute mich in den Läden anstarrten, wenn ich etwas kaufen wollte. Wie sie den Blick nicht von den Narben auf meinem Gesicht lassen konnten und wie sie sich leise fragten, was mit mir wohl geschehen sei. Also schlüpfte ich unbemerkt in die Läden und nahm mir, was ich wollte – hier einen Apfel, da ein Bonbon. Und mit der Zeit wurde ich immer besser darin, etwas zu nehmen, ohne bemerkt zu werden. Ich merkte, dass es mir gefiel, besonders schöne und wertvolle Sachen zu besitzen. So machte ich mein Talent zu meinem Beruf und wurde später Pirat."

„Aber den Leuten gefällt es nicht, bestohlen und ausgeraubt zu werden", sagte Jukka zornig.

„Da hast du recht", stimmte Bittermond ihm leise zu. „Das hat mir auch Kandidel gesagt. Aber es fiel mir sehr schwer, mit der Stehlerei aufzuhören. Nachdem Kandidel mich verlassen und alle meine Schätze ins Meer gekippt hatte, versuchte ich mich als Matrose. Diese Geschichte hat dir ja Admiral Arvi erzählt."

Jukka nickte. Er ging jetzt langsamere Schritte, um auf dem schmalen Pfad hinab ins Tal nicht abzurutschen.

Bittermond folgte ihm. „Nach diesem Tag, an dem ich dich aus dem schrecklichen Sturm gerettet hatte", erzählte er weiter, „wollte ich nicht mehr zur See fahren. Ich wollte dich nie mehr allein lassen und nicht riskieren, dass die Wellen irgendwann vielleicht auch noch einen von uns verschlingen."

Jukka blinzelte in die Sonne. Sie war schon fast hinter den Bergen verschwunden. Bald würde es dunkel sein.

„Ich dachte, an unserem Strand wären wir beide sicher", sagte Bittermond. „Und zum Stehlen – na ja, was ich konnte, hab ich eingetauscht. Fisch für Mehl, Austern für Zucker. Aber ganz konnte ich es nicht lassen. Manchmal juckten mir die Finger, und ich musste einfach ein paar der schönen und interessanten Dinge mitnehmen."

„Du musst gar nichts!", stieß Jukka hervor. „Glaubst du, ich will einen Dieb und Gauner zum Vater?!"

Da blieb Bittermond stehen. „Zum Vater?" Im fahlen Licht glitzerte eine Träne in seinem Auge. „Und wenn ich nicht mehr stehle? Kann ich dann dein Vater sein?" Jukka verschränkte die Arme. Er schwieg eine Weile und musterte Bittermond streng. „Na, wenn du es versprichst!" Er grinste ein bisschen. „Dann bist du mein Vater – oder meine Ersatzmutter."

Auf Bittermonds Lippen erschien ein leises Lächeln. Schweigend setzten sie ihren Weg fort. Und bald gab der Berg den Blick auf Kandidels Haus und den weißen Rauch frei, der aus dem Schornstein aufstieg.

Bevor sie das Haus erreichten, blieb Jukka nochmals stehen.

„Das Herz war dein liebster Schatz, weil es der einzige war, den du nicht gestohlen hast, oder?"
Bittermond nickte.
„Aber wieso hast du mir nie von meiner Mutter erzählt?", fragte Jukka. „Von meiner Mutter Minna Felsenfest?"
Bittermond seufzte. „Ich dachte, das würde dich traurig machen."
„Nein, es macht mich froh, von ihr zu hören", entgegnete Jukka. „Und vielleicht ein kleines bisschen traurig. Aber hauptsächlich froh."
„Ja?", fragte Bittermond überrascht. „Warum?"
„Weil es *noch etwas* gibt, das du nicht gestohlen hast."
„Was denn?"
„Na, mich!"
Da legte Bittermond Jukka seine Hand auf die Schulter.
„Wohl wahr", murmelte er. „Wohl wahr."

Der Schluss

Einige Tage später reisten Jukka, Lila, Bittermond und Kandidel zurück in die Bucht. Diesmal ganz bequem mit Pferd und Wagen. Von Jukkas Hütte war nicht viel übrig geblieben, denn nach dem schrecklichen Sturm in jener Nacht, in der Kandidel verschwunden war, hatte niemand das Dach neu gedeckt und die Holzwände erneuert.

Aber Jukka brauchte auch keine Hütte mehr, denn gemeinsam bauten sie aus Ziegeln und Steinen ein neues Haus am Rande des Palmenwäldchens. Eines, in dem sie zusammen wohnen konnten.

Am Anfang brummelte Käpt'n Bittermond, dass er in einem Haus gar nicht schlafen könne, weil ihm die Wellen fehlten, die abends sanft gegen den Bug schlugen. Aber dann stellte er fest, dass er das Rauschen der Wellen auch in seinem neuen Bett hörte – und dass er eigentlich überall schlafen konnte.

In den nächsten Wochen hielt Kandidel sie alle auf Trab. Sie wies Jukka und Lila an, hinaus zur Sandbank zu rudern, um Leucht-

plankton aus dem Wasser zu fischen. Bittermond musste es zum Trocknen aufhängen, und Kandidel machte sich Notizen zu der Menge und den verschiedenen Farbschattierungen.
„Ich muss Bernard dringend einen Brief schicken", sagte sie. „Das Plankton wird wunderbar in seinen Lampen aussehen!"

Als es kälter wurde, schleppte Bittermond eines Tages die Truhe mit seinen Schätzen aus seiner Kajüte im Boot nach draußen.
„Morgen fahren wir zum Überwintern zu Kandidels Haus in die Berge", verkündete er. „Es wird Zeit, dass du in die Schule gehst, junger Mann."
Jukka zögerte. „Ich kann doch schon lesen. Was soll ich denn noch lernen?"
„Rechnen zum Beispiel!", rief Lila. „Damit du nachzählen kannst, wie viel Gold und Silber in der Truhe da steckt." Sie zeigte auf Bittermonds Kiste.
„Mit der Truhe habe ich aber etwas anderes vor", sagte Bittermond.
Jukka und Lila blickten ihn fragend an.
„Ich brauche die Schätze nicht mehr", erklärte Bittermond. Kandidel nahm lächelnd seine Hand.

Auf dem Weg in die Berge machten sie Halt in Fliederburg. Die Hufschläge des Schimmels hallten durch die nebligen Gassen, als sie im Morgengrauen auf ein großes Gebäude mitten in der Stadt zusteuerten. Niemand war zu sehen. Bittermond lud die Truhe mit all den Diamanten, dem Gold und den Edelsteinen ab und ließ sie vor dem verschlossenen Tor stehen. *Waisenhaus Fliederburg* stand darüber geschrieben.

„Da werden in ein paar Stunden hundert Kinder die Überraschung ihres Lebens bekommen", freute sich Kandidel.

Und dann wurde es Winter. Es war genau so, wie es Lila beschrieben hatte: Draußen wurde alles weiß, die Eiszapfen klirrten vor den Fenstern, und sie saßen drinnen vor dem warmen Kamin. Jukka gefiel es, sich dort die Füße zu wärmen, während er in seinem Buch blätterte. Ja, Lesen hatte er inzwischen gelernt.
„Aber das reicht nicht", sagte Bittermond.
Am nächsten Tag begann die Schule.

Jukka und Lila nahmen den Schlitten, um nach Zunderbusch zu kommen.
„Halt dich fest!", schrie Lila. Jukka umklammerte ihre Hüfte, und schon sausten sie durch den tiefen Schnee hinab ins Tal. Bo Knorre lief bellend hinterher.
„Was hältst du von deiner ersten Schlittenfahrt?", brüllte Lila durch den kalten Wind.
„Wunderbar!", brüllte Jukka zurück. Der Schlitten sprang über eine kleine Anhöhe, und Jukka hielt seine neue Schultasche fest, damit sie nicht in den Schnee fiel.
Der Schlitten rauschte ungebremst den langen Pfad hinab ins Dorf. Als sie die ersten Häuser erreichten, stemmte Lila ihre Füße in den Schnee.
„Guten Morgen!" Admiral Arvi, der neben Bernard in seinen Vorgarten getreten war, winkte den beiden.

„Kandidel lässt dir ausrichten, dass sie sich in einer halben Stunde auf den Weg macht!", rief Lila Bernard zu. „Ihr wolltet doch heute an den Plänen für den Laden arbeiten."
Bernard lächelte, während Admiral Arvi gemütlich an seiner Pfeife paffte. „Die Leute werden uns unsere Leuchtplanktonlampen aus den Händen reißen", sagt er zufrieden.
„Wir müssen weiter!", rief Lila, während sie einen Schneeball aus frischem Schnee formte und Jukka damit bewarf.
Jukka wich geschickt aus. Bo Knorre sprang kläffend um sie herum.
„Lustig, dieser Schnee", sagte Jukka lächelnd. „Aber nicht zu vergleichen mit dem Strand und dem Meer. Ich kann es gar nicht abwarten, bis der Winter vorbei ist und wir wieder dort sind."
„Pff", machte Lila. „Fang bloß nicht wieder mit deinen grässlichen Muscheln an." Aber dann lachte sie und sagte: „Mir gefällt es so: den Winter in den Bergen, wo wir zur Schule gehen können, und den Sommer am Strand, wo Kandidel das Leuchtplankton für den neuen Lampenladen sammeln wird."
Jukka nickte.
„Wir sind da!", rief Lila und zeigte auf das große Schulhaus. „Du solltest dich glücklich schätzen: Du erlebst an einem einzigen Tag deine erste Schlittenfahrt und deinen ersten Schultag!"
In das Gebäude strömten Dutzende Kinder, die lachten und schwatzten, ohne Jukka zu beachten.
„Meinst du, da sind auch Nette dabei?", fragte er Lila leise.
„Ein paar bestimmt", meinte Lila. „Aber kein Kind ist so nett wie ich."
Jukka schnitt eine Grimasse, und Lila streckte ihm die Zunge

raus. „Du kannst froh sein, dass ich dir Lesen und Schreiben beigebracht habe", sagte sie. „Dann bist du wenigstens nicht ganz dumm."
Jukka rollte mit den Augen.
„Ist nur ein Spaß", sagte Lila.
Jukka atmete tief durch.
„Bist du bereit, Jukka Felsenfest?", fragte Lila grinsend.
„Ja", antwortete Jukka, und zusammen betraten sie den Schulhof.
„Schule ist übrigens total öde", meinte Lila.
„Das werden wir sehen", sagte Jukka.
Und dann verschwanden sie in der Schule.

ENDE

Maike Harel wurde in Köln geboren, es zog sie aber schnell in die weite Welt hinaus. Sie hat bislang auf drei Kontinenten gelebt und dabei jede Menge Inspiration für Geschichten gefunden. Die denkt sie sich am liebsten für ihre drei Kinder aus. Bevor sie zu schreiben begann, arbeitete sie viele Jahre in Hilfsorganisationen für Geflüchtete. Maike Harel lebt mit ihrer Familie in Berlin.

© Alexandra Richter

Florentine Prechtel studierte klassische Malerei, Bildhauerei und Grafik-Design. Nach künstlerisch spannenden und anregenden Stationen in Berlin, Barcelona und Rom illustriert sie heute Kinderbücher. Sie lebt mit ihrer Familie in Freiburg im Breisgau.

Drei Rivalen und ein Wettstreit

Schon viele Jahrzehnte lang sind die beiden Magierfamilien Delune und Belleson Rivalen.
Warum? Das wissen Claire und Rafael, die beiden Nachkommen der Clans, nicht. Seit ihre beiden Väter zum gleichen Zeitpunkt einen unerklärlichen Unfall hatten, ist es an den beiden jungen Zauberern, den dauernden Wettstreit fortzuführen. Doch es gibt noch einen dritten Magier in Paris, und der geht einem Plan mit gefährlichen Folgen nach. Um das Schlimmste zu verhindern, müssen Claire und Rafael sich zusammentun.

CHRISTINA WOLFF
Die Magier von Paris
ISBN 978-3-7478-0015-7

Rettet Weihnachten!

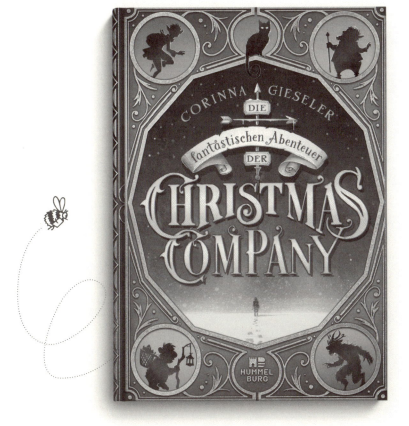

Freda weiß nicht, wie ihr geschieht, als ihr Kater Mr Livingstone plötzlich zu sprechen beginnt und sie an den Nordpol entführt.
Dort liegt die Christmas Company, das Großunternehmen des Weihnachtsmanns. Anonyme Computerhacker und unheimliche Wintergeister treiben in der Company ihr Unwesen. Gemeinsam mit Engel Serafin, Kobold Jonker und Mr Livingstone begibt sich Freda auf eine gefährliche Expedition ins ewige Eis. Es gilt, Weihnachten zu retten!

CORINNA GIESELER
Die fantastischen Abenteuer der Christmas Company
ISBN 978-3-7478-0003-4

www.hummelburg.de

Aufruf zum Anderssein

Marie ist das komplette Gegenteil von Heddy. Die kann sich vor Followern kaum retten. Marie dagegen hat genau einen Follower, und zwar analog: ihren besten Freund Espen. Der mag sie so, wie sie ist – ein bisschen tollpatschig, ein bisschen nerdig, ein bisschen anders eben. Doch für das neue Schulprojekt ist Marie gezwungen, sich in die Welt der Likes zu begeben. Unter dem Hashtag *Nörd* startet sie ihren eigenen Blog und wird tatsächlich über Nacht berühmt. Ein Ruhm, der nicht ohne Folgen bleibt.

www.hummelburg.de

MINA LYSTAD
Zu cool, um wahr zu sein
ISBN 978-3-7478-0004-1